后悔录

东西 著

Regret Record

Dong Xi

人民文学出版社

图书在版编目（CIP）数据

后悔录／东西著 .— 北京：人民文学出版社，2023
ISBN 978-7-02-018213-8

Ⅰ.①后… Ⅱ.①东… Ⅲ.①长篇小说—中国—当代 Ⅳ.①I247.5

中国国家版本馆 CIP 数据核字（2023）第 170458 号

责任编辑	刘　稚	向心愿
装帧设计	刘　远	
责任校对	孟天阳	
责任印制	张　娜	

出版发行　人民文学出版社
社　　址　北京市朝内大街166号
邮政编码　100705

印　　刷　北京盛通印刷股份有限公司
经　　销　全国新华书店等

字　　数　204千字
开　　本　850毫米×1168毫米　1/32
印　　张　11.625　　插页1
印　　数　1—6000
版　　次　2005年7月北京第1版
印　　次　2023年11月第1次印刷

书　　号　978-7-02-018213-8
定　　价　69.00元

如有印装质量问题，请与本社图书销售中心调换。电话：010-65233595

目 录

第一章　禁欲 ……… 1
第二章　友谊 ……… 56
第三章　冲动 ……… 92
第四章　忠贞 ……… 151
第五章　身体 ……… 216
第六章　放浪 ……… 278
第七章　如果 ……… 349

第一章 禁欲

1

如果你没意见,那我就开始讲了。

那时候,我长着一头卷发,嗓音刚刚变粗,嘴边还没长毛。"嘴巴无毛,办事不牢。"我爸曾长风经常这样告诫我。那时不像现在,有许多解闷的玩意,什么电视机,什么网络统统还没有,茶馆也取消了,街道萧瑟,没有咖啡厅、舞厅,更不可能有什么桑拿按摩,就连门市部都很稀少。我们除了上学,开批斗会,就是搞大合唱,课堂上没有关于性的内容,就连讲话都很少涉及器官。你根本想不到,我性知识的第一课是我们家那两只花狗给上的。

那是个星期天,两只花狗的屁股不幸连在一起。它们站在仓库门前的阳光下吐着舌头,警觉地看着我们。我爸拉过一张席子,把狗拦住。我和于百家拉起另一张席子从后面合围。两只狗就这样被圈定，一个正步走，一个倒退着，在席子圈出的地盘打转，嘴里发出轻轻的哼吟。于百家兴奋地喊："快来看呀，五分钱一张门票。"紧接着就有人从仓库跑出来，先是于百家的父母于发热和方海棠，其次是赵老实和他的老婆陈白秀，他们来到席子边，张开不同形状的嘴巴，露出白的、黄的、黑的牙齿，个别人笑得口水都流出了嘴角。狗被越来越多的人惊吓，可怜巴巴地看着我们，脚步混乱。公的沿着席子转圈，母的倒退不及在地面拖出爪印，连续拖了几圈，爪印就像田径场上的跑道。

你可能不知道，在那个特别时期，我们这些成分不好的人想找点乐子比找钱还难，所以大家都露出了笑容，好像要把存款在这一天里连本带利都花光。不瞒你说，笑得流口水的是我爸，皮笑肉不笑的是于伯伯，捂住嘴角的是方伯妈，赵大爷张开两排黑牙，陈大妈笑出了泪花……就在大家笑成一团的时候，赵山河忽然从仓库滚出来，板起脸："爸，妈，你们被利用了，也不看看糟蹋的是谁家的席子？"

赵大爷和陈大妈立即收起笑容，但他们的表情却像失灵的刹车，怎么收也收不住，这让赵山河很没面子。赵山河是赵老实的女儿，当时在郊区的兵工厂生产子弹，人长得像个皮球，圆圆的鼓鼓的，特别是那个胸口，撑得在百货大楼都找不到合适的衬衣。我爸厚起脸皮:"山河,大家都快憋死了,就当你搭个舞台,请街坊看戏吧。"

"你干吗不拿你家的席子来搭舞台?"

"难道这狗不是我家的吗?我免费出演员,晚上还得给它们加伙食,最吃亏的我,不是你的席子。"

赵山河伸长脖子,瞥了一眼席子里的狗,"扑哧"一声笑了。她终于放下架子,和大家笑成一片,嘴巴开得比赵大爷的还大,甚至连身体都笑弯了。她的哥哥赵万年这时正好骑着单车回家,看见赵山河笑得那么放肆,脸像刷了黑漆,一手叉腰,一手把各位的脑门点了一遍:"你们太不像话了,这是低级趣味,是要挨批斗的!"

赵万年是第五中学的校长,著名未婚青年,他连"山舞银蛇,原驰蜡象"都讲不清楚却当了校长,不能不说是沾了"工人阶级"的光。他凶狠的口气吓得大家的脸都有些白,扶住席子的手一只只离去,最后席子再也没有支撑,哗地倒在地上,两只狗一览无余。赵万年摊开手掌,大声地说:"拿棍子来。"我跑进仓库,拿出一根木棍。赵万年抓过去,朝两只狗的连接处狠狠一劈。狗们发出悲痛的喊叫,瘸腿跑向马路,它们的脚步出现了奇迹,正着走的和倒退着的竟然步调一致,像是有人在给它们喊"一二一"。它们连跑带拖横穿马路,一头撞到迎面驶来的公交车上。车的挡板立即凹陷,那个以肉击铁的声音响了好久。车轮碾过它们的身体，挤出它们的血和肠胃，但是它们的臀部紧紧粘连，就像两张扯不开的薄饼贴在路面。

我的眼睛像进了沙子，泪水忍不住流出来。我爸用席子把两只死狗包住，摔到仓库门前。赵万年伙同于百家用棍子抬起两只狗，架到门前的树丫上，木棍正好挑在狗的连接处。两只狗屁股指天头朝地，对称垂挂，就像一只狗在照镜子。刚才散开的人又慢慢聚拢。赵万年指着狗："不要以为这只是狗的问题，关键是有没有人故意操纵？公开展示色情比传播黄色书刊还严重。你们都在现场，希望能够检举揭发。"

我爸转身走开，人群中出现一个缺口，正好被下班回来的我妈填上。她一填上，赵万年的眼皮就跳了一下。我妈叫吴生，是大家闺秀，懂书法会弹琴能绣花，名声在外，当然不是书法也不是绣花的名声，而是漂亮的名声。解放后，她不断改变自己的世界观，努力用勤劳的双手在动物园里饲养动物。赵万年盯住我妈："凡是今天看过这狗交配的，要么写一份深刻的检查，要么写一份揭批材料，三天后交到我手里。"

人一个两个地离去，赵大爷吐了一泡口水，也转身走了。最后赵万年的面前只剩下四个第五中学的学生，就是我、于百家、小池和荣光明。赵万年看着纷纷离去的背影："打虎还要亲兄弟，上阵还是师和生。有的人现在不写，今后就没机会了。同学们，他们不写你们写！你们给我写出水平来，水平到可以拿去学校的高音喇叭里朗读。"

2

我得先说几句仓库。这仓库是我爷爷留下来的，他是资本家，解放前一直做西药生意。一九四九年，城市被新政权接管，他把房产全部捐献出来，然后提起一口破皮箱，带领全家人赶到火车站，准备迁往乡下老家。那个新市长念我爷爷财产充公积极，派了两个秘书到火车站挽留，并把我家装药的仓库回扣给爷爷居住。当然不是一家人居住，一家人住那么宽，那等于还没改造过来，还是臭资本家。仓库住进了三家人，除我们家，还有于发热、赵大爷两家。于家过去给我们曾家管账，是管家。赵家过去给我们当仆人，干一些拉车扫地扛麻袋的活。我那时还没出生，这些事都是从大人们的嘴里听来的。等我出生时，爷爷早就见阎王去了，他的情况我一点也不熟悉。这样的背景，就像我妹妹手掌心的黑痣，就像我脑袋上卷曲的头发，怎么也擦不掉、拉不直。当时"资本家的余孽"像一顶十层楼那么高的帽子，戴在谁的头上谁都会得颈椎病，甚至会变成"宰相刘罗锅"，头抬不起来，眼睛总盯着自己的脚尖。哎呀！我说跑题了，还是先说仓库吧。

仓库被红砖隔成三户人家，各有各的卧室和厨房，只有厕所和屋顶是共用的。厕所起在仓库后面，有五个坑，可同时容纳三男两女。共用屋顶是因为每一壁墙只砌四米高，上面没封顶，站在各自的家里抬头，都会看见仓库的檩条、瓦片和采光的玻璃瓦，所以各家各户的声音会像蒸汽那样冒上去，在屋檐下交叉、传染。

那天晚上，我家餐桌上摆的是红薯、南瓜。我爸吃了几口就放下筷条，捏上菜刀要去门外剥狗，说是给我们弄红烧狗肉。我大声地说："我不吃狗肉！"我爸晃了晃菜刀："你怕狗肉卡你喉咙吗？"我抹了一把眼角："都怪你，要不是你用席子拦，我们家的狗就不会死。"

"它们自己不想活了，怎么把责任栽到我的头上？"

"就怪你。你要是不拦它们，赵校长就不会看见，赵校长不看见，它们就不会挨棍子，它们不挨棍子就不会跑，它们不跑，就不会撞到车上……"

"你真会耍赖。那我问你，是谁给赵万年递的棍子？"

我顿时傻了。棍子不是我递的吗？我干吗要给他递棍子？我要不给他递棍子，而是把狗赶跑，那狗不就活下来了吗？

"不要动不动就赖别人，要学会从自己身上找原因。"

我爸说着，跨出门去。我妈把筷条狠狠地拍到桌上："我看你就没有学会从自己身上找原因！你要是去吃那脏东西，最好先把婚离了。"他们为吃不吃狗肉发生争吵，吓得曾芳哭了起来。我爸不得不摔下菜刀，强行咽下吃肉的欲望，重新端起南瓜。吃的过程中，他成了哑巴，而我妈的话却像坏了的水龙头，哗哗流淌："动物园运来了一只老虎，是在森林里刚捕到的，它比任何一只老虎都凶，但是何园长却给它取了一个女人的名字，叫什么兰兰……"

"你要是不洗，从今天起就别再看我一眼，免得把我弄脏。"赵万年的声音像砖头，忽然从屋顶劈下，打断了我妈的讲述。我和于百家跑到赵家门口，看见赵家的餐桌上放着一盆清水。赵万年命令赵山河洗眼睛。赵山河不服："只听说过饭前洗手，没听说过要洗眼睛。"赵万年抓起赵山河的头发，把她的脸往水盆里按。赵山河扭来扭去，碰翻水盆，一部分水洒在赵万年的裤腿上。

赵山河一甩辫子："你是不是手痒了，想拿我当阶级敌人来练。"

"你还有脸！那狗也是你看得的？"赵万年抖着裤脚。

"爸看了，妈看了，方阿姨也看了，就连那些小毛孩都看了，凭什么我不能看？不就对对屁股吗？"赵山河的嗓门大得差不多掀翻了头顶的瓦片，一边说还一边噘嘴。

"你什么态度？他们看，那是因为他们都是资本家的余孽，而你，你是什么？你是根正苗红的工人阶级。更重要的是，你还是个姑娘！"

"姑娘就不是人啦？"

"你看看，中毒了不是？姑娘就应该像白纸那样清清白白，不要被那些不三不四的东西给腐蚀了。"

"我喜欢腐蚀，我恨不得现在就被腐蚀！你管得着吗？"说完，赵山河扭着屁股走进卧室，把门"嘭"地撞上。

赵万年气得手指抽风，也许自工人阶级当家作主以来，他还是头一回碰上这么强硬的声音，所以他着急了，扬起巴掌来回找地方，最后找到墙壁上的一个镜框。镜框落在地面，玻璃裂成数不清的线条，就像光芒万丈那样的线条，线条下面是赵山河的大头像。赵万年想挽救他妹妹的主意，可能就是这时冒出来的。他找赵大爷商量，要在仓库里开一场别开生面的批斗会。他认为只有把那两只狗批臭批透，才能洗干净赵山河所受的污染。赵大爷往地上吐了一泡口水："我的大校长，除了开批斗会，你就没别的事干了吗？到哪里去开批斗会都成，就是不要到仓库里来开，不要让我看见，眼不见心不烦。"赵万年连连说了几声"余孽"，从此不再跟他爸商量事情，后来他爸的裤裆破了他也不提醒，不提任何建议，就让他爸的脸掉在地上。

3

这个深夜，我们家的床板像长了钉子。我爸他翻来覆去，用背睡了一会，用手臂睡了一会，用肚皮睡了一会，就打坐起来，弄得我这个"瞌睡虫"的耳朵一直竖着。不久，他的屁股像生了痔疮，在床板上轻轻地磨了几下，半边屁股挪到床外，接着整个屁股腾空而起。床板轻轻上浮，把我提高了几毫米。我爸轻手轻脚朝我妈那边摸去。说真的，我很不愿意听到那些声音，它让我提前懂得了什么叫作"复杂"！

我爸用借钱的口气："吴生同志，求你，就一次，行不？"

"不行。你说，你这样做和那两只狗有什么区别？"

"我想得脑袋都快破裂了。你就睁只眼闭只眼，假装没看见，给我弄一次吧？我保证就一次。"

"那你还不如用刀子把我结束算啦。我用了十年，放了一提篮的漂白粉，才把自己洗得像白球鞋这么干净，要是你对我还有一点点革命友谊，就请你离我远点，不要往白球鞋上泼墨水。"

我爸叹了一口气，走出家门，在仓库前坐了一个通宵。晨光落在树冠上，我爸的眼圈红得像擦了清凉油。他掐死几只爬上小腿的蚂蚁，打了一个响响的喷嚏，就听到当天的第一次广播从红灯牌喇叭里飘出来，这让我爸感到自己还有一点用处，至少可以掐死蚂蚁，至少可以生产喇叭。我忘记说了，我爸是无线电三厂的工人，仓库里挂着的那只喇叭就是他亲手安装的。马路上传来扫地和蹬三轮车的声音，天色又亮了一点，刚才还是一块块的树冠，慢慢地分开，变成了树枝和树叶，最后连树上那两只狗的毛都清晰了。

我爸盘算着跟单位请一天假，趁我妈去上班偷偷把那两只狗红焖，还计划多放甘蔗与八角。但我妈好像连我爸的肠子都看透了，早早地起床，用麻袋把那两只狗套住，在麻袋口结了三道绳子。我爸问她是不是要吃里爬外，要胳膊肘往外拐？我妈说这狗是拿去喂那只老虎的，动物园会付一点钱给我们。我爸眼睁睁看着我妈用单车把两只狗驮走，车轮跳一下，后架上的麻袋就跳一下。麻袋一下一下地跳，最后跳出我爸的视线。我爸站起来，回屋洗了一把脸："既然狗都被拿走了，请假还有什么意义？"

这天，我妈抱着一个沉重的纸箱回家。她看见方海棠正在门前收衣服，就端着纸箱凑过去，把老虎吃狗肉的事说了一遍。方海棠打了一个喷嚏："对不起，我好像要感冒了。"这时赵大爷叼着烟斗从门里走出来，我妈迎上去，把老虎吃狗肉的事又说了一遍。赵大爷吐了一口烟，忙着到对面的门市部去打酱油。我妈都说了两遍"老虎吃狗肉"，却没得到一句赞许，哪怕是附和，她的心里很失望，于是就自己跟自己赌气，端着那个纸箱久久地站在门前。终于，赵万年回来了，我妈把老虎吃狗肉的事再说了一遍。赵万年拍拍我妈的肩膀："吴生同志，你做得很好！"这时，我妈才感到手臂疼痛，痛得就快要从膀子上脱开了，端纸箱的手掌冒出了许多红印。那个纸箱可不是闹着玩的，里面装着满满的一箱肥皂！

不要以为我妈讲了三次就能闭嘴，这仅仅是她后来无数次讲述的一个铺垫，就像吃饭前的开胃小碟。你说一个人干吗老要找别人讲呢？烦不烦呀？讲多了别人听还是不听？也许你还没讲，人家心里头早就发笑了。我妈一点都不清醒，吃晚饭时，开始跟我们讲述。她说那老虎扑上去，用嘴一撕，一摔，两只狗便飞上了天，就像电影里的慢镜头那样在天上飞着，慢慢地往下掉，掉到一半，两只连着的狗就分开了，一只飞向东，一只飞向西……老虎具体怎么吃的狗肉，我已经不太记得了，倒没忘记我妈说话的神态。那是得意的兴奋的，手不停地比画，嘴皮快速翻动，脸像喝了白酒似的一直红到脖子根。我爸说："钱呢？干吗不买斤把猪肉让我们塞塞牙缝？"我妈像热脸遇到冷屁股，顿时没了讲的兴趣，她沉默好久，才告诉我们她用钱买了一箱肥皂。我爸说："买那么多肥皂能当肉吃吗？"

"你看看你这两个宝贝有多脏，你的衣领有多脏，还有这些蚊帐、被单，到处都是污垢，一箱肥皂还不一定洗得干净。人活着不能光想着吃肉，还得讲点卫生，耳根要干净,指甲和脚丫子也要干净,身体干净了,心里就干净了。"

每天放学回家,我都在头发上涂厚厚的肥皂,把整个脑袋变成一团泡沫,然后不停地拉头发,企图把卷发拉直。有时候我拉累了,就让曾芳来帮忙,她咬着牙,蹬着脚,像拔河那样拉着,就差没把我的头皮揭下来。拉过之后,我让肥皂泡板结,用它当发胶,掩盖我头发的卷。那时候,我的当务之急是把卷发变直,而曾芳最迫切的是用肥皂洗手。她在手掌里涂满肥皂,搓出大团大团的泡泡,然后把手浸到盆里,盆里的水立即膨胀,肥皂泡像丰收的棉花似的冒出盆沿。她的手被肥皂水泡得发白,甚至泡起了皱褶。她抠着右掌心的黑痣:"哥,我用了那么多肥皂,为什么还没把它洗掉?"

"笨蛋,那是肉,洗不掉的。"

但是她不死心,跟我比赛浪费肥皂。后来我发现头发越长,肥皂就越没法固定,干脆我到理发店剪了一个板寸,既不让头发卷得太抢眼,又能跟那些挨批斗的光头拉开距离。

4

在我妈的指导下,我写了一篇批狗的文章,不用说,每一个字都像填满火药的炮弹,射程几乎可以远达台湾。

我用了"罪大恶极、伤风败俗、十恶不赦"等当时的流行语，就连布告上用来说强奸犯的话我也写上。揣着这么一篇文章，我感到上衣口袋重重的，就像装了个铁锥子，随时准备脱颖而出。但是赵万年一连几天都不回仓库，他在学校有一套房子，碰上复杂的事情就不回家。那个星期学校乱糟糟的，我连他的影子也看不到。

到了周末，我妈带领我和曾芳在仓库门前洗蚊帐。我们把洗好的蚊帐挂起来，水珠不停地从帐脚滴落，很快就在地面滴出一个长方形。湿漉漉的蚊帐上落满滚烫的阳光，好像火碰到水那样发出嗤嗤的响声，稍微眯大眼睛就能看见水珠怎么变成蒸汽。曾芳撩起蚊帐，钻进去，跑出来，摇得蚊帐上的水花四处乱溅，破坏了地面的长方形。这时候，我看见赵万年顶着一头汗珠子回来了。他的脸硬得像块冻猪肉，见谁都不打招呼，一进屋就把门关紧。

赵家突然安静，安静得不像赵家。忽然，从屋里传来踢凳子的声音。赵山河轻喊："拿来！还给我！"

"原来你每天晚上躲在蚊帐里看的是这玩意，我还以为你在背马克思、列宁呢。你看看，哪一个字不让人脸红？句句都够得上流氓罪！难道这就是你的当务之急吗？你还想不想当车间主任？"赵万年的声音忽高忽低。

赵山河大声地说："把它还给我！"接着，是一阵抢夺。

"想要回去，没问题。但你得告诉我，这是哪个流氓写给你的？"

又是一阵抢夺。一只玻璃杯碎在地上。嘭的一声关门。哗的一声推门。脚步在跑动。凉鞋砸在墙壁，掉到地面。赵万年尖叫："呀！你敢咬人？"

叭的一响，好像谁的巴掌打在了谁的脸上。传来赵山河低声的抽泣。

赵万年拿着一封信黑着脸走出来，一直走到仓库外面。我们家的蚊帐这时已经被太阳晒轻，一点点风就能把帐脚抬起。赵万年站在蚊帐遮出的阴影里看信。我们趴在仓库的门口看他。他抬起头，朝我招手。我走过去。他撩开蚊帐，把我们遮住。透过纱布，我看得见挤在门口的一大堆脑袋，但是他们却看不清我。赵万年把手里的信递过来："你看看，这是不是你爸的字？"我盯住信笺，摇摇头。

"会不会是于发热的？"

"不知道。"

他把信笺贴到鼻子前又看了一会，皱着眉头："那会是谁写的呢？胆子大过天了。你爸妈最近吵了吗？"

我点点头。

"吵什么？"

"我爸想跟我妈要一次什么，我妈不给。"

"这就对了。你能不能让你爸用左手写几个字？"

"是不是要他写信上的字？"

他点点头，目光在信笺上匆忙地寻找。

"让他写亲爱的山河吗？"

"放屁！你让他写'思念祖国'，就四个字。记住了，用左手写，不要告诉任何人。这事办好了，我让你戴红袖章。"

我点点头，掏出那篇批狗的文章交给他。他接过去，瞟了一眼："笨蛋，我是吓他们好玩的，谁让你真写了？"他把稿子揉成一团，丢在地上，转身走了。我把稿子捡起来，觉得好可惜。我写得那么生动，他竟然没多看几眼，还吹什么要拿到学校的喇叭里去朗读。

那天之后，我的目光始终跟随我爸的左手。他的左手也还是手，和右手没什么两样，手背上的血管粗大醒目，好像要从皮肤里跳出来，或者像个人才随时都想从原单位调走。除了拇指之外，其余四根指关节上都长着稀松的汗毛。关节上的皱褶挤成一团，就像树上的疙瘩。指甲尽管长了，里面没半点黑色。每一个指头都尖都圆，像吃饱的蚕。手腕处有一颗红点，那是蚊子叮咬的。我爸用这只手端碗，挠右边的胳肢窝，解衬衣上的纽扣……塞在左边裤子口袋的是它，捏住瓜果等待削皮的是它，托起茶杯底的是它。总之，它一贯让着右手，配合右手，什么委屈都可以受，什么事都可以做，就是从来没写过字。

由于看多了我爸的左手，我的身体竟然发生了奇妙的变化。我发现喝汤时，我用左手拿勺子，书包带莫名其妙地从右肩换到了左肩。我竟然用左手拧水龙头，竟然用左手拿筷条。我就是在那几天迅速变成"左撇子"的，到现在都没改正，仿佛有了初一就想有十五，有了一毛钱就想成富翁，我对做生活上的"左撇子"还不满足，竟神使鬼差地用左手来写字。我爸看见了，把笔从我的左手抽出来："你怎么变成'左派'了？"我拿过笔，改用右手写。但是写着写着，我又把笔放到左手。我用左手在纸上不停地写"思念祖国"，写得我都真的思念起来。我爸看晕了，像进入惯性，夺过笔也用左手写"思念祖国"。写完之后，他笑了笑："你那左手哪能跟我比，嫩着呢。"

我把我爸左手写下的"思念祖国"用小刀裁下，装进一个旧信封，觉得不可靠，又在外面套上一个塑料袋，这样，我的心里才一块石头落地。我把信封夹入书本，把书本藏进书包，把书包挂上墙壁，然后把自己放倒在床上。好几次我几乎就要睡着了，却被我爸的呼噜拽醒。我轻轻爬起来，从墙壁上拿过书包，压到枕头下面。我的后脑勺感觉到书本的硬度，甚至能感觉到那张纸条的具体位置。只有这样，我才像吃了安眠药，很快就听不到别人的声音。

第二天，赵万年办公室的门开着，我走进去，递上那张纸条。他的眼睛忽地放光，一手抓纸条，一手抓上衣口袋里的信，简直就是两手抓，而且两手都很快。他把信铺在桌面，就是流氓写给赵山河的那封信，然后拿起剪刀往纸条上一剪，我爸写的纸条就剩下"思念"。其实他也就需要这两个字，他拿着这两个字在那封信上对照，凡是碰上"思念"目光就停下来，久久地盯着，左边看一下，右边看一下。直到把整封信对照完，他才抬起头："这信上一共有九个'思念'，其中有四个像你爸的字，你来看看。"我低头看着。他问："像吗？"

"有点像，又不太像。"

"我也不敢肯定，得找专家判断一下。这段时间，你给我盯紧一点，只要你爸有什么新情况就告诉我。"

5

别看我爸上半夜会打呼噜，但是下半夜他经常爬起来，捧住桌上的水壶，咕咚咕咚地往嘴里灌凉开水。他喝凉开水的声音特别响亮，隔壁的于伯伯经常对我竖起两根手指："你爸昨夜又喝了两壶。"我爸喝那么多凉开水主要是觉得热，他说一到半夜，五脏六腑便烧起来，根本没瞌睡。有天深夜，我爸摇着纸扇，在屋子里走来走去，不时地拍一下手臂上的蚊子，然后大声地说："你们听，你们听，这成什么体统，到底还让人活不活？"

我被他闹醒了。一个女声在轻轻哼吟，时断时续，一会跳上屋顶，一会跑到窗外。我竖起耳朵找了好久，才发现那是隔壁方伯妈的声音。她像是痛得不轻，把喊声强行忍住，但是慢慢地她忍不住了，"哎呀哎呀"的越哼越急，而且还提高了音量。哼了一阵，她的床板跟着"吱呀"起来，根据我的经验，如果不是痛到打滚的程度，那床板是不会发出这种声音的。我爸走到我妈床前，拍拍："你听听，你听听人家。"我妈没吭声，睡得像一块石头。我爸一拍大腿，打开门走出去。

大多数后半夜，我爸都会站在仓库门前的水池边冲凉，他让凉水从头往下浇，久久地浇着，似乎要浇灭身上的大火。冲完凉，他默默地坐在水泥凳上，开始是干坐，后来他学会用经济牌香烟打发时间，一支接一支地抽，让时间紧紧地接着，一秒也不许跑掉。他曾经对我说抽烟赶不走真正的烦恼，倒是能驱散那些讨厌的蚊虫。于伯伯每夜必须起来撒一次尿，准时得就像墙壁上的木头钟。有时他跑到仓库后面的厕所里去撒，有时为了节约几步，他会跑到前门的大树下，偷偷地撒一泡露天尿。他即使看见吸红的烟头照亮我爸的手指，也不上去打一声招呼，仿佛一个满嘴流油的人没时间搭理乞丐。

有一次，于伯伯刚把尿从裤裆掏出来，我爸便叫了一声："苍山。"于伯伯的尿一闪，就像患了前列腺炎那样再也撒不出来了。这一声久违的呼喊，让他的嘴巴下意识地发出:"少、少爷。"这都是解放前的称呼,那时于伯伯是我爷爷公司里的年轻会计。"苍山"是他爸给他的名字,解放后,他觉得应该有一分热发一分光,便改名"发热"。他系好短裤头,走到我爸身边:"还有好几十年呢,你就这么坐到老呀?"我爸叹了一口气:"你们能不能轻点?让海棠别那么大声。本来我打定主意吃一辈子的素,但海棠一喊,又吊起了我吃肉的胃口,人就像被放进了油锅,煎熬呀!"

"那个贱货,我叫她别喊她偏要喊,下次我在她嘴巴上捂个枕头。"

"那会抖不过气的,会闹出人命的。"

"这房子也真是的,让人一点秘密都没有。我们那些房子要是不贡献出去,随便怎么喊,就是在枕边放一个扩音器,也不会干扰别人。"

他们聊了一会,于伯伯转身走了。我爸恋恋不舍地又叫了一声:"苍山。"于伯伯回过头:"还有事吗?"我爸犹豫了一会:"算了,你走吧。"于伯伯走回来:"是不是手头紧了,想借点?"我爸摇摇头:"这事,我还说不出口……"

"难道有比借钱还难开口的吗?"

"这就像身上的伤疤,不好意思拿给你看。自从吴生参加学习班之后,她的脑子忽然就变成了一张白纸,干净得都不让我靠近。差不多十年了,我没过上一次像你晚上过的那种生活。再这样下去,我恐怕熬不住啦……"

"你和吴生吵架我们都听见了,只是弄不明白,她干吗会这样?"

"她就是觉得脏,觉得一个高尚的人不应该干这个,这都是她的领导灌输的。我跟她生活了差不多二十年,她不听我的,偏要听那个狗屁领导的,也不知道领导有什么魔术?"

"能不能给她抓点药?"

"什么都试过了,没用。好几次我都想犯错误,但是又害怕坐牢,有时我甚至都想到了死。苍山,你帮帮我吧!"

"又不是扫地抹桌子,又不是提水煮饭,你叫我怎么帮你呀?"

我爸忽地跪到于伯伯面前:"苍山,求求你。只有你能帮我!"于伯伯仿佛明白了什么,声音都打抖了:"长风,亏你想得出来,就是一个母亲生下的兄弟也不可能这样!"

"就一次,你跟海棠行行好,下辈子我变成四个车轮来报答你们。"

于伯伯转过身,用力地走去,脚下的石子飞了起来。我爸像一块铁那样久久地跪着。

几天之后,于伯伯递了一个纸包给我爸:"这是我托人到三合路找老中医给你抓的,每月两次,保准你的脑子里不再有乱七八糟的想法。"我爸的鼻尖贴近纸包,吸了几口气,忽地一甩手,把纸包砸到窗框上。纸包破了,草药分散在地面,于伯伯弯腰去捡。

"于发热呀于发热,你不帮我也就算了,何必要废掉我的身体?"

"别想歪了,我是怕你整夜整夜地坐,会坐出什么毛病来。"

"谢谢你的好意。我真后悔跟你说了那么多。"

"其他忙我都可以帮,就这个忙我实在没办法,我咽不下这口气呀!"

"不是所有的人都像你这样没胸怀,不是所有的人都不念旧情。过去我们曾家接济过多少人呀,就是乞丐讨上门来也不会空手而归,我就不信这里面没一个软心肠。"

6

过了些日子,我爸的脸上竟然出现了红晕,就是别人称为健康的那种颜色。他的鼾声越来越响亮,越来越持久,可以从晚上一直响到天空发白。后半夜,他再也不离开床铺了。洗菜做饭时,他的嘴巴除了尝盐头,还会跑出一长串的南方小调。他没吃中药,怎么就变成另一个人了呢?

要不是我去抓那只麻雀,也许我爸的好脸色会持久不衰。但是那只麻雀太会挑逗了,就像是对你挤眉弄眼的女人，你要不想打她的主意就证明你没有力比多。当时我没能力这样思考，出事以后才怀疑它可能是一只女麻雀，要不然它不会这么妖精，我甚至怀疑它有可能是赵万年派来的。它从仓库的瓦檐上飞下来，落在离我不到一米远的地方，抖着羽毛叽叽喳喳地叫唤。我轻步走去，伸手抓它，它往前跳几步。我再抓，它再往前跳。每一次，它都跳得不是太远，始终保持在我手臂的范围里，像是请数学老师精确计算过似的。有一次我的手指碰到了它的羽毛，它并不害怕，仍然轻轻一跳，仿佛是在等我。我站住，吸了几口大气，屏住呼吸往前扑，鼻子磕到地上，一阵酸溜溜。它从我手掌下扑棱扑棱地飞起，落在瓦檐上大声喊叫。我捡起一颗石子砸去，它跳了一下，钻进瓦檐下的鸟窝。

我顺着木柱子往上爬，三下两下就来到了瓦檐上。我把手伸进鸟巢，两只麻雀哗啦地飞出来，弄得我手忙脚乱，打碎了一块瓦。我说过，我们这三家只是砌了隔墙，每一户的头上都直接面对仓库的瓦片。麻雀飞走了，我从瓦缝往下一看，自己简直变成了天。于家的蚊帐顶、柜子和水缸一目了然。赵大爷坐在客厅里抽烟斗，一团白烟像布那样缠绕他的头发。赵家的卧室里，我爸竟然睡在赵山河的身上。天哪！我的身子一下就抖了，连汗毛都竖起来，好像整幢仓库都在坍塌。我脸上贴着的一块瓦掉下去，正好落在赵大爷面前，碎成了泥巴。赵大爷抬起头："谁？"我爸飞快地从赵山河身上滚开，遮了一件衣服，抬头看着。他们最多能看见我的一小块脸，而我却看见他们的全部。

赵大爷从仓库后门跑出来，手搭凉棚望着我："原来是你这孙子。"紧接着，我爸也跑了出来，指着我咆哮："你找死呀？看我怎么收拾你！"我爸在地上跳来跳去，就像那只麻雀寻找着什么，终于他捡到了一根竹鞭，拿在手里叭叭地挥舞，"你快给我下来！"我站在屋檐上，两腿抖得像墙头草。赵大爷夺过我爸手里的鞭子，折成两段丢在地上："别吓着他。"我挪向木柱头，想顺着它往下滑，但是我的手麻了，没抓稳，差一点就像瓦片一样跌下去。赵大爷抬头望着："广贤，别害怕，你抓紧一点，慢慢地滑下来。对了，用两只手抱住它。好！就这样，两腿夹稳了，慢慢地，慢慢地往下滑。你不要紧张，年轻时你赵大爷经常从这里爬上爬下，去抓上面的麻雀给你家爷爷下酒。高兴了，他会叫我陪他喝两杯。对了，就这么往下滑，再往下滑……"

我跟着赵大爷的声音滑下来，双脚落到地面，还没等我的身体完全站直，耳朵就被我爸掐住往上提。我哟哟地叫唤，跷起脚后跟。我爸吼道："你看见了什么？"

"我看见你没穿衣服。"

我爸的手使劲一拧："你到底看见了什么？"

我双手捧住耳朵，痛得哭了起来。

"你还好意思哭。说！到底看见了什么？"

"我……什么也没看见。"

"记住了,你什么也没看见,要不然,我打落你的门牙。"

我爸松开手。我的耳朵像一团火炭,烤热了我的手掌。赵大爷把我带到他家,拿出一小瓶药水,给我擦肿大的耳朵。他一边擦一边说:"从今天起,你就算长大了。我像你这么大的时候,已经在马路上饿倒过三次,最后一次,就饿倒在你们家门口,是你爷爷收留了我。我要不念你爷爷的恩情,今天也不会对你爸这么好。我赵老实虽然出身贫贱,但不是那种无情无义的人,别人给我一口饭,我会还他一海碗。我这样做,也是为了你们家,为了你爸的身体。你爸要是得什么大病,或者想不通一头栽进归江,那你们家的几张嘴巴可就要挨饿了,说不定连我的过去都不如,连衣服都没得穿的。这些道理你应该懂吧?如果你懂,就在嘴巴上缝几道线,别把今天看见的说出去。"

赵大爷的棉球在我耳朵上狠狠地按了一下。我哟地叫起来。这时我才发现有一双眼睛一直盯着我,那是赵山河的眼睛,她穿着一套新衣,靠在卧室的门框上嗑瓜子,不时将瓜子皮朝我的方向吐过来。她的脸上平静得就像没发生过任何事情,也许她习惯了。白色的瓜子壳铺在地上,有一颗飞到赵大爷的头顶。赵大爷忍不住吼了起来:"回去!别装得像个正宫娘娘,充其量也就是个二房。"赵山河哼了一声,扭着屁股走出家门。

7

你知道一个人有了秘密之后，会是一种什么感觉吗？那就像你的胸腔里有一千匹、一万匹马在奔跑，轰隆轰隆的，随时都有跑出来的危险。我变得像我爸从前那样，大口大口地喝凉开水，有时一天要喝两壶，这么喝下去再好的身体也会喝出肾病的。当时我就想，我爸真是心狠手辣，他为自己的身体找到了地方，却把压力转嫁到我头上，要知道那时我才十五岁呀。

有一段时间，我爸晚上经常不回来。他说是为了某个重要的会议，加夜班生产高音喇叭。上级要求这种喇叭比过去生产的更大声、更清晰，最好能声传十里，一个字也不要漏，连感叹词也不要漏。厂里组织了攻关小组，我爸是其中的一员。我爸不回来，我妈的脸上反而出现笑容，这就像吃红薯打洋葱屁那么奇怪。一天晚上，我妈指挥我和曾芳洗澡，要我们多擦香皂，多洗几遍，洗得越干净越好，然后拿出两件崭新的衬衣让我们穿上。由于衬衣太洁白，我们都不敢坐凳子，傻站着，连放手的地方都找不到。我妈说："你们放心坐吧，家里的凳子刚才我全部用肥皂洗过了。"我和曾芳坐下。我妈说："你们最好别动，待会我让你们开开眼界。"我们梗起脖子，双手放在膝盖上，就是蚊子叮了脸，也不伸手拍拍，专心聆听我妈在洗澡间里弄出的水声。

终于，我妈穿着一件洗得发白的格子衬衣走了出来。她的衬衣虽然不新，领口还起了毛边，但看上去却比我们新的还要干净。她打开手里的木盒："妈让你们见识见识。"我们凑上去，盒子里睡着一个香水瓶。"这是我偷偷留下的，你们别吭声。"她拿起瓶子，在我们的身上洒了几滴。我抽动鼻子做深呼吸，一股花香熏得我飘了起来。曾芳说："好香呀！"我妈立即竖起指头，嘘了一声。这是我第一次洒香水，那种香在我后来的生活中再也没有出现过。我妈往她身上也洒了几滴，然后闭上眼睛，轻轻吸气："一闻到这香，就想起我做姑娘的日子。"我们赶紧贴近她的衣服，用力地嗅着，生怕那些多余的香气白白地跑掉。

"这可是小资产阶级情调，说出去是要挨批判的。今天破例让你们享受，知道为什么吗？"

我们摇头。

"因为广贤今天十六岁了。"

直到这时，我才记起这一天是我的生日，眼睛忽然涩涩的，冒出许多水分子，嘴唇也跟着抖动，埋在肚皮里的那些话跑到牙齿边，踢腿的踢腿，弯腰的弯腰，随时准备脱口而出。但是我忽然感到脊背一阵凉，赶紧扬手拍了一下嘴皮，把那些想跑出来的强行打回去。我妈仍闭着眼睛享受，胸口慢慢地起慢慢地瘪，修长的眼睫毛轻轻震颤，高高的鼻梁两边也就是鼻翼轻轻翕动，脸白得像葱，安静得像镜面，压根儿不会想到有人会欺骗她。奇怪的是她的表情越静止，我的嘴巴就越想张开，几乎就要城门失守了，我不得不在巴掌上加一点力气，把嘴巴拍得更响。我妈跳开眼睫毛，看着我。我背过身，继续拍打嘴巴。"笨蛋，你就是拍肿了，也不会把香水留在嘴巴上。"她打开香水瓶，用手指抹了抹瓶口，很浪费地往我脖子涂了一大片。我拍嘴巴的手没有停止，像人家拍领导的马屁那样越拍越快。她"扑哧"一声笑了，笑得很轻很体面。"妈，有人骗你。"话一出口，我立即用手捂住嘴巴，生怕更多的话漏出来。她的眼圈微微扩大："谁骗我了？""爸。"我竟然没有把话捂住。

"你爸他没加夜班吗？"

"不是骗这个。"

"那他还有什么好骗的？"

"我看见他睡在赵山河的身上，他不让我告诉你。"

我妈一愣，慢慢地坐下："这事还是发生了，我知道迟早会发生，不是今天就是明天，不是赵山河就是方山河，铁定会发生。"她扭紧香水瓶盖，把它放进木盒，再把木盒关上，仿佛这个消息对她没有太大的打击，但是，当她伸手去扣木盒上那个小襻扣时，我看见她的手颤抖了，一连扣了好几次都没扣上。

背地里,我没少扇自己嘴巴。一听到我爸回来的脚步声,我的身子就不由自主地发抖,耳朵提前生痛,害怕他俩为赵山河的事打成一片,甚至砸水壶砸镜子砸玻璃杯。我已经多次看到地板上撒满了碎片,然而一晃眼,地板又干净了,上面什么也没有,那只不过是我的一种幻想。我们一家人能维持原状,该吃饭时吃饭,该睡觉时睡觉,这全靠我妈的涵养。发生了这么大的事,她的一切习惯包括爱干净,包括细嚼慢咽都没有改变,只是擦桌子时手的速度明显放缓,偶尔会端着水杯发一阵呆。

我恨不得在嘴巴上安一条拉链,暗暗使劲别再说我爸的事。但是我有什么话都喜欢跟于百家说,就像老鼠留不住隔夜粮,酒鬼守不住半瓶酒。百家比我大两岁,脸像刀削出来似的有轮有廓,看上去比坐过老虎凳、喝过辣椒汤也不招供的革命者还坚强。我跟他说过之后,有点后怕,便叫他发誓别再跟任何人说。他举起手向我保证:"如果我跟别人说,就让我的嘴巴烂掉。"这样平静了几天,他还是忍不住跟他爸妈说了。他爸说:"闭上你的乌鸦嘴!这事没落到我们家头上,就算谢天谢地了。"

于百家的出卖给了我当头一棒,我咬紧牙关再也不跟任何人说,就是碰上陈白秀,就是碰上方海棠我也不说,不管她们多么想听我说。有一天,赵万年回来了,他拍拍我的脑袋，笑嘻嘻地说："那封情书不是你爸写的，我已经找专家鉴定了。"

"情书算什么，他们早睡到一起了。"

"你说什么？你再说一遍！"

赵万年一把抓住我。我从赵万年的手里挣脱出来，往马路跑去。我一边跑一边扇嘴巴，比任何一次都扇得准确有力。

8

我先后说了三次我爸的破事，前两次都没闹出什么动静来，所以我暗暗求老天保佑："千万别让赵万年生气，千万别让他跟我爸吵架。"仓库里果然一派和平，除了赵大爷的咳嗽比从前频繁之外，没有什么不正常的地方，该吃的吃，该睡的睡，该上班的上班。

星期三早晨，我妈叫住我："广贤，今天你别上学了，跟我到你爸的厂里去。"

"去看我爸加班呀。"

"他整整三天没回来了，你不觉得有点不正常吗？"

我跟着妈来到三厂高音喇叭车间。他们说怎么现在才来？两天前，曾长风就被几个红卫兵押走了。我当即拍了一下自己的嘴巴。我妈的目光像铁钉那样扎进我的肉体，把我固定了好几秒钟："这一定是赵万年干的好事。你是不是跟他说了什么？"我被妈的目光吓怕了，转身跑出去。我妈追出来。从身后"吭哧吭哧"的脚步声判断，我知道我妈生气了，而且不是一般的生气。我跑过操场，她的影子投到我的前面，越来越长，眼看就要超过我的影子。我忽然一拐弯，钻进旁边的男厕所。我听到我妈在外面喘气，喘了好一阵，她喊道："曾广贤，你给我出来！"

外面安静了一会，我妈的声音再次响起："你知道这会是什么后果吗？说不定他们会拿我们家一起去批斗，你妈从此要做寡妇。你这张破嘴，说什么不好，跟什么人说不好，为什么偏偏要说给赵万年听？你以为这是给你们曾家贴奖状呀？滚出来！看我撕不撕烂你的嘴巴。"

心头像被谁揪了一下，我失声痛哭，声音一扯一扯的，伤心到了顶点，忽然就觉得自己这张漏风的嘴该撕！不撕不足以平心头之恨，不撕就有可能再带来麻烦。我抹了一把眼睛，从厕所走出来，做好了让我妈撕的准备。外面围了一圈人，我妈站在最前面，她捏住我的嘴唇轻轻一拧，就搂住了我，泪水簌簌而下，把她的脸全部遮住。当着那么多人流那么多的泪，按道理她应该伸手抹一抹，但是她没有，她的手腾不出来，紧紧地搂住我，几乎让我透不过气。她搂得越紧，我就越想撕自己的嘴巴，最后我自己真的撕了起来。

我们来到第五中学门口。我妈说:"我不想见那个姓赵的,反正这事是你惹的,你跟他要你爸去。"我噗哒噗哒地跑进学校,远远看见赵万年的身影在办公室里晃动。我跑到门口,喊了一声:"报告。"他回过头:"怎么全是汗水?快进来擦一擦。"我走进去。他递过一条毛巾。

"我爸呢?"

"你妈为什么不亲自来?"

我回头看了一眼。

"你妈是不是已经到了门口?"

我摇摇头。

"我知道你妈生我的气,还端着资产阶级的臭架子,但是出了这么大的事情,她怎么能不来?你要知道,有些东西是别人没法替代的,就像男人替代不了女人。她若是愿意私了,我没意见;她若是不愿意,那你爸可就得惨叫几声。不能只让赵家作贡献,你们曾家也得表示表示。去吧,去把你妈叫进来,我跟她谈谈。"

他没允许我商量,就把我推出来。我一边往校门口跑,一边后悔刚才的回头。我妈迎上来:"你爸呢?"

"赵叔叔要跟你谈谈。"

"他怎么知道我在这里?"

"我回了一下头,他就知道了。"

我妈急得团团转:"真是的,真是的,不回头就死得了人吗,你干吗要回头? 告诉他,我已经走了。你让他带你去见你爸。"我妈又把我推进学校。有了前面的教训,这一回我不跑了,故意慢吞吞的,好让过热的脑袋冷却下来,好让自己不在赵万年面前再说错话,再做多余的动作。

赵万年往窗外伸了伸脖子:"你妈不愿意见我?"

"她走了。"

"那只有你能救你爸了。"

"我爸怎么了?"

"你爸的脑子生锈了,他竟然不承认强奸赵山河。你只要把那天看见的揭发出来,让你爸充分认识到错误,那他就有可能避免因为生锈而腐烂的命运。"

"那天我什么也没看见。"

"别说假话,说假话会害你爸的。他们很会搞批斗,谁要是顽抗就打断谁的右腿;再要是顽抗,他们接着打断左腿。如果两条腿都打断了还要顽抗,那他们就把他的手也打断,将来连碗都端不起来。你不希望天天喂你爸吃饭吧?"

我摇摇头。

"那就去把你看见的说出来。"

他关上窗,把我拉到门外。我挣了几下没挣脱,就搂住门前的一棵树。他用力拉我,把衣袖跟肩膀的接口都拉开了,我也没从树上松手。"你这个孩子,还挺犟的嘛。"他加大马力扯我,似乎要把我的右手臂单独卸下。我痛得泪水在眼眶里打转,但是没有哭。这事是我惹起的,哪怕咬破牙齿我也得挺住。

这时,一个罗圈腿跟着我妈跑进来。那个罗圈腿是赵大爷,我再熟悉不过了。他举起手里的烟斗,朝赵万年的脑门敲去。赵万年一闪:"爸,这是学校,你得讲点规矩。"

"哪有老子跟儿子讲规矩的?你赶快把广贤他爸给我放了。"

"他还没坦白呢。"

"你要他坦白什么?坦白跟你妹睡觉吗?你不要脸我还要脸呢。要是在旧社会,他能娶几个老婆,说不定你得叫他妹夫。"

"难怪会出这样的事情,原来是你的脑子在作怪。不看你是我爸,批斗会上也少不了你。"

"我连饿死都不怕,还怕你的批斗会?你到底什么时候放人?"

"这不是我一个人的事。"

"反正、总之你得给我放人,要不然我就把这棵树撞断了。"

那是一棵不小的树,我双手抱住它的时候,手臂已经没剩下多少了。赵大爷如果要撞上去,断的肯定不是树。

赵万年看见他爸的胡须一抖一抖的，脖子逐渐粗大，不像是开玩笑，便紧张起来："你们先回去吧，明天我一定放人。"赵大爷举起烟斗："明天我要是见不到人，你就是狗生下来的，我就不承认是你的老子。"

9

第二天早晨，当我打开仓库大门时，手里的脸盆被吓掉了。门口摆着一副担架，上面睡着我爸。他眼睛紧闭，胡须像乱草撑在下巴上，两只手沾满泥土，紧紧地捏着，有三根指甲陷进肉里。一个人要不是被折磨到了边缘，他是不可能把拳头捏得这么紧的。

我们把他抬进家，在他脸上没有找到伤痕，在他胸口和后背也没找到，他的腿和手都还是完整的，那么他怎么会奄奄一息呢？赵大爷端着一碗药水走进来："把他的裤子扒了。我知道我的儿子会在什么地方下手。"于伯伯想去扒我爸的裤子，他动了一下："别。"我妈去扒他的裤子，他动得更厉害："别、别。"赵大爷伸手去扒，我爸"别"得更厉害。赵大爷说："少爷，你别害羞，我是看着你长大的，你身上的每一个地方我都摸过，看过，比你自己还熟悉。"我爸像死鱼那样张了几下嘴巴："你们都出去，让广贤来给我上药。广贤呢？我的儿子呢？"我都把他卖得这么惨了，他还点名要我脱裤子，可见他的胸怀有多宽广，而我的心胸又有多狭窄。

多余的人一个接一个走出去，卧室里只剩下我和赵大爷。我抖着双手解开他的裤带，发现裤裆黏着鸟仔，上面血迹斑斑。我每往下脱一点，他的眉头就皱一下。为了减轻他的痛，我的手尽量轻，尽量慢。他一共皱了二十三下眉头，我才把他的裤子脱清楚。赵大爷说了一声"作孽呀"，便往上面涂药水。这时候，我完全看清楚了，我爸那地方肿了起来，有小碗那么大，发亮的表面照得见药碗和赵大爷摇晃的手。我要不是亲眼所见，根本想象不到那地方会那么难看，它已经没有了原来的形状，是圆的，像铅球那么圆，也不像铅球，因为它是软的，会随着赵大爷涂药水的手不断地改变，但是它怎么改变也是大概的圆，就是没有长。我看得四肢冰凉，全身发抖，不停地拍着自己的嘴巴，仿佛要把跟赵万年说过的话收回来。

"广贤，爸没几口气了，不一定能活下去了。爸对不起你们，给你们脸上抹锅灰了。爸没什么留给你，就留一句话……将来，你什么都可以做，就是不要做爸做的这件事。十年我都咬牙挺了过来，想不到还是没挺住。广贤，你记住我的话了吗？"

"记住了。"

赵大爷呜呜地哭起来："少爷，你别担心，这药是你爷爷的秘方,是最好的跌打损伤药,没几天你就会好的。我知道我的仔心狠,但没想到他会这么狠。"

我爸像是把该说的说了,闭紧了嘴巴。要是我的嘴巴有他的这么紧,也就不会招惹这么多麻烦。我咬紧牙齿,心里暗暗较劲:将来,就是有人拿枪顶着我的屁股,我也不去跟女人睡觉,宁死也不去。我爸的现象太让我明白了,跟一个不是妻子的女人睡那会挨多少痛,弄不好连尿都拉不出来。一个人要是连尿都拉不出来,即使当了司令又有什么用呢?这么自我研究了几天,以上的想法越来越坚固,就像钢筋水泥。

这个事件之后,我妈的阑尾炎大面积发作,她像那些有突出贡献的人物似的躺在医院病房。有一天,我喂她吃晚饭,其实她自己也能吃,我只是想表现一下。她吃了几口:"广贤,这个世界乱七八糟的,妈烦透了,不想活了。"刚说出这么一小截,她便捂住嘴巴,警惕地看着我,"妈说的这些,你不会搬给别人听吧。"

"不会,大不了就跟我爸搬搬。他知道了,就会不让你不想活。"

她的脸一沉,忽然提高音量:"我怕的就是你这张破嘴,知道吗?有的事情一说出去就办不成,哪怕是想死也死不成。"她掀开被单,从床上爬起来,马上要带我去一个地方,一点也不像是身体里揣着阑尾炎的人。

我跟着她来到三合路六巷,钻进一扇阴暗潮湿的门。那时天已经全黑,屋子里没开灯。我妈叫了一声:"九婆。"灯光就扎到了眼睛上。一张老妇人的脸慢慢出现,慢慢清楚。

"吴小姐,你已经好久没来了。"

"你帮我家广贤封封嘴巴,他这张嘴最近没少给家里带来灾难。"

我妈递过一张钞票,九婆接过去。屋子再次变黑,火柴点亮了一堆纸。我接过九婆的三炷香,磕了三个头。九婆说:"闭上眼睛吧。"我闭上眼睛。她把那只比树皮还老的手放到我的头顶,她的手滑过我的额头、眼睛、鼻子,最后沉重地落在我的嘴巴上。凡是她手过之处,我都有一种被刀割的感觉。

"广贤,封了嘴之后,再也别乱说话了。"

我点点头。她用一张纸片贴住我的嘴巴。那是一张两指宽的小红纸片,是竖着贴的,一半粘住我的上嘴唇,一半粘住我的下嘴唇。九婆吩咐至少要贴半个小时才会有效。为了赶时间,我顶着那张红纸片跟我妈坐上了公交车。许多人扭头看我,我的脸红得比纸片还红。回家途中,纸片掉下去两次,我两次捡起来,舔了一点口水,重新贴到嘴巴上。我觉得那片纸就是一张奖状,专门奖给我勤奋的嘴巴。

10

　　赵山河回家的次数明显减少，但只要她一回来，就有可能跟我爸擦肩而过。这种时候，我爸的嘴唇通常会抖动不止，像蝗虫振动的翅膀。他想说话又不敢说，脖子扭来扭去，生怕后面有人。而赵山河却昂着头，故意把眼睛放到高处，屁股晃得像秋千，大踏步地走过去，仿佛不认识我爸。

　　赵大爷怕他俩挺不住，给赵山河找了个身高一米八的火车司机，用建设新中国的速度为她操办婚事。星期天，一辆插满彩旗的卡车停在仓库前面，几个穿制服的铁路工人，包括那个姓董的大块头从卡车上跳下来，把赵山河和五个装子弹的木箱放上去，就把车开走了。车上彩旗摇摇，车头的高音喇叭播放着："无产阶级文化大革命就是好，就是好呀就是好呀就呀是好……"除了我爸和赵万年不在，仓库里的其余成员全都站在门口，看着卡车离开。车子拐上马路，连同歌声一起消失了，我们还久久地站着，像是喇叭留下的声音。

　　后来我爸坦白，当时他就站在下一个路口，看着那辆彩车从眼皮底下飞过。赵山河站在车厢的最前面，双手扶着栏杆，头发被风撕烂，像破布那样飘起来。她的脸上没有伤心没有遗憾，竟然还有几分得意，根本没发现我爸在为她送行。我爸跟着那辆车跑过百货大楼，跑过朝阳饭店，再也追不上了，就停下来哭。他说他整整哭了一个下午。

我基本相信他的说法，因为那天他很晚才回家，眼圈红肿，眼白里全是血丝。他坐在餐桌边发了一会呆，才端起我妈留下的那碗白米饭。他吃了一口，停下来，久久后再吃一口，而每一口起码有一半的饭粒没喂对地方，掉到了餐桌上。他的眼睛好像盯着那盘炒肥肉，但是筷条却屡屡伸到盘子的外边，夹了好几次都没把肉夹住。他没有发现那碗米饭是经过我妈挤压过的，分量比平时要重。他也没在意餐桌上多出来的这一盘炒肥肉，好像肉对他的舌头没有造成刺激，和每一餐的南瓜片差不了多少。这顿饭他吃了差不多一个小时，而且只吃了小半碗，大部分时间他的动作是停止的。我妈的精心准备被他忽略了，就像赵山河忽略他那样。

家里第一次这么沉默，就连那么大的仓库也沉默。我爸在床上翻来覆去，直到窗口发白才入睡。他再也没有鼾声，取而代之的是轻轻的磨牙。忽然，他一把抱紧我，嘴里喊道："山河。山河。"吓得我脖子都缩进了肩膀。他仿佛意识到了错误，手一松，瘫在旁边。我妈大声地咳了几下，从另一张床上爬起来。昨晚失去的声音回到了仓库，那是方伯妈拉尿的声音，赵大爷吐痰的声音。我们在这些熟悉的声音里起床，洗脸，离去。只有我爸一个人还赖在床上。

如果只是这么一次，也许我妈会原谅他，包括我也会原谅他，但是我爸得寸进尺，在后来的好几个晚上都抱着我喊"赵山河"。我的旧鸡皮疙瘩未消，新鸡皮疙瘩又起，只好自己睡到用凳子拼出来的床上。即使这样了，我爸仍抱着枕头喊那个女人的名字。我妈实在忍无可忍，忽地尖叫，抓起一个水杯砸到我爸的床头，竭尽全力喊道："你这个流氓，给我滚出去！"

我爸灰溜溜地下床，裹上一件衣服，真的滚了出去，他像铁圈那样一直往前滚，滚过铁马路、三合路，停在铁道口。你知道，那时候的深夜，整个城市都会休息，只有铁道上的那些火车不睡觉，它们来来往往，有时候是一列的灯光，有时候是一堆堆的货物。我爸就坐在口子边，看那些火车。他为什么要去看火车呢？原来他偷偷去过兵工厂，人家告诉他赵山河不来上班了，已经调到董司机的火车上去了，总有一天她会跑遍全中国。

有一天，我们回到家，看见餐桌上压着一张字条。那是我爸的字："我有事去一趟北京，五天后回来。"我妈拿字条的手微微震颤："你们知道他去北京干什么吗？"曾芳说："去看毛主席吧。"

"他没那么大的面子，他是到火车上看赵山河去了，"

我妈把字条撕碎，丢在地上，用脚狠狠地踏，"你爸是个大流氓，我再也没法跟他过了。如果不是看在你们兄妹的份上，我已经跟他离了一千次婚。也不想想赵山河是个什么东西，她哪一点比你妈强？她会背语录吗？她会弹琴吗？会绣花吗？会书法吗？全都不会，只会扭屁股。他们俩坐在一张板凳上，就是两个流氓！"

吃过晚饭，我妈开始收拾东西，她把她和曾芳的衣服整齐地叠进那口老式皮箱，把那半瓶香水也放了进去。我说："妈，我的衣服呢？"

"不能全都走了，你得留下来给妈守住这个房子。"

每天下班回来，我妈都在收拾，有时会突然想起一本书，有时会突然记起一本相册、一把梳子。她想起什么，就往皮箱里塞什么，后来皮箱实在装不下了，她就加一个网兜。后来网兜也装不下了，她就开始把皮箱和网兜里的往外掏，不断地调整行李结构，掏出来塞进去，塞进去掏出来，如此反复多天。

一个傍晚，我爸灰头土脸地回来了。我妈提起皮箱："我们一共有两个孩子，每人负责一个。"我爸说："你要去哪里？"

"我就是去跟那些动物做伴，也比跟你在一起强。你什么时候想清楚了，我就什么时候回来跟你办手续。"

我爸蹲下去，双手抱头。我妈又提起网兜，带着曾芳走出去。我踢了一脚凳子,骂了一声:"活该!"

我爸抬起头来:"谁活该了?"

"你还不清楚呀? 没想到你死不悔改。"

我爸呼地站起来:"这是爱情,你懂不懂?"

"爱情是爱自己的老婆,爱别人的老婆就是耍流氓。"

我爸来回乱窜:"你让我怎么解释? 这么跟你说吧,假若你十年没沾一滴油,突然有人做了一餐肉给你吃,你说你忘得了吗? 放得下吗?"

"那我妈专门给你炒了一盘肥肉,你为什么忘记了,放下了?"

"你懂个屁,你妈差不多十年都没给我肉吃了,不信你去问她。她要是给我沾一点油花花,我会这样吗? 你还不是男人,你不知道这个。一个人要是没有了这个,连活都不想活了。"

"你受伤的时候是怎么跟我说的? 你把自己说的话扔给狗了!"

我爸叹道:"总有一天,你会理解的。"

"就是到了一百岁,我也理解不了。你下流!"

11

当时,我们家的相册摞起来差不多有两尺高,我妈只拿走其中最重要的两本。我从那堆相册里翻出跟我爸的合影，然后用剪刀把他剪掉。照片大都是黑白的，只有特别好的才上色彩。有的照片仅三根指头宽，脸小得就像黄豆；有的人挨着人，中间没有一点缝。为了剪掉我爸，有时我不得不把我妈或者我的膀子一同剪掉。有几张小时候我爸抱着我的照片，剪起来才叫考验人，我得沿着我的轮廓剪一圈，这样我爸才掉下去，照片上只留下他抱着我的那双手。那双让我起鸡皮疙瘩的手也不能放过，我用刀口刮，直到刮不见为止。

做完这一切，我觉得我干净了，但是我爸还没干净。我恨不得把他的五脏六腑都掏出来，用肥皂搓洗十遍、二十遍，再把它们放回去。我开始蔑视他，具体的表现就是不干家务，而是跷起二郎腿看那些他带回来的报纸。在我看报纸的时候，他会低着头走进来，把新的报纸丢到我面前，然后一声不吭地去厨房煮饭。当我把报纸上的每一个字，包括标点符号都看了一遍，就听到他低三下四的声音："可以吃了吗？"我放下报纸，坐到餐桌边埋头吃起来，一句话也不跟他讲。他的眼睛不时瞟我一下，希望我能说点什么，但是我什么也不说。报纸上明明写着，对坏人就应该像严冬那样无情。而一个坏人，就应该被冷落，被看不起。

我爸是少爷出身，他哪受得了这样的冷脸，没过多久，他就主动跟我说话:"广贤,你别拿白眼仁看我。你不知道,在旧社会像你爸这样的身份,可以娶四五个老婆,睡一个赵山河算老几?你妈她不理解,那是因为她跟我没有血缘关系。而你,是从我身上出来的,是我亲亲的儿子,难道你就不能理解,不能同情吗?"从他的语气里,我知道他对赵山河贼心不死。他哪里知道,坐在他面前的这个曾广贤已经不是过去的曾广贤了,这个曾广贤没有白看那么多报纸,已经懂得用上面的理论武装头脑。

一天傍晚,我爸的裤带上忽然掉下一本书,那是一本用旧报纸做封皮的书,书页哗啦摊开,露出女人的光屁股,竟然还是彩色的。我被那幅丑陋的画面吓呆了。我爸转过身,拾起书拍了拍,重新别到裤带上。他别着那本书站在水池边洗碗,两只膀子轻轻晃动,汗衫上开着几个破洞,头发长了,白头发就更加扎眼。我爸勤劳朴素的背影让我的心动了一下,我想如果再不挽救他,也许他会彻底堕落,会调戏妇女,会成为强奸犯。我哪还丢得起这个人呀。

现在说出来可能你以为我是吹牛,但是我向你保证我没说谎。我是一个政治的早熟者,不像现在的年轻人一点也不关心政治,没什么前途。我从来没看见赵万年佩服过谁,连撒尿都把两个鼻孔指向天空,很少低头看人,不过,他佩服我。当时,我去找他挽救我爸。

他说:"批来批去,就跟赵山河那么一点破事,大家都没什么兴趣了。"

"其实还大有内容可挖。"

他抬头看着我,第一次那么重视。

"他和赵大爷一样,常常把娶三四个老婆挂在嘴边,这是不是封建社会的残余思想?他认为你们赵家过去是他的仆人,所以跟赵山河睡觉那是看得起你们,这是不是资产阶级的优越论?"说到这里,我听见赵万年咂响了嘴巴,就像喝到好酒时咂嘴巴那样。我说:"更何况他在看一本黄色书,那本书比狗交配还要黄色一百倍。"

我看到佩服像水那样从赵万年的眼睛里哗哗地流出来。他拍拍我的脑袋:"你他妈天生就是个搞政治的。"

这样,一群红卫兵抄了我们的家,把那本书和我爸一同带走了。两个高大的反扭我爸的手臂,其余的跟在后面。一片绿色的服装簇拥我爸而去。我爸挣扎着,身体时起时伏,最后连头也被他们按了下去,屁股反而高高地翘起。他们把我爸押上汽车,汽车摇晃着离去。忽然,我爸的头从七八只手掌下撑起来,扑到栏杆边喊:"广贤,爸不能给你煮饭了,粮票在席子底下,钱在柜子边的砖头里。晚上你不要乱跑,多加一根门闩。如果害怕的话,就去跟百家睡觉。万一我回不来,你去跟你妈过日子,告诉你妈,让她别恨我。你听见了吗?广贤……"随着汽车的远离,他的喊声越来越小,最后变成一声惨叫。

我本来不想哭,但泪水还是涌出了眼眶,让我看上去不像是个坚强的人。赵万年最后一个离开,在爬上吉普车之前,拍着我的头:"凡是革命都得付出代价,有好多大人物都曾经为革命奉献过亲人。"说完,吉普车扬长而去。我想这是值得的,只要他们能把我爸脑子里的流氓习气像擦错别字那样擦掉,就是吃点苦也是值得的。

几天之后,那辆汽车把我爸送了回来。车上只有四五个红卫兵,他们打开车厢的挡板,抬脚踹我爸的屁股。我爸从车上扑下,一嘴吃到地上。于伯伯和赵大爷把他扶起来。他的嘴角、脸颊、手臂和胸口布满了血痕,像是绳索勒出来的。他们扶着他往仓库走。他摇摇晃晃,吐了一口血,血里面有一颗断牙。他说:"就一本从香港那边带来的书,他们竟然说我里通外国,是特务。他们不知道这样的书在香港是可以公开摆卖的。他们没学过美术,不懂得人体也是一种美,真是比那些动物还愚蠢!"

晚上,我爸躺在床上叹气,一声比一声长。叹了几百声,他叫我把电灯熄了,然后轻声地说:"如果他们再来折磨我,我就不想活了。"他和我妈都说"不想活了",好像这是什么比赛,谁说得多谁就是冠军。我没吭声。他说:"广贤,你过来。"我站在那里没动。

"你过来,我有话跟你说。爸这辈子最大的亏就吃在女人身上,你别再吃这方面的亏了。爸教你一个方法,让你一辈子不接触女人也能熬过去。爸觉悟得太晚了，要不然哪会挨这么多拳打脚踢。本来不到万不得已我不想告诉你，但形势这么复杂，爸说不定死就死了，恐怕那时连说的机会都没有。你过来，我告诉你，"他的嗓音更低了，"如果你实在想女人，想得都想犯错误了，你就用手来解决，知道吗？就这样用手来回地搓。这是你自己的身体，你就是把它搓烂，只要你不说，没人抓得到把柄。我一直以为男人要有女人才会完整，今天总算明白了，老天呀！既然你要让我们自己解决，何苦还要创造女人呢……"

没想到我爸的脑子里还是一坑粪水，我转身跑出去，把门摔得比枪声还响。

12

知道那时我最痛恨的是什么吗？流氓，像我爸那样的流氓！所以当我爸被另一伙红卫兵押走的时候，我的心情就像水泥路那么平静，那么坚硬，我甚至连门都没出。等外面的吵闹和汽车的引擎声离开耳朵，我竟然放开嗓门唱了起来："红岩上红梅开，千里冰霜脚下踩，三九严寒何所惧，一片丹心向阳开，哎，向阳开……"唱着唱着，我面前的窗玻璃忽然碎裂，开始我以为是我的声音把它震碎的，但是我马上就看见一颗石子飞进来，紧接着，另一颗石子从另一扇窗玻璃飞了进来。我知道,那是于百家和荣光明用弹弓射出来的,两颗石子落在蚊帐上,就像是他们的嘲笑。不过,我并没有因此而停止歌唱,一直站在原地把那首歌唱完,唱得浑身燥热,额头上冒出了许多细汗,仿佛全身都是力量。那可是寒冷的冬天,没一定水平是唱不出汗来的。

第二天早晨,两辆卡车停在仓库门前。车上跳下一伙人,他们分别把赵家和于家的家什搬上卡车。于伯伯含着牙刷和一堆泡沫跑出门来,呵斥:"你们这是抄家呀?"领头的说:"这间仓库要发挥更大的作用,你们都得搬走。"于伯伯把泡沫和牙刷吐到地上:"怎么说搬就搬,也不商量一下。"领头的说:"少啰唆!你想戴尖尖帽挨批吗?"这伙人闹着,闯进于家的卧室,方伯妈发出一声惊叫。于伯伯说:"就是搬也别这么急,你得先让我老婆把衣服穿上。"领头的说:"你们这些臭资本家真他妈会享受,太阳都晒到屁股上了,怎么还没穿衣服?"

赵大爷躺在自家的门槛边,拦住搬家的。他们从赵大爷的身上跨进去,然后又跨出来,手里托着木箱、床架以及被窝等用具。他们来来回回,没把赵大爷当一回事,只是到了门槛边便把步子迈大一点。赵大爷的头上全是进进出出的裤裆,他觉得阻挡没成反被跨,真是吃了大亏,便呼地站起来,大声喊道:"你们别乱来,我可是赵万年校长的老子。"有人就笑了："正是赵校长叫我们搬的。"

搬完家什，赵大爷抱住门框不走。几个人就把他抬起来，像抬家具那样往外抬。赵大爷像垂死的鸡在他们手里弹着，骂着："赵万年，你这个狗日的，老子在这里住了半辈子，你要把我搬到哪里去？你要搬我，还不如杀我，还不如让我死在仓库里痛快。你知道除了这个仓库，别的什么地方，就是金銮殿老子也住不习惯。你这个挨刀砍的，总有一天，天会收拾你……"赵大爷喊到我面前，忽然安静了，他睁着杯子那么大的眼睛，牢牢地盯住我，吐了一泡口水："都怪你这张×嘴。"

不光是赵老实吐口水，于发热、方海棠和陈白秀在离开的时候，也都对我吐了口水。他们像谁欠了他们的钱那样黑着脸，把口水准确有力地吐到我面前，少部分溅上了鞋面。只剩下于百家还没从仓库出来，我想他不至于像他们这么下作吧，即使下作，我们还有友谊呢。汽车的喇叭响了几声，于百家抱着一堆沾满灰尘的破鞋停在我面前，对着我的裤子和脸连续吐了两泡口水。他不仅吐，竟然吐了两下，而且还吐到了我脸上。我扑上去卡他的脖子，他一拳把我打倒。为了这一拳，他连那些破鞋都丢掉了。他们为什么要对一个思想健康的人吐口水？难道报纸说错了吗？

我赶到动物园我妈的宿舍。门虚掩着，传来"别、别、别"的声音。透过门缝,何园长的手在剥我妈的衣服。我妈的手推开何园长的手。他们的手推来推去,就像是推什么贵重的礼物。我踹开门,屋子顿时亮堂了。何园长咳了两声,背着手走出去。我妈整理扯乱的衣服,脸和脖子红成一片,就像全国山河一片红。我把两个小时前受到的污辱照搬过来,对着她连连吐了几下口水,吐的次数超过了于百家他们的总和。我妈说:"广贤,你听我解释……"

"我不想听!"

"真是的,真是的,现在就是跳进归江也洗不清了。你知道妈不是那样的人,是他逼我去揭发你爸,我不愿意,他就动手动脚。你想想,我能做那种不要脸的事吗?只是人家有权有势,我不敢扇他,怕逼急的狗更会咬人。真是的,真是的,妈的一世英名就这么给毁了……"她在解释的过程中,红着的脸一直没有褪色。

"仓库出事了。"

"看你满头大汗的模样,我就知道没什么好事。"

一声老虎的号叫从铁笼子那边传来,我的脊背像滑过了一块冰。我妈不停地跟我解释这件事,就是坐到公交车上她也还在解释。车过铁马东路,我们看见仓库的瓦片上腾起阵阵尘土,她解释的嘴巴才僵死在空中,如同一条冻硬的鱼。车门打开,她第一个跳下去。我跟着她跑到仓库,趴在门框上。仓库里尘土飞扬,一群红卫兵小将正挥舞铁锤,砸我们家的砖墙。最后一堵墙"哗"地倒塌,把我们已经被洗劫过的家什埋在下面。更多的灰尘腾起,像蘑菇云翻卷在仓库的上空。我妈冲进去,扑向砖头,用手扒拉。她的手指扒出了血,也没扒到我们家值钱的东西,只扒到了一张照片。那恰巧是她住进仓库那年照的,上面写着"摄于一九五〇年"。她拿着照片一步一个脚印走出仓库,眼睛里噙满泪水。她的手指血迹斑斑,她的脸上全是灰尘,她平时干净的衣裤再也不干净了。即便是到了这个时候,她也没忘记那件事。她说:"广贤,你一定要相信妈。妈宁可死也不会做那种丢脸的事!"

13

我认为我妈是因为害羞才死的,现在我也一直这么认为。在我眼里,她干净而高尚,近乎一张白纸那么完美。她不仅自己痛恨流氓,还要我们一起跟她痛恨。当她吊起了我们痛恨的胃口,她就不能中途变卦,甩下我们这些跟随者不管。所以,无论如何她是不能容忍我看到她被人摸弄的。十年了,她在我们面前树立的是什么形象?是不被人摸弄的形象,现在忽然被人摸弄了,她不羞死才怪呢,连我都替她害羞。

第二天中午,我妈让妹妹曾芳失踪之后,就拿着一块肉去喂那只名叫兰兰的老虎。老虎的铁笼子后面有一个门，门的后面是它的活动区，有树，有假山，周围是高高的水泥墙。我妈把兰兰放出来，却没把肉丢给它，而是把自己丢了下去。这样我妈的一半给了老虎，剩下的一半被单位买来的白布裹着，白布的周围站着她的同事和何园长等。我的脑海闪过我妈脸红的模样，闪过她跟我解释的模样，闪过她扒出照片时的灰头土脸……最后，我坚信她是因为害羞而死。她死了，我爸还不知道，曾芳也不见了，这时我才感到害怕，才发觉这么大的城市，已经没有一个可以依靠的亲人。不仅仅是这么大的城市，而是这么大的地球，我竟然没有一个贴心的人。

晚上，我独自坐在仓库门口，冷风刮着我的鼻子和耳朵，砖头和水泥的味道从门口扑出来，很浓很重。但是慢慢地，这些崭新的味道隐退了，过去的味道拱了起来。那是于伯伯的尿骚味，赵大爷的烟味，我爸的汗味，我妈的香水味……它们像水倒灌进我的鼻孔，呛出我一连串的咳嗽。到了下半夜，马路上的声音消失了，我竟然想念起我爸来。我竟然想念一个流氓，心里很不服气，希望这是假的，但是它却像一坨铁挂在胸口，伸手一摸就能摸到它的重量。我甚至隐约地觉得什么地方出了差错，好像我被人骗了，却还不知道那骗我的是谁。

白天，我去找赵万年打听我爸的下落。赵万年说："你爸现在很抢手,连我都不知道他在哪里? 批剥削阶级的找他,批流氓的找他,批死不改悔的也找他,好像他的身上哪一条都可以拿来做活教材。你到那些批斗会现场去找一找吧,不要光找我们这一派的,别的派也去找一找,有时他们没批斗对象,会把你爸借过去批。"

马路上到处都是买年货的人,眼看就要过年了,我却抱着双手从一个街道到另一个街道,从一个学校到另一个学校,从一个会场到另一个会场,抹着鼻涕去找我爸。在三合路,我看见白发苍苍的老头被小将们高高地架起双手,好像那双手是往后面生长的。在尚武路的学校操场,我看见一个被五花大绑的中年人眼镜被当场打烂,玻璃碴子刺进眼睛,血像泉水那样涌出来。在铁马西路的巷子,我看见一群坏分子被小将们剥光了外衣,躺在冰冷的石板上,四脚朝天看太阳……我看见许多我想都没想到的画面,却没看见我爸。就要下雪了,我还没看见我爸。

或许他在某个地方与我错过了? 或许他已经死掉?我真不愿意这么联想,但是当黑夜来临的时候,我又不得不这样想。晚上我睡在仓库的阁楼里,白天我坐在仓库的门前。赵大爷来叫我去他的新家,我没去。于伯伯也来叫过我,我也没去。我说:"我要等我爸回来。"我不信到过年那天他不回来。他不回来,就没地方可去,除非他死了。

一天又一天,天气越来越冷,明天就是除夕,到处都是炖猪骨头的味道。这时，天空下起了雪，只半天工夫就把屋顶、马路铺成了厚厚的白。行人稀少，车子打滑，雪压的树枝渐渐地弯下。一个半截人像狗那样从马路爬过来，在雪上拖出两条深深的印痕。我大叫一声"爸"，跑过去。他像没有听见，仍然低头爬着。我蹲下去扶他，他一把推开我："别碰我！你这个畜生。"我愣住。他的头发已经剃掉一半，俗称"阴阳头"。他的脸上结满了血痂，胡须上挂着零星的雪粒。他的双手和两个膝盖分别堆积着雪团，就像戴着四个棉花做的套子。他向仓库爬去，右腿始终拖着，仿佛一截身上掉下的木头。正是这条被打折的腿，使他变成了爬行动物。我往身后看去，两条印痕从他的屁股底下一直延伸到马路拐弯的地方。印痕又长又深，比马路上汽车压出来的还要扎眼，好像他的身体比那些汽车还重。

我再次蹲下去扶他。他更用力地推开我，吼道："不要碰我，一辈子也不要碰我！我原来以为告密的是别人，没想到是你。你连我教你用手来回地搓都跟赵万年说了，你到底是他的仔还是我的仔？你给我滚一边去吧，越远越好，再也别让我见你。"我爸骂着，继续往前爬。他不知道还差二十米就会看到家已经不复存在，里面尽是垮塌的砖头。他更不知道曾芳失踪了，我妈死了。他以为他的床铺还在，那个凉水壶还在，家庭还在。我很想把这一切告诉他，但是手掌却习惯性地扬起来，扇了一下嘴巴，话到嘴边又咽下。看着他一步一步地爬向仓库，我忍不住痛哭起来。我一边哭一边把头撞向雪地，用力地撞，快速地撞，恨不得把自己一头撞死……

14

对不起，我失态了。一说到这里，我总是情不自禁……你怎么也哭了？这是纸巾，擦一擦吧。你哭了，说明你有同情心。现在，像你这样有同情心的越来越难找了。不瞒你说，就连于百家和荣光明都不愿意听我说话，他们像躲债一样躲着我，生怕我耽误他们的生意。张闹就更加过分，她到电信局办了来电显示，还花高价买了一部多功能座机。再多的功能也白搭，她只会用其中的一种，就是把号码事先输进去，凡是我的来电，座机就会响起《茉莉花》的音乐。只要这段民乐一响，她就不接电话。有时《茉莉花》听烦了，她就调成《洪湖水浪打浪》或者《怀念战友》。总之这些年，她没少听民乐，其欣赏水平就像起楼，一层一层地往上叠。我也曾以看孩子的名义去按过她的门铃，那个孩子挡在门缝里，冷冰冰地说："我妈说了，她不在家。"弄得我一鼻子的灰。

唉，我又说跑题了，还是跟你说说小池吧。

第二章 友谊

15

当时我正处于低潮,妈死了,妹妹不见了,爸还躺在仓库的乱砖上,总而言之我失去了亲人和家园,失去了睡觉的地方,鼻子常常发酸。我把赵家和于家给我吃的掰下一半,送到仓库里去,但是我爸不吃我送的食物,哪怕是他睡着了我偷偷送去的食物他也不吃,好像我在食物里放了毒,他拿起来一闻就毫不客气地丢掉,一点也不心疼,更不会考虑那是我用"吃不饱"换来的。他只吃赵大爷和于伯伯送的东西,都是些包子、馒头和油条,外加一壶寡淡的茶水。

我爸用烂报纸和破竹席紧紧地包裹自己,抵挡寒冷的袭击。他没地方可去,也不想找地方去,一心要让仓库做他的坟墓。我是他不欢迎的人,只能站在冷风中隔墙而望,有时一望就是几个小时，可以看见他卷着席子在砖头上翻身。他翻身就像圆木那样滚动，碰到凹凸不平处，他要滚好几十次才滚过去。我曾经跑进去帮他，他吼得脖子上的青筋都鼓了起来，甚至举起砖头要砸，所以，我只能在窗外看他。那么，就让风吹红我的鼻子、耳朵，麻木我的身体吧，就让北风来得更猛烈些吧，只有全身都冷了、麻了，我的心里才会好受一些，仿佛这样能减轻我的罪孽。

一天下午，十几个砌工背着他们的家伙来到仓库。他们眯起眼睛，在仓库里拉直线，开始了改造旧仓库的工作。他们拉完直线，就在角落里搅拌水泥，然后右手提瓦刀，左手拿砖头，认真地端详。他们除了端详砖头的平直，还掂了掂砖头的重量，认真的程度绝不亚于选拔人才，严厉得像是在给砖头搞政审，生怕那些旧砖不听话，影响他们的工作。凡是他们看不上的砖头，就随手扔出窗口，能用的他们就一刀铲掉上面的旧疙瘩，抹上新水泥，沿着拉起的直线砌条凳。阳光从瓦片上漏下来，落在他们的手上、瓦刀上、鼻尖上，但是随着他们身体的晃动，阳光不断地改变位置，看上去晃动的不是他们而是阳光。仓库里烟尘滚滚，敲打声一片，旧砖头正在为新阶段发挥作用，变废为宝。

随着一排排砖砌条凳的增加，墙角只剩下最后一堆乱砖，我爸就睡在上面。砌工们抽掉一块砖，我爸的体位就改变一下,不断地随着砖头陷落,到最后他的双脚已接近地面,而脑袋还高高在上,也就是裹着我爸的席子已经斜立起来,搁在一旁的瓷碗和水壶哐啷哐啷地滚下。水洒了,馒头跑了,卷着的破席忽地弹开,露出我爸胡子拉碴的脸。必须强调,那是赵山河家的席子,就是我们用来围过狗的席子,现在它正围着我爸。砌工们丢下手中的瓦刀,坐在板结了的条凳上抽烟,烟雾和尘土在他们头顶飘扬。他们轻声地商量:要不要把我爸像扔烂砖头那样扔出去?

最后,他们全都站起来,吐掉嘴里的烟头,拍拍手上的水泥,把席子连同我爸往仓库外面抬。我爸在席子上滚动,就像荡秋千那样滚动,双脚在席子外面踢蹬,嘴里不停地喊:"别、别让我出去,我要死在家里。只要你们再给几天时间,让我恢复一点力气,我就死给你们看,站得起来我就撞墙,爬得上去我就吊颈。如果你们还有良心的话,就帮我在横梁上搭根绳子,打个活结,求你们把我的脖子套进去……"

砌工们像丢死狗那样把我爸丢在门外的板车上。板车闪了一下,轮子拖着拉杆滚了半圈。一个粗大的砌工对我呵斥:"把你爸拉到三厂去。"我爸大声地喊:"不!"那可是北风呼啸的冬天,我爸的鼻子很快就冻得像胡萝卜,嘴唇慢慢地乌紫,喊声逐渐微弱,最后再也没有喊的力气,闭上眼睛睡去。我脱下外衣盖在他身上,拉起板车往三厂的方向走。

马路上车来人往,我却听不到声音,好像车和人都是影子。地面铺着半干半湿的黄叶,公交车的轮子从上面碾过,好像也没有响声,倒是我手里的板车把那些黄叶压得喊喊喳喳的。第一次拉这么笨重的板车,我没走多远汗水就湿透衣背。打在脸上的风越来越有力,我双腿疲劳得飘了起来。下坡时,板车赶着我走。上坡时,板车拼命地往后拖,拖得我的双手又麻又痛,我几乎就要撒手不管了。就在这时,板车忽然轻了,就像下坡时那样强迫我。我一回头,看见小池嘴里喷着白气,双手搭在后架上使劲地推,细汗挂在她的额头,脸比平时更红扑扑了。

小池叫池凤仙,平时大家都称她小池,是我们班上最胖的,原因是她爸在食品站当站长,比我们有更多的机会吃肉。不过那时候的胖和现在的胖完全是两个概念,那时的胖只等于现在的正常,也就是比大家稍微粗那么一点点。正是那么一点点粗,小池显得比任何人都成熟,她的盘子脸是我们一用"红扑扑"来造句,就会立即想起的那种。她吃得饱穿得暖,没有理由不红扑扑。

我们把板车连推带拉送到三厂,许多人围了上来。我爸睁开眼睛:"这是哪里?你们是谁?能不能等我的腿好了再批斗?"

"长风,我是胡志朋。"

"我是谢金川。"

"我是刘沧海。"

一个个名字像炮仗那样响起,把我爸的眼圈感动得鲜红。我和小池被人群挤出来,站在一旁喘气。小池掏出手帕给我擦汗,她没征得我同意就为我擦汗,吓得我赶紧把脸闪开。她说:"那么多的汗,你也不擦擦?"我摇摇头,躲开她的眼睛。

16

我经常看见小池拿着那张手帕掩住嘴鼻,听课的时候掩住,交谈的时候掩住,走路的时候也掩住,好像害怕什么气味。有一天,她就这么掩住嘴鼻问我:"广贤,你打算到哪里插队?"

"不知道,如果让我选择的话,我想去天乐县。"

"你能确定吗?"

"反正别的地方我不想去。"

几天之后,小池还用那张手帕掩住嘴鼻,对我说:"我知道你为什么想去天乐了。"

"为什么?"

"因为报纸上的那篇文章,写得真美!"

小池说的那篇文章就发表在省报副刊,标题叫《风物还是天乐好》。那年头大家都忙着喊口号，关注大事情，没多少人会注意报屁股上的小散文。手帕再也掩盖不住小池的得意，她说："天乐确实不错，除了文章上说的好，还有三个好你不知道。"我真的不知道，在看这篇文章之前，我都不知道地球上还有个天乐县，就是现在看了文章，我也不知道天乐在什么方向。小池说："第一、天乐平均气温16.3摄氏度，如果去那里插队不用多带衣服；第二、天乐在铁路线旁，如果去那里插队可以坐火车；第三、天乐有一个五色湖，在海拔两千多米的象牙山上，由于山势险峻，几乎没人能爬上去。但是我想，再高它也没有珠穆朗玛高，再险它也没有喜马拉雅险，所以，如果去那里插队，我一定要爬上去。"

就这样，小池报了天乐县，跟她一同派往那里插队的还有班上的五个同学，其中包括于百家和班长荣光明。我没报名"上山下乡"，借口是照顾我爸。一次放学的路上，小池拦住我："其实你爸根本不需要你照顾，他的腿利索了，房子也分到了，你还能照顾他什么？"

"给他打个伴，陪他说说话。"

"算了吧，据我所知，你爸到现在都还没跟你说话，他根本就不想见你，躲你就像躲麻风。"

"那又怎么样？大不了你去赵万年那里告我。"

小池一跺脚："我犯不着，你言而无信。"

"哎，小池，我可没说过你什么坏话，就连他们说你破相，我都没掺和。"

小池把手帕从嘴鼻处拿开："我破相了吗？"

"没破。"

小池又用手帕捂住嘴鼻："如果你当初不说想去天乐县插队，我就不会报名。知道吗？只要我爸给领导割几斤肉，我也可以留在城里。"

"你自己不留，和我有什么关系？"

"就有关系，你吊起了我上山下乡的胃口，自己却当了逃兵。"

我习惯性地拍了一下嘴巴："对不起，算我多嘴了。"

"不过，现在补报还来得及。"

"我不想下乡。"

小池盯住我，久久地盯住："如果我叫你下呢？"

"你又不是校长，我怎么会听你的。"

小池一甩手，抛掉那张手帕，气冲冲地走了。当时我一点也摸不透她，不知道她为什么要生气？她那么善良，那么喜欢帮助别人，怎么说生气就生气了？难道是因为我思想落后吗？思想落后可以被她看不起，但不至于让她生气呀。我踢了一下地上的手帕，隐约感到一团热正离我而去，抬起头，小池愤怒的背影果然远了。

17

仓库经过改造变成了大会堂，主席台插满旗子，台两侧贴着对联，墙壁上拉起横幅，到处都是标语，内容不外乎"知识青年上山下乡，接受贫下中农再教育"。在我的记忆底层，这是仓库打扮得最、最漂亮的一次，它既符合历史潮流，又花枝招展，用今天的话来说就是"时尚"。仓库的色彩特别强烈，除了横幅上的白字，标语上的黑字，整个仓库一片红。红旗、红布、红纸，就连话筒都系着红，而像于百家、荣光明、小池这些准备"上山下乡"的知识青年们，胸口都顶着一朵纸做的大红花，花大得撑住他们的下巴，迫使他们昂首挺胸。

那天来的人特别多，大有挤破仓库的架势，除了第五中学的全体师生，还来了一些家长和附近的居民。新砌的水泥条凳挤不下那么多屁股，一些人就坐在过道上，连过道也坐不上的，只好趴在窗口，一眼望去，到处都是脑袋。窗口外的脑袋特别突出，叠了好几层，遮去了一半的光线。我只知道我家的仓库能装货物，却从来没想到还能装这么多脑袋。

我们忍受寒冷，竖起耳朵听赵万年讲话。赵万年已不是昔日的赵万年，已经升任铁马区革命委员会主任。他的声音比过去洪亮了好几倍，这除了他苦练嗓子之外，还得益于我爸他们厂对扩音器的攻关。赵万年的声音进入新话筒，经过新扩音器，从新喇叭里出来，就像小溪经过那么一段流淌，慢慢变成了大河，甚至大海。赵万年的讲话不时被掌声打断。那时的掌声不像现在的稀稀拉拉，有气无力。那时的掌声节奏鲜明，频率高，声音大，每个人不拍痛巴掌就不足以表达自己对新事物的拥护。掌声尚未退去，革命歌曲响起来；歌曲还没唱完，又插入了敲锣打鼓声。仓库简直成了声音的仓库。

晚上，我从窗口爬进去，坐在一排排整齐的水泥凳中间，回忆白天的热闹，仿佛那些声音还在墙上，那些脑袋还在拥挤，那些红……那些红本来就在。仓库变化越巨大，我就越想念过去，想念赵大爷的咳嗽、我妈的香水、我爸的炒菜、曾芳的肥皂泡……这就像看见某个人红得发紫了，你会自然想起他低贱的往昔。我抱住脑袋，让仓库的颜色一点点褪去，让它一步步回到原来模样，让它陈旧得就像落在条凳上的月光。忽然，一双手蒙住了我的眼睛，我用力掰开，发现身后站着小池。小池说："我就知道你在这里。"

"上午我看见你戴大红花了。"

"广贤，明天我就要走，特地来跟你告别。"

我们都才十六七岁，不知道用什么方法来告别。我找不到话说，就坐着发呆。小池站到条凳上："裙子好看吗？"这时，我才发现她身上的冬裙。那个特殊的年代，除了演员基本上没人敢穿裙子，更别说是冬天了。小池的裙子在凳子上飞旋，扇起一阵轻风，搅乱我的眼睛。突然，裙子盘旋而下，掉到凳子上，露出小池圆满光洁的双腿。我赶紧捂住眼睛，别过脸去。小池却一把抱住我："广贤，我们都不是学生了，自己的事情自己可以做主了。"我的呼吸忽然困难起来，感到她抱着的地方阵阵疼痛。我说："放开。"小池没放，反而越抱越紧，紧得就像箍木桶的铁线。我大喊："流氓！"小池的手顿时软塌塌，像松开的绳子那样滑落。我喘了好几口，才把丢掉的呼吸找回来。小池穿上裙子，不停地抹泪。我跳出后窗，跑了好远也没甩掉她的呜咽，胸口仿佛还堵着一团什么，便对着归江吼了一声："流氓！"

　　这个晚上，小池是流着泪回家的，仓库离她家有两公里，两公里她的泪都没流干，你就知道她有多伤心。回到家，她把绑好的铺盖卷解开，把木箱里的衣服、饼干、牙膏和香皂全部掏出来，摔到客厅的地板上，然后坐在上面哭。她爸问她为什么？她说不想插队了。她爸说明天就要出发，想不想插队不是我们池家说了算。但是小池不管不顾，双腿踢蹬，眼睛哭得像烂桃子又红又肿。她爸只好割了几斤猪腿肉，连夜赶到赵万年家，求姓赵的把小池留下，或者找一个人替她去插队。赵万年说好孩子都要放到大风大浪中去锻炼，这事我没法帮忙，你也别拿猪肉来当糖衣炮弹。她爸回到家，把猪肉摔在桌上，冲着她就骂，当初谁叫你报的名？你不是说广阔天地大有作为吗，现在怎么突然不想去作为了？她被问得哑口无言，只好慢慢地把哭泣声调到最小，把那些散开的衣服重新折叠，放进木箱，把那个铺盖卷又绑了起来。

18

第二天早上，我们这些留在城里的同学到火车站去送行。小池和于百家、荣光明等胸戴大红花，在欢庆的锣鼓声中列队爬上火车。所有的人都把脑袋从车窗口挤出来，流泪的流泪，挥手的挥手，好几朵胸前的大红花都被挤落到地上。在那些伸出来的脑袋里，我没有看见小池。她的爸妈挤向窗口，大声地呼喊"池凤仙"。但是池凤仙始终没把脑袋伸出来，就是火车拉响了汽笛，车身已经微微晃动，她也没把头伸出来。火车的轮子开始滚动，窗口的脑袋一只只地缩回去，忽然，一个窗口伸出了小池的半个身子，她不停地挥手，嘴里喊着什么。她的爸妈跟着人群追上去，一直追到小池的头变成一粒芝麻，小池的手变成一根线，才停下脚步。

小池他们一走，我就到动物园去顶我妈的职，每天侍候老虎、狮子和狗熊。哺乳动物的嚎叫就像化肥，时刻催促我往上蹿，仅半年工夫，我就使劲蹿高了五厘米。但是化肥也是有副作用的，它在催高我的同时，也催生了我的毛发。那些我认为不该长的毛发，曾经吓得我半死。我关上门，用剃须刀把它们刮干净，然而几天之后，它们又坚强地撑破皮肤。刮了长，长了刮，反复数次，我便相信这是篡改不了的事实，就像土地一定会长草那样颠扑不破。这些现象的直接后果就是我感到热，每天必须喝几大壶凉开水，如果晚上要睡八小时的话，那么我就有四个小时睡不着，总之有一半的时间，我不是在床上翻来覆去，就是像一团火坐在黑暗中静静燃烧。屋子里坐不住我就坐到门外，门外坐烦了我就坐到动物的铁笼子边。后来我发现身上的火越烧越大，就站到水龙头下冲凉水，白天冲五次，晚上冲三次。

　　深夜，除了动物的嚎叫，就没有其他的声音，但是远处，就在三合路那边，不时传来火车的哐啷。实在睡不着了，我就骑车到达三合路铁道口，看那些来往的火车，有时候是一列灯光，有时候是一堆堆货物。我看得眼睛一眨不眨，仿佛那些过往的车上有我需要看见的人，或者那些车会给我带来意外欣喜。火车扑来时我呼吸急促，火车离开时像抓走我的心，让我莫名其妙地感动。看了几个夜晚，我才猛醒，原来火车只不过是邮递员，我真正牵挂的是火车的那一头，也就是小池插队的天乐县。我干吗要牵挂天乐县呢？说白了，是牵挂小池，只是我不想承认。

我是在火车的汽笛声中忽然发现这个秘密的，当时，我的手脚都冰凉了，像是被谁抽了一记耳光，全身绵软无力。我说了一声"不"，就扶住单车站起来，但是我的身子一晃，又坐了下去。单车被我抓倒，轮子空转着。小池不就帮我擦了一次汗吗，干吗要去想她？为了驱赶这种没有道理的想念，我让我妈和曾芳占领脑袋，我妈曾经把我搂得那么紧，曾芳跟我在肥皂泡里洗了那么多年的手，我竟然不去想念，而偏偏去想念一个和自己没有血缘关系的，真是岂有此理！我把目光落在摇曳的树影上，落在零星的路灯上，落在又直又黑的两条铁轨上，看见曾芳踏着枕木远远地走过来，她脚步轻盈，越走越近，连两只羊角辫都让我看清楚了，连"妹妹"都快脱口而出了，她却忽然长高，一眨眼就变成了小池。我让小池退回去变成曾芳，让她一遍遍地从远处走过来，但是只要一走近，曾芳就会变成小池。我不得不承认小池抢占了我脑子里的地盘，她固执地钻出来，裙子在我眼前不停地飞旋，旋得我的思维一片混乱。难道她对我的帮助不是革命友谊？难道她抱住我不是要流氓？我不断地提醒自己：千万别急着下结论。我说到做到，即使眼前的铁轨由近而远地清晰，即使天亮了，我也不承认小池是想跟我谈恋爱。

　　第二天，我正在清扫兽笼里的粪便，忽然想起小池的那张手帕。它出现在我面前是送我爸去三厂那天，我满头大汗，小池掏出它递给我。我没有接，小池就用它来给我擦汗。她只擦了几下，我就闪开了。从那天起，手帕就没有离开过小池的嘴巴和鼻子。她没有破相，干吗整天用手帕捂着自己？难道她是为了闻手帕上的气味？那手帕上可没少沾我的汗水。想到这，我扔下铁锹就往第五中学跑。一口气，我跑到校门前的树下，围着那棵树找了起来。记得就在这地方，小池那天一生气，把手帕扔了，我还踢了踢。半年过去了，地面落了些树叶，树叶里有甘蔗渣、红薯皮和撕烂的纸盒，就是没有手帕。清洁工的扫帚至少在这个地方走了一百八十多遍，即使没把手帕扫走，经过这么久的太阳和风雨，它也该像树叶那样腐烂了。我在树下转了十几圈，连布渣渣都没看见，倒是在树的周围踩下了不少动物的粪便，凡是走过我身边的人不得不捂住鼻子，像小池那样捂住。也许小池根本就不是闻我的气味，如果不是，那她干吗要在我面前扔掉手帕？她有一千次机会扔掉手帕，干吗偏偏要当着我的面扔掉？

　　越是回忆，我越是拍大腿，恨不得拿自己去枪毙。小池给了我那么好的机会，我竟然没有抓住，真是天底下的第一笨蛋。如果能挽救该多好！当晚我就铺开信纸，开始

了挽救工作:

小池:

你好！天乐县好玩吗？你去爬那个五色湖了吗？插队的生活怎样？你能干农活吧？是不是哭鼻子了？想家了？你恨我吗？到现在我才明白，我不该骂你"流氓"。我向你道歉，希望你原谅我。

我一直把男女的接触看成是"耍流氓"。班主任"没主意"是这么教育我们的，校长赵万年也是这么教育我们的，再加上我妈的教育，我骂你"耍流氓"就不奇怪了。刚来动物园的时候，我经常用木棒打那些耍流氓的公猴，后来何园长教训我，说如果母猴的生育能力下降，就扣我的工资。原来猴子可以理直气壮地干这种事，那人为什么就不可以呢？书上不是说"人是高级的动物吗"？既然人也是动物，就应该享受猴子的待遇。不过人又好像不完全是动物，人应该有高尚的情操，不能像动物那样不要脸，因此人选择了一个中间办法，就是志同道合，先谈恋爱，谈妥了，同意了，才……

这封信写得乱七八糟，最后把我自己都写糊涂了，于是我就撕信。撕过之后，我又重写，写过之后，我又撕。

信的内容大致就是骂自己，恨自己，后悔当初没理解小池的意思。写着写着，我开始在小池的名字前加"亲爱的"。折好信，封好信封，我来到大街上的邮筒前，准备把信丢进去。但是每一次，我的右手都紧紧地掐住左手，提醒自己：万一小池生气呢？万一她把信交给组织怎么办？信也许太露骨了，是不是再含蓄一点？没准小池对我已不感兴趣……鬼都不会相信，一个被我骂过"流氓"的人还会原谅我。我在邮筒前徘徊，始终没敢把信丢进去，尽管手里的信每天一换。

19

我给小池写的信，全部压在席子底下。随着信封的增多，信的内容也愈来愈赤裸裸，就像说私房话，写得具体亲密，连想她的裙子、想她的大腿都写。这样一来，我常常梦见小池。有天晚上，我梦见她在我面前脱裙子，好像也是在仓库里。这次，我没有躲避，跟她睡了。梦中的嘴巴像抹了糖，身体舒坦到了顶点，但是很快我就从顶点摔下来，全身疲软无力，裤衩湿了一大片。这是我第一次梦遗，我从床上爬起来，给小池写信，说我想你想得都梦遗了。

到了白天，我觉得梦遗是一种错误。我爸睡不着、喝凉开水、看火车、梦里喊赵山河都曾被我视为流氓行为，更何况我是梦遗。我发现我已经重复了我爸的前三项，再这么下去，我就是另一个曾长风了。一天深夜，我被自己的声音叫醒，听到自己在喊"池凤仙"，手里竟然还抱着枕头。这和我爸有什么区别？简直就是一个师傅教出来的。梦里喊了好几次"池凤仙"，我才真正理解我爸，才知道抱枕头的人不一定就是流氓。

星期天，我骑车回到三厂。我爸正在过道的煤炉上炒青菜，我叫了一声"爸"，他不应，也不抬头。我站在旁边看他，他的锅铲平静地搅动，青菜的颜色慢慢地变黄。他把青菜舀起，端着盘子往宿舍走去。他的盘子从我的鼻子底下晃过，他的膀子差不多擦到我的手臂，但是他一声不吭，好像我是外来的乞丐，会分掉他的食物。他木着脸坐到餐桌旁，端起饭盆吧嗒吧嗒地吃，不时把几根青菜送到嘴巴里。我走进去，坐到餐桌的另一边："爸，请原谅，有些事我现在才明白……"他转过身，背对着我，忽然提高了嚼食的声音。我等待着，时刻等待着他把饭吃完。

吃完饭，他提着饭盆和菜盘走出去，把它们哐地丢进锅头，离开了。我擦干净餐桌，扫了地，洗了碗，把床上的被单叠得整整齐齐，他才带着刘沧海回来。我叫了一声："刘叔叔。"

刘沧海："长风，这不合适吧？"

我爸:"你就照我说的说。"

刘沧海抓抓头皮:"广、广贤,你爸他、他要你回动物园去。"

我爸大声地说:"刘沧海,我是这样说的吗?"

"你又不是说俄语,干吗还要我这个翻译?你自己跟他说不就得了。"

"这辈子,我再也不想跟他说话。"我爸又吼了一声。

刘沧海:"广贤,走吧,别惹你爸生气了。"

我站起来,走出门去。刘沧海跟上,轻声地说:"你爸找到我,就想让我跟你说一声'滚'。他心里的疙瘩还没解开呢。"

骑上车,我的眼泪哗哗地流淌。我抹一把,眼泪就流一把,越抹越多,遮住了我的视线。单车歪歪斜斜地出了厂门,我停在路边流泪,觉得这个世界忽然大了,自己小了,孤单了。路过的雷姨看见我哭,走过来:"广贤,谁欺负你了?我叫你爸来收拾他。"她的话无异于雪上加霜,让我的泪水流得更猛烈。

回到动物园,我就给小池写信。我说她是我在这个世界上唯一的温暖,是我活下去的发动机,是我全部的寄托。我愿意为她去跳河,为她去生病。我爱她,深深地爱她,比爱伟大的导师和领袖都还爱她!我一口气写了五页信笺,当晚就丢进了邮筒。然后我掰着指头算时间:明天上午邮递员会来取信，下午信会被分拣，晚上信会装进发往天乐县的邮包；第三天凌晨，邮包会放上途经天乐县的火车，下午邮包到达天乐县；第四天上午，天乐县邮局会打开邮包，再次分拣，信会被分到去八腊人民公社的邮包里；第五天，邮包会跟随班车到达八腊公社，八腊邮局会对邮包进行分拣。如果当天有人去谷里生产队，那么这封信就可以在第五天的傍晚到达小池的手里；如果当天没人去谷里，那么这封信也许会在邮局搁到第七、第八天，等小池来赶街了才会拿到。一想到那么漫长的邮路，我就恨不得把信直接送达小池的手上，甚至想亲自为她朗读。

20

第六天，寄出去的信被邮局退了回来，原因是没贴邮票。一气之下，我在信封上贴了两张，把信再次丢进邮筒，然后又想象一遍信件的旅程。这一次，我的想象没有停止于到达，而是继续往前延伸。我想象小池接到信件时兴奋的模样，脸红扑扑的，像加莱那样兴奋，然后一个人跑到僻静处，小心地撕开信封，一字一句地阅读，估计刚看到"亲爱的"，她就会惊讶地张大嘴巴，要么撇嘴，要么把信压在胸口。不管是反对或者拥护，晚上她应该给我回信。第二天她的信被丢进公社的邮筒，逆流而上，和我的信一样大约需要五六天的行程。去信五六天，来信五六天，小池的回信最快也要十几天后才到，但愿她不要忘了贴邮票。

二十天过去了，我没有收到小池的回信，相信这绝对不是邮票的原因。一天傍晚，我经过三合路铁道口，正好碰上一列途经天乐县的火车，想也没想便跳了上去。我抓住扶手，站在车门前的踏板上，让风刮着我的脸，一直刮到下一站才混入车厢。我钻厕所，站过道，逃过验票员，于第二天中午到达天乐县。

走出火车站，我看见整个天乐县城都泡在细雨里，一片迷糊。从泥泞的道路和透湿的屋顶可以判断，这不是阵雨，至少已经下了半个月，正在往物体的深处渗透，仿佛没有一年半载没法干燥。我到汽车站打听，开往八腊公社的唯一一趟班车已在上午八点钟开出。没有别的办法，我只能步行。我爬过一座又一座山坡，走过一大片金黄的稻田，穿过阴沉沉的森林，所过之处，没有一个地方不浸泡在雨中，那些饱满的稻穗被雨水压倒在田里，有的开始腐烂；山洪在黄泥小路上冲出大小不一的壕沟，就像树叶的脉络；长条的成块的雾在山间和树梢飘荡，有的像破布那样掉到了地面；就连鸟的翅膀也淋湿了，它们只飞了几丈远就落进了树林中。

这是我步行的"世界之最"，好像把以前走过的路全部加起来，也没有这一天的长。还有那些讨厌的雨，它让我的身体没一处干爽，连鸟仔都淋得缩了进去。好几次尿急，我找不到工具，只看见一线尿从肚脐眼下面射出。现在我经常看见电视剧一表现爱情，主人公就在窗口外面淋雨，只要这么一淋，屋子里的人准会感动。但是他们哪里知道，那一天我足足淋了六个多小时，如果加上回公社的两个小时，一共是八个多小时，一秒钟都没打闪。

晚上九点多钟，我像一只落汤鸡一样到达谷里，找到了小池的屋子。窗户还是亮的，里面点着煤油灯。我借着门缝透出的光线，把每只鞋子上差不多两斤重的泥巴刮在门前的石头上，才敲开门。小池先是一愣，接着声音像一盆水迎头泼出："你怎么现在才来？我还以为你死了。"

"我是走路来的。"

"不是说今天，我是说当初。"

"现在来不行吗？"

"晚了，就连你的信也晚了。"

"出什么事啦？"

"……我恨你！"

小池咬住嘴唇，咬了好久，才往湿柴上倒了一点煤油，在屋子里点起一堆火，让我烘烤湿透的衣服。我想脱下上衣来挤水，她说："别脱，你就穿着烤，离火炉近点。"热气逼近我的身体，腾起团团水雾，我像一台造雾的机器，坐在火炉边，让衣服上的水蒸气源源不断，让白色占领整个房间。已经夜深人静了,小池也没关门,其间吹来一阵风把门合拢,她跑过去拉开,门敞得比原来的大,还支上一根棍子。这哪像小池的风格,我一再追问发生了什么事? 她不说,只是紧咬嘴唇,低头看她的脚尖,好像答案写在脚指头上。房间里沉默着,我写信时的滔滔不绝不见了,小池耍流氓的胆量也没有了,只有炉火里的木柴不时"噼啵"一下,让我的心里产生那么一点点暖和。等我身上的衣服接近干燥,小池抬起头来:"你到王队长家去睡吧,荣光明和于百家都住在那里。"

"我不想睡,就想看你,看到天亮我还得赶回去上班。"

"明天生产队要收稻谷,我没力气陪你坐一个通宵。"

"为了看你,我连假都没请,是路过铁道口时跳上火车的,差一点就摔死了。"

这时,小池的目光才全部集中到我身上,把我从头到脚看了一遍,仿佛在找她丢失的发卡或者橡皮筋。我说:"过去我不懂事,对不起了。"

"现在说对不起有什么用,"她拿起一张塑料布,包了两个烤红薯,放到木箱上,"你走吧,再不走就赶不上明早回县城的班车啦。"

"你还没告诉我出了什么事?"

"该发生的都发生了,就是告诉你也没办法改变。"

"你不告诉我,我就去问百家和光明。"

"你真难缠，"她又抓起一块塑料布，拿起一把手电筒，"走吧，别在生产队里放广播了，路上我会把一切都告诉你。"

21

我和小池分别顶着塑料布，走在回公社的泥泞路上。我刚刚烤干的衣服，不到几分钟又被细雨湿润。那是雨声和脚步声交织的长夜，但是小池的说话声把所有的声音都盖住了。她说暗恋她的人多得像蚂蚁，如果排起队来，起码有一里多长，平时连风纪扣都扣得严严实实的数学老师冯劲松，一有机会也冲着她眨眼。但是，她从来没认真地打量过那支长长的队伍，而偏偏把目光集中到我的身上。她也不知道看上我什么，就觉得我的卷头发好看，像外国人，身上有一种特别的东西，可能是臭资产阶级家庭遗留给我的，就连我身上的气味，她也特别喜欢，怪不得在插队之前，她的鼻尖经常要捂着那块沾上我汗水的手帕。

走过牛塘坳那棵大枫树，小池问我："你还记得我出发的那天早上吗？"

"记得。"

"那你记不记得我伸出半个身子跟你挥手？"

"难道你不是跟你爸妈告别吗？"

"才不是呢，他们都没能力把我留在城里，我的手是挥给你看的。"

"我怎么一点也没看出来？"

"你骗谁呢？当时我对着你喊'曾广贤，你要给我写信啊'，开始你听不见，当我喊到第三声的时候，你点头了，也把手举起来了。你分明知道，还假装。"

"我要是知道，就让我坐大牢。"

"那你为什么要举手？还点头。"

"我没举手，也没点头。"

"点了！举了！你连这个都不承认，我们就没什么话可说了。"

反正我也争不过她，就"好好好"地承认。正是因为这个误会，她到谷里生产队之后，每天都伸长脖子等待，总是第一个奔向邮递员，可是百家的信来了，光明的信来了，就是没有她的信。要知道一个人生活在那鬼地方，是多么渴望一封信，它甚至比一餐饭一顿猪肉都重要。当百家和光明拿着女同学的来信在她面前晃动时，她恨得直咬牙。百家他们看信，她就看村口的山梁，好像那些树会突然变成我。山梁一天矮下去一截，她没等到我的信，更没看见我的身影，就趁去县城的机会，模仿我的口气和笔迹给她写信。她在信里替我道歉，替我求婚，替我表扬她的美貌和善良，甚至没征求我意见，就私自在她的名字前加上了"亲爱的"。她幻想这么糊弄一阵,也许我的信真的会来,可是半年过去了,我连半个字都没写给她。她抱着那些假信大哭一场,就把它们全部烧了,一边烧一边给自己下命令,今后再也不许想我。

给她的信早就写了一床铺,只是我这个超级傻瓜没及时投递。收不到我的信,她就得面对现实,其实,从坐上开往八腊公社班车的那一刻起,她就得面对现实。县城到八腊公社的路全是弯的,起码有二十几个大弯,坐上车她就感到晕,车一动她就呕吐,一路上连胆汁都吐了出来,吐得她一点也不觉得风物还是天乐好,差点就从窗口跳下去,一头撞死。后来她去县城给自己寄信也是这么个吐法,为了虚构一个人来爱自己,她每次走上班车全身都在发抖。

她和百家、光明是在深夜到达谷里生产队的,王队长把两个男的领到他家,把她一个人带到那间泥房,说女的单独住方便些。王队长甩手就走,也不管她害不害怕。那是一间单独的泥屋,周围没有人家,如果不是点着灯,就没有一丁点光源,连自己的手指都看不清楚。可想那一夜她是怎么熬过来的……她坐在蚊帐里,眼睛一直睁着。外面的刮风就像鬼叫,甚至有好几次她听到脚步声都到了窗口下,吓得她的毛根都立了起来。当时她多么需要一个不怕鬼的男人陪伴,她甚至想如果谁来给她壮胆,她就嫁给谁,不管这个人年龄有多大,样子有多难看。窗外的脚步声越来越重,她脊背发凉,出了一身冷汗,眼看就要晕倒,就大叫一声,拉开门逃出去,没想到撞上了一个人。那人说:"别害怕,我是来帮你守门口的。"

在生产队劳动大都是分块块,比如挖土,每人划一块,谁挖完了谁就坐在一旁看别人挖。她从来没拿过锄头,哪挖得过农民,只挖一次手就起了水泡。起泡了不能休息,第二天接着挖。她手里的泡被锄头把磨破,整个掌心血肉模糊,痛得就像刀割。但是她不能叫痛,叫痛就是怕劳动,就是不接受贫下中农的再教育,所以她得缠着纱布挖。凡是挖土,她总是落在最后,开始别人还帮帮忙,多次帮忙之后他们也累了烦了,就不再帮了。只有一个人,就是那个站在门口帮她守夜的人一直帮她,哪怕被别人嘲笑,他也帮她。当那个人的锄头抢在她的前面,把她没挖完的土全部挖完之后,她就觉得那个人像她的男人,是毛主席给她派来的丈夫。

有一天,那个人走进她的泥屋,对她说:"跟我好吧。"她摇头拒绝,尽管那个人帮了她许多,她还是拒绝,原因是她对我还心存幻想,她还想嫁回城里来。她一直用我来排斥那个人,甚至拿出她冒充我写的信让那个人看。但是那个人不相信,说:"要是他真爱你,早就来看你了,而不只是写几封酸溜溜的信。"她的拒绝没有打击到那个人,他照常帮她挑水、打柴、洗衣服,帮她到公社去买红糖。

就在我信件到达的前两天,也是下大雨,她屋前的柴火全淋湿了。晚上收工回屋,肚子饿得呱呱叫,她急着生火做饭,但是柴火湿了,怎么也烧不燃。她低头吹火,浓烟熏得眼泪直流,后来泪水越流越多,再也分不清哪些是烟熏的,哪些是委屈的。这时,那个人来了,往湿柴上泼了一点煤油,划了一根火柴,火便熊熊起来。她的眼睛一下就睁大了,就像看见发明蒸汽机的瓦特那样满脸惊喜,一头扑进那人怀里。用煤油生火尽管看似简单,但她却根本没想到,现在她一直用这种方法生火,省去了许多麻烦,至少不用流眼泪。

万万没想到,就在她扑向那个人之后的第三天,我的信到了。我的信早不到,晚不到,偏偏在她扑向那个人之后才到,这是不是命呢?假如她在扑向那个人之前收到我的信,那她就不会扑得那么草率,至少还要犹豫三两天。怪只怪我当时没在信封上贴邮票,没大起胆子把信早一点寄出去。

天色微亮,我们才走到八腊公社,下着细雨的街道空无一人,轮廓模糊的班车停在革命委员会门前,所有的门窗都关着,公社广播站的新闻从喇叭里断断续续地传出来。我们坐在门前的台阶上。我问:"那个人是谁?"

"暂时不想告诉你。"

"是百家或者光明吗?"

她摇头。

"那就是当地的农民?"

她仍然摇头。

"我还有机会吗?"

"没了,我都已经……"

"已经什么了? 是不是跟他睡了?"

她的脸一沉,提高声音:"就是睡了,和你也没关系。"

"我不想回去了,就留下来陪你,跟你一起插队。"

"算了吧,当初我求你报名,你是怎么说的? 你说你不愿下乡。"

我的鼻子一酸,泪水涌了出来,仿佛比下着的雨还要滂沱。她说:"你真是个孩子,也不怕丢人现眼。这事是哭得来的吗? 如果哭得来,当初我早就把你哭来了。"她这么一说,我哭得更厉害,不知道为什么,我就想哭,哭了心里好受。她背过身,抹了一把眼睛:"城里有那么多姑娘,哪一个不比我好。"

"除了你,我谁也不要。"

"这又不是糖果,可以随便抓一把给你,这是感情,我没有办法分成几瓣。你走好,我得赶回去出早工了。"她把袋子里的红薯塞给我,转身走去。我喊她的名字,以为能够把她喊住,但是她越走越快,渐渐地被雨水淹没。

22

听了这么久,你累了吧?喝口饮料吧。对不起,我没带香烟,我不知道你抽烟,叫服务员上一包吧,没关系,只要你能听我把故事讲完,再点一盘水果都没问题。

回到动物园,我把席子下的每一封信都贴上两张邮票,投进邮筒。从那时起我养成了在信封上贴两张邮票的习惯,就是正面贴一张,反面贴一张,即使有一张掉了另一张还在,以确保信件不被耽误。十天之后,小池寄回一个包裹,打开一看,里面全是我的信,就连信封也没撕开。晚上,我抱着那些信件入眠,半夜里常常被自己的喊声惊醒。我还在梦里喊"池凤仙",胸口不定期地痛那么一下,有时太痛了,我便朝着天乐县的方向久久地瞭望,仿佛能看见小池用煤油生火,看见她的泥屋上炊烟袅袅。

一天晚上,我潜入仓库,坐在那些条凳中间发呆。周围一片漆黑,连轮廓都看不清楚,唯有小池站过的那张条凳若隐若现,渐渐地明亮,好像铺了一层荧光。小池的裙子在凳子上飞旋,忽地落下,露出她光滑丰满的大腿,一次又一次……假如当时我不回避,而是像老虎那样扑上去,那就不会造成当前的遗憾,小池也不至于恨我。那张条凳越来越明亮,小池时而消失时而出现。我喊了一声"池凤仙",忽然听到一串狗的呜咽。我打开电灯,看见一只脏乱差的小花狗趴在凳子下面,已经气息微弱。我把它抱起来,带回宿舍,喂了糖水,喂了米饭,它的喘息声才慢慢壮大。两个小时之后,它有了一点剩余的力气,就不停地舔我的手,让我冷却的心头一热。我利用工作之便,为它打针,给它开小灶吃肉,半月之后它就毛色油亮起来。从此,我的脚步后面多了这团生命,它每天跟着我在动物园的铁笼子边晃来晃去,由害怕到不害怕,由乱叫到一声不吭,有时胆大得敢把头伸进老虎的地盘。开始我给它取名"小花",是想纪念我们家死去的那两只狗,但是我马上就否定了。它是在我喊小池的时候出现的,所以我叫它"小池"。只要我一喊"小池",它就会跳到我的怀里。怄气的时候,我会跟它说话。想小池的时候,我呆呆地看它。晚上,我用肥皂给它洗澡,把床铺的一半让给它睡。这么"小池、小池"地喊着、睡着,无数个刹那便误认为小池真的就在周围,胸口的痛像冰块那样慢慢地融化。

秋天到了,动物园里落了许多黄叶。每天上下班,我都有可能被何园长的堂妹何彩霞拦住。她是动物园的会计,看看前后左右没人,就一把揪住我的脑袋:"长卷发的不是美帝国主义就是苏修,说不定你妈跟美帝国主义睡过,你是你爸的野仔,是美帝国主义的儿子。如果你不听话,哪天就拿你来批斗。"说着,她的另一只手往我的裆部抓去,痛得我双腿夹紧，有几次甚至痛得连尿都拉不出来。每次见到她就像见阎王，吓得我全身抖如筛糠。好在我还有一只摇尾巴的狗，还有邻居赵敬东，要不然你让我怎么相信世界上还有温暖。

赵敬东不喜欢说话，却喜欢听，听的时候从不插嘴，该惊讶的时候惊讶，该叹息的时候叹息，该拍大腿时拍大腿，听到精彩处，他的耳朵竟然会动。那时候，我憋了一仓库的话，特别想找人倾诉。不过，请别忘记，我是个在嘴巴上吃了大亏的人，开始只跟他说说天气和动物，后来发现他的嘴巴比锁头还紧，就是我说了何园长跟我妈的事他也不外传，我就越说越具体，越说越生动。赵敬东给我一个启发，那就是：想要成为别人的朋友，就得先做一名好听众。一天晚上，我把小池在仓库里脱裙子的事说了出来，他不停地咂嘴，不停地拍大腿，很难得地插了一句："一个姑娘当着你的面把裙子脱了，你竟然不给面子，太让人伤心了，太让人失望了。听说我们动物园的何寡妇经常勾引男人，谁不去应卯就告谁的黑状。有时候只要不满足别人的要求，就把别人得罪了。"

这之后，他经常提醒我："你该抽空去看看小池，至少你们还有革命的友谊。你骗人家去了那么远的旮旯，就不关心了，太对不起人了吧。"这话就像闹钟，不时在我耳边叮咛。其实，他叮不叮咛我都要去。到了冬天，我攒足了去看小池的路费，打算抽时间动身。赵敬东听说后，好像是自己去相亲那样坐立不安，手搓得比往时勤快，话也比平时多了。他不止一次问我："天乐离这里有多远？"根据我的回答，几天工夫他就画出了一张去天乐的路线图，地图上的箭头拐来拐去，从动物园一直延伸到谷里，仿佛小池是一个军事目标。除了那张路线图，他还买了三瓶红烧肉罐头，五把面条，托我一并送给小池。我跟单位请了病假，把狗委托给赵敬东，便登上了去天乐县的火车。

冷风像玻璃碴子呼呼地打着车窗，两三公里之后窗玻璃上就水汽朦胧。黑暗围了上来，火车的颜色由浅而深，慢慢变成铁的颜色，但是前方的天空却一片深红，那是满天的霞光。

23

第二天晚上，我刚走到谷里村头，就听到开会的声音。社员们在几盏马灯的照耀下，围着一个台子。台上低头跪着小池和于百家，他们的脖子分别挂着一双破鞋。小池头发凌乱，脸上有划痕，嘴角有血印。于百家的左眼肿了，上面浮起半个黑圈。到现在我才知道，那个为小池淋煤油生火的就是于百家，于百家就是小池的瓦特。

围着台子的人墙慢慢地往里收缩，越来越小，越来越紧,社员们抢着发言,这个声音高起去,那个声音低下来……从社员们的发言得知,小池和于百家在草垛里被抓了现场。那是稻草垛,是留给生产队的牛过冬吃的,但是小池他们竟然钻进去干那种事。干那种事不要紧,关键是他们把草弄脏了,谁敢保证耕牛吃了这些草不怀上孩子?

我的脑袋整个木了,像放进了速冻的冰箱。有那么一段时间,我听不到声音,只看见社员们笑得前仰后合,嘴巴张得像鲨鱼,牙齿利得像钉耙……我的身子颤抖,牙齿打架,手心里为小池捏了一把汗。一个妇女拿起一束稻草,在小池的嘴巴上扫来扫去。旁边的人一起喊:"吃,让这两个牲口吃。"小池把脸歪过去,有人把她的脸扭过来,"吃!吃!吃!"的喊声越来越响亮。于百家一把抢过稻草,喂到自己嘴里,像牛那样嚼了起来。社员们拍响巴掌,笑成一片,几乎把整个会场都要掀翻。

小池的肩膀一抽一抽的,虽然竭力克制,但哭声还是泄漏了,哽咽,抽泣,伤心得像个被拐卖的。于百家发出一声干呕,把稻草"哇"地吐掉。有人喊:"让他吃了!让他吞下去!"荣光明从竹竿上拿走一盏马灯:"今晚就让他吃了,明晚还看什么?就斗到这吧。"直到马灯分别被人拿走,社员们才慢慢散开,他们一边走一边回头,脚步有点黏,像是恋恋不舍。

我尾随小池到了她住的泥屋。她的眼角还没擦干。我说:"对不起,早知道是这样,当初我就跟你来插队。我不会像百家这么莽撞,这么不负责任……"话没说完,我听到叭的一声,小池的巴掌落在我脸上。我的身子一抖,手里的网兜掉下去,赵敬东买的那三瓶罐头全部破碎。我摸着脸,以为她还没从批斗会现场回过神来,便大声地:"小池,我是广贤。"

"扇的就是你。你别来这里当救世主,我不需要你的同情! 跟百家是我自愿的,哪怕他们拿我去坐牢,拿我去枪毙,我也不后悔。你给我滚远点,不要管闲事。"

"我只是来看看你,没想到……"

"没想我这么惨是吧? 对不起,这么狼狈的事都让你碰上了。你回去告诉城里的同学吧,就说我池凤仙有多可怜,多流氓。感兴趣的话,你还可以去告诉我们的老师,不过,我要告诉你,你就是把我和百家的事拿去广播了,我池凤仙也不害怕。你什么时候看见我害怕过?"

"……"

她变得有点歇斯底里,我站了一会,就捡起打碎的罐头,把红烧肉洗干净,再用锅头烧热,放到床头的木箱上,然后轻轻地离开。

第二天下午,我坐上了回城的火车。在火车的哐啷声中,我的胸口一直急速跳动。我伏在边台,写了一封信:

百家：

　　你好！小池是不是精神出了问题？你们受到那么大的刺激，情绪激动是可以理解的。但是，如果情绪激动过了头，没准就会崩溃，希望你和小池保重身体！

　　从城市到乡村都在抓作风问题，看了你们的批斗会，不要说接触女人，就是想我也不敢想了。在我写信的这一刻，对面就坐着一个非常漂亮的姑娘，要是过去，怎么样我也会多看她几眼，甚至会帮她打开水，跟她聊天，还有可能产生那么一点邪念，但是现在我不敢了。我在跟自己打赌，如果到她下车我也没正眼看她，就说明我的意志已经坚强，足够抗拒各种不健康的念头。你在这方面也要坚强起来，别花心，要小心，千万千万别再去钻草垛了。既然你有能力从我手上把小池夺走，那你就得替我保护好她，关心她，多多为她着想。你万一憋不住，就用手自己解决吧，这是我爸教我的，不妨一试。

　　让我们共勉。

　　祝革命的友谊万古长青！

　　　　　　　　　　　　　　　　曾广贤

你别笑话，那时写信都得来上这么一句，也不管你跟对

方是不是真的存在友谊。你不是笑这个？那你笑什么？哦，我明白了，你是笑"自己解决"是吧？这一点也不好笑，反而很悲哀，你想想不是万不得已，谁会用手来解决？没办法呀，那时候不像现在这么开放。

第三章 冲动

24

我跟赵敬东的关系够铁了吧，但是他从来没告诉我他有一个表姐，一个长得比你漂亮的表姐。我这么说请你不要介意，他的表姐确实长得漂亮，究竟漂亮到什么程度呢……对不起，我竟然找不到恰当的字来形容。这么多年来，我只管说他的表姐漂亮，事到临头了却找不到具体的形容词，原来漂亮也是空气，摸不到抓不着。不过仔细想想，好像还有可以表达的东西，比如他表姐的额头上有一个美人尖，就是头发在额头中间伸出来那么一个小尖尖，这个小尖尖长得恰到好处，和她的眼睛鼻子一搭配，看上去不要说男人，就是像你这样的女人也会心动。她的眼睛不是特别大，像电影里女特务的眼睛，弯弯的，眯眯的，什么时候看都像是在挑逗你、勾引你，再加上长长的睫毛，别提有多撩人了。她的嘴巴小巧玲珑,是被称为"樱桃小口"的那一种,就是不擦口红也是红的。那时候人们都喜欢女人长一张小嘴,不像现在喜欢大嘴美人。我第一次见她,不,准确地说我第二次见她,是在赵敬东的葬礼上。

还是先说赵敬东是怎么死的吧,要不然这事扯不清楚。我从天乐回来的那天晚上,那只狗就不理我了。它站在赵敬东的裤子边,舔着赵敬东的脚背,连看都没看我一眼,完全一副小人得志的样子。我叫"小池",它没抬头。我说:"哎,这狗到底怎么了?"赵敬东咧嘴一笑:"你叫它闹闹试试。"我大喝一声:"闹闹。"它抬起头,"汪汪"地叫了两下,又低头去舔赵敬东的脚。赵敬东踢了一下:"过去。"它低头朝我跑来,但是只跑了几步,便扭头而去,钻进了赵敬东的屋子。

"敬东,你是不是天天给它吃肉呀?"

"我想肉想得都流口水了,哪有钱给它买肉。"

"那就奇怪了。没想到狗也会叛变。"

"哎,你见到小池了吗?她还好吧?"

"挺好的。"

我不想再谈小池,抓起一根木条,跑进赵敬东的屋子,对着那狗就是一鞭。它跳出门槛,回头看我。我追出来,又抽了它一鞭。它在我的鞭子下仿佛有了记忆,一闪一闪地跑进我的屋子。我把门关上,用石头堵住它平时进出的洞口，然后倒到床上。我实在是太困，连洗漱的力气都没有了。

早上醒来，小池不在屋子里，堵住洞口的石头竟然被扒开了。我敢打赌，如果小池没有出去的雄心壮志，它是绝对扒不开那块石头的，要扒开那块石头，不说它，就是我也得动用三根以上的指头。我跳下床，冲出门去。晨光落在赵敬东的窗户上，这时我才发现，那扇几天前还歪歪斜斜、裂缝开口的窗户，已经换了新框和新玻璃，里面贴了一层旧报纸。我凑到窗前，什么也看不见，赵敬东忽然神秘了。我拍拍门，传来小池的叫声。它还真在里面。赵敬东打开门，揉着眼睛："怎么这么早呀？"小池在他的脚边蹿来蹿去。

我问："闹闹是什么意思？为什么你叫它闹闹它就不认我了？"

"就是太闹了，你把它叫回去吧。"

"除非把它拴起来。"

"那也太残酷了，要不我帮你照看个把月？"

"敬东，你有父母，还有兄妹，我可是连个伴都没有。"

"嘻，它又不是女人，怎么说得这么悲惨，难道哥俩还要为一条狗翻脸？"

"奇怪啦，它原来那么黏我，怎么就……"

"我也被它搞糊涂了。"

25

　　我这个人从来都不勉强别人，哪怕是一条狗我也不勉强。开始我故意不当一回事，就让闹闹住在赵敬东那边，他们的嬉闹声不时传来："闹闹，打个滚。""汪汪。""闹闹，再来一个。""汪汪汪。""闹闹，洗澡啦。""汪汪汪……"这样听着，我的心里先是堵，后来就感到空，空得就像死了亲人。我在屋子里走过来走过去，哼唱当时流行的红歌，凡是我能唱的都唱上一遍，甚至连那些只记得半截的也捡起来唱。这些歌你连听都没听说过，那旋律好听得能让你的细胞活跃。唱完之后，活跃之后，屋子显得比原来安静、宽大，显得比我的心里还空，我看什么都不顺眼，总想发脾气，总觉得少了点什么。我踢翻一个盆，失手打烂一个杯子，手脚才静止下来。

　　白天，我提着一篮子牛下水去喂老虎和狮子，一边走一边说："闹闹，今天你要是敢把头伸到笼子里去，我就奖励你一截肠子，哪怕是挨处分我也要奖励你。"但是一回头，闹闹并没有像从前那样跟着，心里顿时乱乱的。这时，我不得不承认我很在乎闹闹。我看四周没人，便偷了一截大肠，这是我第一次干这种偷鸡摸狗的事，尽管周围没人，还是被老虎和狮子的目光吓得脸热心跳。

晚上，我往锅里倒了一些油，把偷来的大肠放到油里去煎，肠子慢慢焦黄，香得我都想吃上几口。但是我咽了咽唾液，没舍得吃，而是舀起来，摆到门前。我用铲子敲着饭盆，喊："闹闹，加菜啦。"闹闹从赵敬东的门框蹿出，跑到我面前，一头埋进盆子，几大口就把肠子吃光了。我以为它会感谢我，至少会对我摇摇尾巴，可是很遗憾，它只瞥我一眼，就夹着尾巴跑了。我不相信收买不了它，第二天从老虎的午餐里偷了一根骨头，用绳子系着，摆到洞口。闹闹来了，它用鼻子嗅着，我把骨头往屋里轻轻一拉。它把头伸进来，一口咬住，我又往里一拉，骨头从它嘴里脱出来。我以为它会追赶骨头，但是没有，它只趴在洞口看着，一半身体在屋里一半在屋外。我把骨头丢过去，拉回来，勾引它，它静静地看了一会，竟然退了出去。没吃的也就罢了，这么好的骨头摆在面前，它竟然连家都不进，你说它的心肠硬不硬？

到了周末，我更闲得慌，手脚多余得不知道往哪里放。赵敬东的门上挂了锁头，不知道去了哪里，连个说话的人都没有。我坐在门前，看虫子飞来飞去，远处的黄叶一片两片地落，没有风它们也落？忽然，那只狗低头走了回来，趴在赵敬东的门口。我看着它，它看着我，就这么静静地看着。我想它一定是失去了记忆，要不然它不会不理我。我叫它："小池、小池……"我不停地叫着，希望某一刻它跳起来，扑到我的身上。但是我叫了几百声"小池"，它也没动一动。它一定是没有记忆了，要不就是喜欢好听的名字？我对着它叫"红花""幸福"，叫"工资""肥肉"，叫"吃得饱""穿得暖"，叫"美女""司令"，叫"万岁"叫"彩霞"叫"何园长"……凡是好听的我都叫了一遍。这次它有了动作，就是用舌头不停地舔它的嘴巴，但是这个动作好像和我叫它什么名字没关系，也就是说我不这么叫它，它也会那么舔。

难道它要我把它当亲人？难道我对它投入的感情还不够多？我的嘴唇颤抖着，犹豫着，终于对着它叫了一声"妈……"就是叫了"妈"它也没感动，我又叫它"爷爷、奶奶"，叫得我的心里一阵阵刺痛，它也没跳起来，干脆连眼皮也耷拉下去。这下我总算明白，好吃的和好听的都没法打动它。我走过去，拎起它的脖子，一直拎进屋里，用绳子把它套住。它呜呜地叫着，不停地转圈，转了好久才安定下来。我想这么固定几天，不信它不像从前那样亲我。

这一夜，我睡得很踏实，就像把私奔的老婆找回来那样踏实，心里莫名其妙地暖和。说真的，当时已经没有人值得我生气了，只有这只狗还能影响我的情绪。你是不是觉得特别可笑？现在我回想的时候偶尔也会笑出声。我不否认我夸大了狗的作用，但那时我的周围几乎没有亲人，连和小池的友谊也失去了，我最缺的就是暖和，所以哪怕那只狗身上只有一丁点火星，我也会把它想象成燎原的大火，更多的时候生怕自己连一丁点火星都没有。

我万万没想到，第二天早上，狗不见了，地上只留下一截被它咬断的绳子。我像被谁打了一棒，有气无力地躺在床上。既然绳子都拴它不住，那还有什么能够拴住？知道它这么无情，当初我就不应该收养。

26

那段时间我逢人便说狗，说它变心，说它忘恩负义。何园长听了，咧嘴一笑："不就一只狗吗？干吗弄得像死了老娘似的。"何园长不但不同情，反而取笑，我算是白说了，就觉得即使说也得找准对象，如果碰上这种没同情心的，还不如不说。沉默几天，我在飞禽区遇到了陆小燕，觉得她应该是个善良的人，便把这只狗当初如何奄奄一息，我如何救它的命，现在它如何背叛我说了一遍。陆小燕听罢，既不惊讶也不感叹，只面无表情地问一句："是吗？"根本就没听出我的悲伤。连陆小燕都这样，我还有什么说下去的必要。我只有在给老虎和狮子喂食的时候，跟它们说一说了。

有一天，我正埋头清扫铁笼子外面的树叶，看见何彩霞远远地走过来。我丢下扫帚绕到铁笼子后面，本能地回避。她越走越近，似乎没发现我。眼看她就要从铁笼子边走过去了，我忽然冒出来，叫了一声："何阿姨。"她停住，快步走近我，以不容商量的架势往我的下身摸去。我急忙闪开："想跟你讲件事。"

她眯起眼睛打量："什么破事？"我说我的狗如何如何……说到一半，她哈哈大笑，然后神经质地张望，把嘴凑到我耳边："你怎么还蒙在鼓里？动物园的人都知道了，你怎么还不知道？那个赵敬东，他……他跟狗搞男女关系，再过几天单位就要拿他来批斗，有的人连发言稿都写好了。你真的不知道吗？"

我起了一层鸡皮疙瘩，定在那里。何彩霞又摸了我一把，跳跃而去，一边跳跃一边哼唱："麦苗儿青来菜花黄……"当时我真的吓蒙了，不要说想不到，就是连想都不敢想，一个是人一个是狗，怎么可以搞在一起？就像木头怎么接电表？泥巴怎么煮米饭？他们本来就不是同类项。但我又不得不相信这是事实，要不，那只小母狗不会无缘无故地抛弃我，赵敬东也不会换窗户、贴报纸，把自己的家遮得像晒相的暗室。我定在那里，等鸡皮疙瘩从身上一消退，就看不起赵敬东了。

我再也不跟赵敬东说话，看见他就远远地躲避，像过去躲何彩霞那样躲避。有时候他拍我的门，我也不开，假装没听见。但是抬头不见低头见，我们不可避免地会碰到一起，我当场把脸扭开，匆忙地走过去。次数多了，他感觉气氛不对，一看见我就低下头，再也不主动打招呼。我给何园长递了一份申请，说不想跟赵敬东做邻居，要求他重新给我安排一间房。何园长说："不要说房，现在连床位都没多余的，除非你愿意跟动物住在一起。"

何彩霞开始在不同场合说赵敬东跟狗的事，每一次都说出一两个精彩细节，听众们不仅笑弯了腰还笑出了眼泪。一次，大家在财务室领工资，何彩霞又扯开嗓门，说赵敬东为了润滑，竟然在狗的屁股上抹猪油。有人问："你是怎么知道的？"何彩霞双手捧腹，自个儿先笑了一轮，然后才说："我、我捅破他的后窗，亲眼看见的。"大家就骂何彩霞："流氓。"何彩霞说："谁流氓了？他做都做得我还看不得呀？"众人笑得前仰后合，连手里的工资都数不清楚。赵敬东走到门外，仿佛听到了什么，扭头而去。他的步子零乱，身体摇晃，背影孤单到了极点。我忽然觉得何彩霞有些过分。

晚上，我敲开赵敬东的门，想跟他好好谈谈。他一看见我脸就红了："广贤，我不配做你的朋友。"

"知道何寡妇说你什么吗？"

"知道。"他紧咬嘴唇，手掌在闹闹的头上轻轻抚摸。

"难道……她说的是真的？"

赵敬东点点头："没想到让她看见了，我遮得这么严实，还是让她看见了。她什么都想知道，什么都爱打听，眼睛比小偷的还雪亮。"

"这么丢脸的事，亏你做得出。"

他躲我的目光，低下头，差不多低到了裤裆："没办法，我实在熬不住。如果你是我也会熬不住的。"

"我不是熬过来了吗？"

"你这算什么熬？你没看见过美女算什么熬？如果你面对的是何彩霞那样的丑女人，能算是熬吗？要知道，我面对的是仙女。"

我朝四周看看："美女在哪里？仙女在哪里？"

"在我外婆家里，我叫她表、表姐，是省文艺思想宣传队的演员，屁股翘翘的，胸口挺挺的，骚得不得了。每次洗澡她都忘记拿香皂，经常叫我帮她递。我把香皂递进去，她就掀开帘子，露出一身的白，让我闭眼睛都来不及。晚、晚上睡觉，只要我闭上眼睛，她就在我的头顶上飞，就像洗澡那样一丝不挂。难熬呀！我只好用闹闹来代替，哪晓得被何寡妇看、看见了。"

想不到他的内心这么激烈，我被他说得一处硬起来，全身软下去。我说："你得有思想准备，何寡妇说单位要批斗你，就像批斗我爸那样批斗，她还说有的人连发言稿都写好了。"

赵敬东的脸唰地变青,身子立即打战:"这是真的吗?"

"反正何寡妇是这么对我说的。"

"这事要是拿来给大家批斗,我的脸往哪儿搁呀? 广贤,你说我是不是该找个地缝钻进去?"

"要么厚起脸皮让他们批,要么逃跑。"

"我又不能偷渡,能跑到哪里去呢?"

27

第二天,赵敬东没去上班。他饲养的猴子们发出凄厉的叫声,叫声惊动了何园长。何园长来到赵敬东门口,用力拍门,拍了许久都没把门拍开,最后拍得脸红脖子粗,一抬脚把门踹了。

赵敬东直挺挺地躺在床上,嘴角两边全是血迹。后来法医解剖鉴定,说赵敬东是喝农药死的。烧他的那天,单位只去了几个人,其中包括陆小燕和房子鱼。赵家来了一堆人,大家抱成一团,哭声一个比一个长。在他的家属中间有一位漂亮的姑娘,那不是一般的漂亮,看上去真的就像仙女,比现在好莱坞的那些女明星都还漂亮。从身体的曲线判断,她应该是赵敬东的表姐。我只偷偷看了她几眼,胸口就开始跑马了,好像有一团力量随时准备喷薄而出。

她走过来，伸出一只手："你是曾广贤吧？敬东跟我说起过你。我是他表姐，叫张闹。"我愣住，竟然忘记跟她握手，等她转身而去才回过神。难怪赵敬东要给那只狗取名"闹闹"，原来是他表姐的名字。

我总觉得张闹面熟，仿佛在哪里见过，但一时又想不起来，便认为是赵敬东说多了造成的印象。我为没能跟张闹握手懊悔了好长一段时间，她的表情，她悬空的手就像黑暗中的电筒，老在我面前晃动，直到现在都还不时地晃那么一下。好长一段时间，我偷偷地拿自己的左手握自己的右手，想填补跟张闹留下的空白。有时我的两只手紧紧相握，握得难解难分，嘴里便不自觉地模仿张闹说话："你是曾广贤吧？敬东跟我说起过你……"握着，模仿着，就像狗尾续貂，心里追悔莫及，暗自祈求张闹再给一次握手的机会。

一天，我躲到离屋子不远的灌木丛后面撒尿，看见闹闹躺在那里。它已经硬了，嘴角像赵敬东那样血迹斑斑。估计赵敬东给它喂了农药，它受不了才从狗洞爬了出来。我用麻袋包住它，放在单车的后架，来到铁马东路的仓库。既然闹闹来自这里，我就把它埋在这里。我绕到仓库后面，挖了一个坑，在即将覆盖闹闹的时候，忍不住用铁锹撩开它的后腿。说出来不怕你笑话，当时我身上同时产生了两种反应，就像分裂了似的。我的鸟仔直了，但是我的脑子却感到恶心。我一边直着一边干呕,仿佛自己跟自己打架,自己扇自己巴掌。直到泥土完全把闹闹掩盖,我身上的这种现象才消失。好像当时我说了一句"安息吧,闹闹",好像还说了"永垂不朽"什么的,也好像没说,反正现在我记不清晰了。

赵敬东的宿舍没人敢住,一直空着,屋门半闭半开,风来时吹得哐啷哐啷响,胆小的人还以为是闹鬼。但是我不害怕,闷得发慌就钻进空空的屋子,呆呆地坐上一阵,好像赵敬东没死,会随时回来跟我聊上几句;好像那只狗也没消失,还在屋子里跳跃……我只在空屋里发了几次呆,屋前的荒草就青了,树叶就绿了,动物们开始叫春了。我感觉身上发生了一点小变化,那就是胆子比从前大了,逼急了仿佛也可像武松那样打老虎。有一天,何彩霞又张开大嘴,跟一群人说赵敬东在狗屁股上抹猪油……我当即挺起腰杆:"何彩霞,你知不知道,赵敬东是你害死的。"

她用手捂住嘴巴,顿时没了言语。

我乘胜追击:"每天晚上,我都听到赵敬东回屋子来哭,他一边哭一边控诉,说是你舔破窗口,才让他的事情暴露;是你到处说他,动物园的领导才决定批斗……他哭得一声比一声凄凉,比死了母亲还要凄凉,经常在半夜里把我哭醒。"

何彩霞的脸吓得发白,好像罪犯被警察逮住那样紧张、恐惧。她结结巴巴地说:"你 …… 你在宣扬迷信。"

"是不是迷信,你半夜到赵敬东的屋外听听再下结论。"

你干吗缩脖子? 是不是害怕了? 这都是三十年前的事,又不是现在,你用不着发抖。烟来了,你抽支烟镇静镇静,来,我给你点上。第二天晚上,情况发生了逆转,估计何彩霞得到了高人指点,要不她的嘴里不会一套一套的。她站在我门前扯开嗓门:"曾广贤,你他妈小小年纪竟然学会了陷害,你去问问,动物园的人哪个不知道赵敬东是你害死的。"

我倚住门框:"才一个晚上,你怎么就赖账了? 昨天不是说好了是你害死赵敬东的吗?"

"昨天是昨天,今天是今天,你别想蒙我。你摸着胸口想想,是哪个告诉赵敬东单位要批斗他?"

"不是你说的吗?"

"是我说的,但是我说了一个多月,他都没自杀。我再怎么说他也听不到,他没听到,就等于我没说,是你这个传声筒把话传给他,他才吓死的。更何况,你还送给他那只小母狗,要是没那只狗,他哪有犯错误的条件。你用狗给他施美女计,给他下圈套,现在你明白是谁害死赵敬东了吧?"

我指着赵敬东的屋子:"是谁害死赵敬东,只要到屋里坐坐就明白,你说不是你害死的,你敢进去吗?"

她黑着脸,在门前走来走去。我跨进屋,坐到布满灰尘的凳子上。她转身欲走,忽地又转过身,试探性地跨进来,坐在门槛上:"坐就坐,谁怕谁呀。"

"有本事你坐到里面来,最好坐到床上去。你敢坐到床上,就说明赵敬东不是你害死的。"

"那就是你害死的。"她说着,真的坐到床上,床板"呀"了几声。

"赵敬东死的时候流了许多血,那些血就在你的屁股底下,你好好看看吧。"

"随便你怎么吓,我都不怕。赵敬东要报复,也会报复那个真正害死他的人。你说过的,只要我坐到床板上,就说明我没害他。"

"那要看坐多长时间,坐得越久证明你越清白。"

屋子里静悄悄,好多小虫在灯下飞舞。我们不时地对视一眼,但更多的时间是在打量墙壁、瓦片和蜘蛛网。我说:"你敢让我熄灯吗?"

她摇了摇床板:"为人不做亏心事,半夜不怕鬼叫门。"

我站起来,叭地把灯熄灭。屋子里除了黑什么也看不见,她摇床板的声音越来越响。我说:"再过一阵子,你就会听到赵敬东的哭声。如果你听到哭声也不怕,说明他的死真和你没关系。"床板忽然不响了,一道黑影蹿出去,在门外喘息。我说:"心虚了吧。"

"反正我已经坐过床板了,已经证明我的清白了。"说完,她扬长而去。

我坐在黑暗里,回忆何彩霞说过的话,感觉脊背凉飕飕的,身上的汗毛都竖了起来,屁股下的凳子开始颤抖、摇晃。要是我不去问赵敬东跟那只狗的事,要是我不告诉他别人连批斗的发言稿都写好了,他会喝农药吗? 也许……还有那只狗,为什么偏偏要委托他看管? 如果是委托陆小燕或者房子鱼,哪怕是厚起脸皮委托何彩霞,也不至于发生这样的事呀。我越想脑袋越大,越想越害怕,忽地尖叫起来。

28

第二天上午,我路过河马馆,看见何彩霞在帮河马饲养员胡开会捞水池里的浮物。她一边捞一边大声说话,除了想让每一个路人听见之外,似乎还有用高分贝来漂白自己的嫌疑。

她说:"昨夜一试,就试出谁害死了赵敬东。"胡开会说:"是谁?"她说:"除了曾广贤那小毛孩还会有谁。他以为我做贼心虚,不敢坐赵敬东的床,没想到我不仅坐了,还在床板上闪了几十下。要不是我清清白白,打死也不敢坐到赵敬东的血迹上。"

这事被何彩霞放油,加盐,撒上味精,以最快的速度传遍动物园。胡开会和陆小燕他们在路上碰见我,还专门求证事情的真假,就连修草坪的哑巴也拦住我比画了半天。开始我怎么也不明白哑巴想说什么,后来他学狗爬,倒在地上装死,我才知道他也在关心赵敬东的事。你看看,你看看,连哑巴都管起闲事来了,还有谁不管闲事?整个动物园有上百来号职工,几乎每个人都向我打探:"赵敬东真是你害死的吗?"

那么烫手的问题,叫我怎么回答?历史的经验告诉我,除了闭嘴还是闭嘴,但没想到我的沉默激怒了何彩霞。一天下午,趁大家开会学习,何彩霞站起来问我:"曾广贤,那天晚上我们是不是去赵敬东的屋子里坐过?"众人扭过脸,把目光整齐地落到我肩头,我感觉到了一些重量,站起来,想溜出去。何彩霞一把扯住我的衣袖:"不说清楚,就拿你来批斗。"

我赶紧说:"坐了。"

"你是不是说只要我坐到赵敬东的床上,就说明他的死和我没关系?"

我点点头。

"别光点头,说出来让大家听听。"

"我说过。"

"大声点。"

我大声地说:"我说过!"

她松开手:"大家都听见了,赵敬东不是我害死的,今后谁要是再斜着眼睛看我,我就操谁的祖宗。"

我跑出会议室,对着门前的那棵树大声地说:"如果不是你害死的,那你干吗害怕熄灯?"

会议室传出一阵哄笑。"你这个死野仔,想断胳膊缺腿呀……"何彩霞骂骂咧咧地追出来,抓起一块石头。我撒腿便跑,她举起石头追赶。

嗨! 她那身材,要追上我还得请几个长跑教练。从此以后,我凡是看见她,总是扭头就跑。她呢,只要看见我,雷打不动地要追。这么折腾一阵,双方都有些疲倦,她那中年微胖的身体竟然有了点苗条样,这也许是她追赶我得到的唯一好处。有一次,她边追边喘大气,边喘大气边求我:"广贤,你说句良心话,赵敬东是不是我害死的?"

"不知道,反正不是我害死的。"

她呸了一声,把手里的石头丢到地上,咬着牙齿:"曾广贤,你的良心给狗吃了,你根本就没有良心!"

晚上,何彩霞提着一网兜苹果来到我的宿舍。我有点想不到,也有点受宠若惊,一时间不知道是坐好或是站好。她打量一遍屋子,慢慢坐下:"广贤,我们别再争了。如果你认为我的苗条是因为追你,那就错到太平洋里去了。信不信由你，自从赵敬东死后，我没睡过一个完整的觉，半夜里常常惊醒，后背不停地冒虚汗。后来你添了一把火，说赵敬东是我害死的，这更让我睡不踏实，心里像躲着个小偷，成天提心吊胆。你说得对，我的确不应该到处说他的坏话，毕竟他还没结婚，是一个连开会都不敢发言的小伙。但是……你呢，难道你就不想承担责任吗？一千个、一万个原因，归根结底赵敬东的死还是你造成的……"

"如果你是来说这个，就给我滚蛋。"

"你别抵赖，先听我把话说完。我们是不是可以这样分析，其实赵敬东早就有了轻生的念头，人是不可能说死就死的，他一定早就有了念头，只不过在等待时机……"这几句还算中听，几乎要把压在我胸口的石头搬开了，但是她话头一转，"那么，是谁给了他时机呢？没有第二个答案，是你。如果你不告诉他单位要批斗，他肯定不会急着喝农药……这是他的转折点，就像炸药包的导火线。你承认也罢，不承认也罢，事实明摆着。假若你还有针尖尖那么一点良心，那就承担一点责任，把这副担子接过去，不要再让我受折磨，让我一辈子睡不好觉。"

我抓起苹果，扔到门外。

"其实单位根本就没打算批斗他，不信，你去问何园长。"说完，她拍拍衣襟，走了出去，仿佛把一身的重担拍下来，毫不吝啬地让我全部继承。

其实，在发出尖叫的那个夜晚，我曾经想到过找何园长问一问。但是我害怕，害怕听到何彩霞说出来的这种答案。如果单位真的没打算批斗赵敬东，那就等于他是被谣言吓死的，而我正是谣言的传播者，是把赵敬东推向死亡的最后一巴掌。我以为这事只有我知道，没想到何彩霞也知道。这样的女人真难对付。她把我逼到悬崖边上，我开始失眠，不停地打自己的嘴巴。半夜里我真的听到赵敬东的哭泣，像下雨那样，忽高忽低，时近时远，有时在屋顶，有时在床下，有时仿佛钻进了耳孔。我再也无法忍受，从床上爬起来，一口气跑到何园长家。

何园长说："你的脸干吗那么苍白，是不是生病了？"

我摇摇头："你千万要跟我说真话。"

"我什么时候说过假话了？"

"那你告诉我，你们是不是决定过要批赵敬东？如果没有决定，心里是不是也产生过这种想法？你们肯定决定过，是吧？"

"瞎扯！你是不是嫌还不够乱？直到现在我都还把赵敬东那事当笑话，笼子里的动物都瘦了，谁有闲工夫去批他呀。"

尽管这是意料中的答案，但还是把我的眼睛撑大了，甚至有撑爆的危险。我感觉一场雪下到了身上，牙齿最先颤抖，紧接着双腿也抖，全身都抖。何园长给我披上一床厚厚的被子。我把脑袋藏在被子里，想真不该多嘴，一多嘴就欠了条人命！

29

之后，我在小屋的门上加了一个铁闩，睡觉前不忘在铁闩下面顶一张板凳，窗户也关得死紧，连风都很难吹进来。但是夜越深，我的眼睛睁得越大，生怕一闭上就看见赵敬东。我哪还有脸见他！这样熬了几晚，白天走路我也打瞌睡，清扫虎笼时竟然靠在铁条上睡熟了，要不是小腿发麻，蚊虫叮咬得厉害，估计睡到天黑也不成问题。当时我皱起了眉头，皱得脑门上像长了大鼻子，难道非得做死鬼的邻居吗？

星期天，我找来一辆板车，把睡的和用的全部搬到车上。何彩霞正好从门前路过，她满脸放光："广贤，你要搬走呀？"

"再不搬走，就要被赵敬东吓成神经病了。"

她哈哈大笑，就像发现我破了裤裆那样哈哈大笑，最后笑得不好意思了，就直起腰来："我还以为只有我害怕，没想到你也害怕。你害怕好呀！你一害怕，我就不用害怕了。来，我帮你。"

她在前面拉起板车，我在后面推，但怎么也跟不上她的速度，其实不用我推，她一个人就把板车的轮子拉得飞了起来。

我搬进我们家仓库的小阁楼，就是铁马东路37号被改成礼堂的那间仓库，小池在里面脱过裙子，我在里面出生，对，小狗也是在里面捡的。顾不上蜘蛛网和楼板上的灰尘，我铺了一张席子，倒头便睡。那才叫真正的睡，原来绷紧的身体像沙子那样松开，除了中途听见两次自己的鼾声，其余的什么也不知道。那时候我懵懵懂懂，一点也不晓得分析、总结，就想找个能睡的地方，不害怕的地方，却没想到自己给自己找了一个陷阱。现在回头看，才发现后来的所有失误都是因为搬家惹的，唉！要是我不搬过来……

睡到晚上，我被一阵音乐吵醒，却找不到往下看的地方。阁楼里的板壁贴满了发黄的报纸，我撕开透出灯光的那张，一扇窗口露了出来。窗口的大小和书本差不多，就像电影院里放映机前的口子那么宽窄。从窗口看下去，省宣传队的演员们正在舞台上排练革命现代芭蕾舞剧《红色娘子军》。张闹饰演吴琼花，她时而踮起脚尖，时而腾空劈叉，怎么看怎么英姿飒爽。

第二天上班，我跟胡开会借了一个望远镜。到了晚上，我把望远镜架在小窗口，这下清楚多了，张闹白生生的脖子和胸口上的那道沟忽地送过来。一刹那，我血脉偾张，两边的太阳穴突突跳动，吓得眼睛都闭紧了。我在斗争要不要再往下看？用当时的标准衡量，如果往下看思想就不健康了，我就是货真价实的流氓；如果不往下看，我便是正人君子，便有纯洁的灵魂。内心就像有两个人在扭打，一个是好人，一个是坏人，双方打得鼻青脸肿，嘴角出血，最后好人占了上风。我把撕下来的报纸重新贴到窗口，让下面射来的灯光变得昏暗，让张闹的身影模糊，让我再也看不到她白生生的胸口。但是我的裤裆里却像支了一根木棍，久久地没有软下来。我拍着裤裆骂："你怎么就没有一点觉悟呢！"

白天我按时骑车到动物园上班。何彩霞一看见我就问："睡好了吗？"就像别人问"吃好了吗"那样问我。她的表情是一副睡足了的表情，是富翁问乞丐的表情。她说："奇怪了，自从懂得你害怕赵敬东以后，我就成了冬眠的动物，睡得比石头还实，要不是为了领工资，我一觉能睡上一年。"你知道她这话什么意思吗？是卸下了担子的意思，是把害死赵敬东的责任全部推给我的意思。果然，不出半月，她苗条下去的身材又恢复到原来的水平，这就叫心宽体胖。只有她那偶尔的一声招呼"睡好了吗？"还提醒我她曾经有过失眠的历史。

可是我却睡不着了。从傍晚开始，我就坐在阁楼里，张耳听着楼下的音乐，盯住那扇纸糊的窗口。我无数次把手伸到窗边，试图揭开贴在上面的报纸，但是想想我爸被打的模样，想想小池和于百家吃草挂鞋的情形，我害怕地把手一次次缩回。有天晚上，我实在忍无可忍，就撕开了报纸的一角，趴在窗口往下看。张闹穿着一件雪白的衬衣，衣襟扎在皮带里，旋转的时候、劈叉的时候还是那么英姿飒爽。我拿起望远镜，看清楚张闹有两颗扣子没扣，就是领口处那两颗关键的扣子。这让我看得更宽，更清楚，差不多把她胸前的那两坨全部看完了。顿时，我感到呼吸困难，转身靠在窗口上喘气。等到气息均匀，狂跳的心脏平静了，我又扭头往下看。从那时候起我就这样反复无常，晚上撕开窗口上的报纸，白天又用新的报纸糊住，在做好人和做坏人之间犹豫，就像写了错别字，不停地用橡皮擦了写，写了又擦，最后窗口上的报纸越糊越厚，而经常撕开的那个位置却只有薄薄的一层，成为最亮点。

　　看得越清楚我就越睡不着，深夜躺下，张闹就在屋顶上飞，像赵敬东说的那样一丝不挂地飞。有时我几乎就要睡着了，她的双乳从屋顶垂落下来，一直抵达我的鼻尖。我被这样的挑逗一次次弄醒，干脆打坐起来，一遍遍回忆赵敬东对张闹的描述。慢慢地，我的立场倒向了赵敬东，就觉得面对这么撩人的张闹，即使是钢打的身体、铁做的心脏，也有可能犯他那样的错误，就觉得当初不应该看不起他，指责他，就觉得喉咙干燥发痒，想找一个人掏掏心窝子。

30

后来我的目光从仓库里伸到了仓库外,看着排练结束的张闹骑着单车离去。我偷偷地跟踪她,一直跟到红星巷省文化大院门口。一个深夜,巷子里比平时寂静,我那辆破单车呱嗒呱嗒的响声实在难听。她忽然刹住车,警惕地扭过头。我双手捏紧刹把,但怎么也刹不住,单车从她身边溜出去好远,才吱的一声停住。她看看我,惊讶地问:"曾……曾广贤,你怎么会在这里?"

"去、去看一个同学。"

她走过来,站在我面前,距离不超过半米,高高地挺着胸口,弄得我的呼吸道又紧了一次。我说:"有、有个事不知道该不该告诉你?"

"什么事?"

"敬东的事。"

"时间不早了,改天再聊吧。"

她骗腿上了单车。直看到她的背影消失,我才调转车头,一边飞车一边扯开嗓门唱:"大海航行靠舵手,万物生长靠太阳……"我不知道哪来的干劲,唱得很用力很大声,仿佛不撕破自己的嗓门誓不罢休。

忍了几天,我来到红星巷的路灯下,支起单车张望、等待。巷子里人来人往，几双木板鞋把地板打得嗒嗒响。对面的墙根爬满了青苔，墙壁上有一半的灰浆脱落，露出里面的砖块。一团虫子在路灯下飞舞，开始还看得见它们细小的翅膀，但是看久了它们就变成了无数个黑点。我站得双腿发麻，才看见张闹骑着单车驶来。我叫："张，张闹。"

她停住："原来是你，有事吗？"

"想跟你说说敬东。"

"能不能再找个时间？"

"都等你五天了，再不说我的喉咙就发芽啦。"

她支起车，斜靠在后座上。

"敬东是我害死的，我不应该打探他的秘密，不应该告诉他单位要开批斗会……"

"啊，敬东还有我不知道的秘密？"她惊讶得张大嘴巴。

我把赵敬东如何想她，如何改狗的名字原原本本地说了一遍。她听得脸一点点地板结起来，就像铺了水泥。

"他要不是想你想得快发疯了，就不会做出那种下流的事。"

"放屁！怎么把我也扯上了？难道敬东是我害死的不成？"

"那也不能全怪我一个人，你和何彩霞都应该负点责任。"

"让敬东安息吧，你别再胡说八道了。"

她推着单车慢吞吞地走去，背影甚至有些摇晃。后来，我在巷子里等了她好几次，但每一次她都扭过脸去，加快单车的速度，假装没看见我或者装作根本不认识我。只要我一喊她，她的单车就骑得飞快，仿佛我的喊声是她单车的加速器。从那时起我便明白人是听不得坏话的，尤其是漂亮的女人更听不得反对的意见。如果早几天知道这个真理，那我死活都不会跟她提赵敬东。我真他妈的笨，还以为赵敬东永远活在她的心中。但是张闹还是给我留下了"纪念品"，让我在动物粪便的熏陶下不时爆出笑声。她的纪念品不是别的，是那句粗话。几乎每天我都要问：她怎么可以说"放屁"？她那么漂亮怎么可以发出这种粗俗的声音？一想起她说这话时的模样，我就忍不住哈哈大笑，就像在美人脸上发现假鼻梁，在贪官身上看到奖状那样大笑。这么多年过去了，许多重要的事情我都已经忘记，单单这件事像放电影似的，时不时从我脑海闪过，你说这是不是钻牛角尖？

从那时起，我就断定张闹不是一个好演员。她动不动说"放屁"，这说明她还没有脱离低级趣味。她的心里连她表弟都装不下，怎么可能会装着观众呢？所以我断定她成不了人民艺术家。一气之下，我把小阁楼上的那个窗口封死，这次我不是用报纸，而是钉上了一块薄木板。我再也不看张闹的排练，连后来盛况空前的演出我也没看。

尽管我贬低她，但一到深夜，她还是厚颜无耻地跑到我梦里来，让我继续失眠，让我逐渐消瘦，让我走路像飘，甚至我的头皮也隐隐地痛了起来。我去医院开了几次药，觉睡得踏实了一点点，头皮却越来越紧，仿佛勒着个孙悟空那样的紧箍咒，有时箍得我在阁楼上打滚，汗水像豆子一颗颗地冒出来。我痛得实在没办法，偷偷跑到三合路六巷去问九婆，她说那是因为恶鬼缠身。我妈不会是恶鬼，如果她要惩罚我也不会等到今天，那么恶鬼只有一个……赵敬东。他是不是开始报复我了？

我决定清明节那天去杯山墓园给他烧纸，并详细列出那天必须带去的物品清单，比如香、纸、玩具狗、猪油、花糯饭、肉、工资条、连环画什么的，争取把敬东生前喜欢的全部带上，以求他松开我。在列清单时，总觉得少了一样最严重的东西，但是我怎么也想不起来，便翻开席子，拉开抽屉，掏空衣兜，目光搜索瓦片，期望能把那件东西找到。那是一件什么东西呢？我到敬东住过的屋里去找，低头在巷子里找。有一天，我照样低头搜查路面、墙根、砖缝，忽然听到一团叽叽喳喳的女声迎面而过。抬起头，我看见张闹也在人群里，就叫了她的名字。其余的姑娘都扭过头来，只有张闹还继续踩车前行。几位姑娘同时喊："张闹，张闹，有人叫你。"张闹这才回过头，刹住单车："叫我干吗？"

"后天就是清明节了，我想去给敬东磕个头，你去吗？"

"你管事也管得太宽了吧。"

"再不给他送点吃的去，他就要把我的头整破了。难道你的头一点也不痛吗？"

张闹送我一句"神经病"，便跨上了单车。我一拍脑门，忽然明白原来我要找的东西不是东西，而是张闹。你想想，还有什么比张闹更让敬东喜欢的？ 没有，敬东最喜欢的就是他的这个表姐了。我拔腿朝张闹的背影追去，追了几百米才拦住她的单车。她来了一个急刹，气呼呼地跳下来："你烦不烦呀？"

我抓住单车扬头："对不起，看在敬东想你的分上，清明节那天请你一定去给他烧个纸。他最喜欢的人是你，如果你能去看他，也许他会高兴得重新活过来。请你答应我一定要去，就算我求你了。"

张闹扭了扭单车羊头，我紧抓不放。

"你想耍流氓呀？"

"除非你答应我。"

张闹瞥我一眼，急得脸红脸白，嘴唇动了动又把话咽下，仿佛不屑于告诉我什么。

"我把玩具狗、猪油、花糯饭、肉、工资条和连环画统统准备好了，这都是敬东最喜欢的，如果你能去，敬东就没什么遗憾了。"

张闹嘟起嘴巴："我早就答应姨娘清明节一起去看敬东，他又不是你的表弟，你操什么闲心？"

一口气跑回小阁楼，我在清明节的物品清单上添了"张闹"两个字。

31

从杯山墓园回来，我有两个多月的时间没机会看见张闹。但是我从来没忘记她，特别是我的头痛稍稍减缓之后，她更加让我过目不忘。她身体的各个部位不时从半路跳出，让我在床上辗转反侧。但是，我忍着不去见她，后来忍得牙龈都肿了，便偷偷跑到宣传队的练功房，趴在窗口上看她压腿、劈叉、翻跟斗。我坚信她没有察觉，因为在我偷看的时候，她始终没往窗外瞟上半眼。但十年之后，她却对我说，我怎么不知道你偷看？我瞥一眼练功房的镜子就把你看得通通透透，当时你穿着一套半旧的军装，两边的衣袖挽得都超过了胳膊肘。天哪！万万没想到她会把一个秘密装了十年，真他妈的能装！

正当我满脑子都是张闹的时刻，于百家挂着一副三角拐杖，左腿绑着夹板，突然出现在我面前，大声宣布："老子回来了！"

"插队结束啦？"

"腿都断了，还插什么鸟队。"

"这腿不是挨贫下中农打断的吧？"

他摇头否认。

"在火车上给你写的信收到了吗？"

"收到了。你有闲工夫劝我，还不如多看几眼对面那个姑娘。"

"什么姑娘？"

"你信上不是说对面坐着一个漂亮的姑娘吗？因为改邪归正你故意没看她。"

我"啊"了一声，忽然想起坐在对面的那个姑娘就是张闹，怪不得她那么面熟，原来在赵敬东的葬礼之前，我早就见过她了。

于百家闲得慌，每晚都到仓库的小阁楼里来跟我聊天。他告诉我想回城想得都犯了相思病。开始那半把年，因为有初恋顶着，日子还算熬得下去，心里像落了块石头挺充实。自从恋爱被贫下中农破坏之后，他和小池再也不敢往来，就连单独待在一起的机会都没有，即使有也害怕别人盯梢，那种感觉就像自己携带巨款，随时都有可能被小偷察觉，而没完没了的批斗会，更让他对那个小山村产生厌恶。他讨厌那些拿他取乐的人，讨厌他们的腔调和被烟草熏黑的牙齿，讨厌他们的脖子以及裤腰带，甚至讨厌那里的空气。于是，别人批他的时候，他就回忆炒面的味道。炒面是于伯妈的拿手戏，不是节假日她根本不做，啧啧，好吃得不得了，几乎是我们童年最爱吃的食物。我看她炒过，就是先把面条煮熟，冲凉，拌上油，然后切瘦肉丝，切卷心菜，再准备木耳、胡萝卜丝、芹菜和葱段……你别拍沙发扶手，我知道你是怕我说跑题，但是这绕不过去，它关系到我后来的命运。

于百家除了怀念他们家的炒面，就是怀念街道上汽车的喇叭声，那简直就是他回城的冲锋号，时隐时现，时远时近，就是在梦里他也常常被汽车的喇叭吹醒。有了这个念头，他仿佛胸有大志，变得不爱说话。锄地的时候，收稻谷的时候，他表面上不声不响，心里面却在谋划怎么能够回城，最直接的办法就是把自己弄成一个肺结核病患者，只要染上这个病，那就百分之百地能回城治疗。为此，他到公社买了两把面条，跟大队的赤脚医生秦仁伦换了一本医书。他在详细地阅读《如何防治肺结核病》那一章之后，开始接近村头的王大妈。他给她挑水给她劈柴，跟她拉家常，甚至跟她一起喝稀饭。白天在地里干活，他跟王大妈肩并肩地干，晚上要是开会，他就坐在王大妈的对面。千万不要以为他是美术大师，喜欢看王大妈那张皱纹纵横，也可以说是布满沧桑的脸,如果你这样认为,那就错得没有谱了。他喜欢坐在王大妈的对面,完全是因为王大妈能咳嗽能打喷嚏。

王大妈是村里有名的咳嗽大王,天气稍微变冷,她会咳得全身弯成一张弓。半夜里,她的邻居经常被她咳醒。有时她咳得连气都喘不上来,有时她会咳出一口痰,叭地吐到地上。种种迹象表明,王大妈就是一个标准的肺结核病人,于百家想被她传染。尽管于百家用王大妈的碗吃饭,用王大妈的葫芦瓢喝水,也没能染上咳嗽。怎样才能够咳嗽?成了他当时的苦恼。他冷天里打赤膊,故意不盖被窝,希望自己能够咳起来。没想到他越是这样,身体越结实,除了故意咳之外基本上看不到咳嗽的影子。他一咬牙,睡到了屋外的青石板上。

那是初冬的季节,大地微微寒气吹,石板上很快就起了露水,他的脊背泛起一阵透心凉。几声喷嚏打过,几串清鼻涕流过,他终于在下半夜咳了起来。即使咳了,他也没立即起身,仍然躺在石板上巩固咳嗽。直到他的喉咙咳痛,直到他认为这咳嗽再也不可能停止,他才爬起来。这样,他一边劳动一边咳嗽,走路吃饭的时候也咳嗽,好像咳嗽是他的奖章,必须时刻佩戴着。为了加重病情,他洗了几次冷水澡,抽了不少烟,慢慢地咳得有模有样,像是那么回事了。

书上说如果咳到第三周，出现发热、咳痰、胸闷那就有可能感染上结核杆菌，就得赶快到医院去拍 X 光片。于百家细心地体会着，以上症状在第二周就提前出现，他的心里仿佛放了焰火，别提有多高兴。他到县医院拍了 X 光，医生告诉他肺部没问题，只给他开了几瓶治咽喉的药。他质问："我的头发都快烧起来了，怎么会是咽喉炎？"医生摸了一把他的脑门："没烧呀。"他不信，叫医生再量一次体温。医生又量了一遍，温度还是正常。他认为那根体温计有问题，医生又换了一根来量，结果体温还是三十六摄氏度。他于是怀疑医生的水平。医生一拍胸口："站在你面前的是全省著名的结核病专家刘原，因为作风问题才下放到这里，要是两年前你找我看病得排一个星期的队。"

"那是怎么回事呢？我全身发烫，经常想晕倒。"

"你这是臆想病，是想发烧。不就想回城吗，犯不着拿自己的身体来折磨，你这样的病我见多了。"

于百家吓出一身冷汗，赶紧拿起那几瓶治咽喉的药，回到了谷里生产队。几天之后，谷里生产队又只剩下一个咳嗽的了。于百家承认他的咳嗽不是药治好的，是刘专家吓好的。既然内科有个刘专家守着，于百家就不想再在这方面下功夫，他想还不如跌上一跤，摔个手断腿断来得痛快。但是手断治愈的时间短，腿断治愈的时间长，既然横竖都是断，干吗不来个时间长的？另外，选择什么时间断也有讲究，最好是工伤。

大雪封山的隆冬，他抱着刚刚出生的牛崽走了五里多山路，腿没摔断，连崴都没崴着。他参与两次扑灭山火的行动，净往危险的地方扑，腿也还是好端端的，连腿毛都没烧着。他认为靠这种方法回城是没指望了。一天，村里的姑娘胡少芳出嫁，她穿得一身花，跟着迎亲的队伍走出村口。人们站在竹楼上瞭望，于百家也在他们中间。随着迎亲队伍的远去，站上竹楼的人越来越多。忽然，竹楼一闪，轰地倒塌，上面的人全部像倒栽葱，跌成一堆，流血的流血，破皮的破皮。那个竹楼仿佛是于百家的亲戚，它让于百家伤得最严重，跌下去后再也爬不起来。他的腿终于跌断了，可惜不是工伤。

32

你别笑，当时回城就这么难，不像现在只要买两张车票，谁都可以进进出出。忘记问了，你是哪里人？让我猜，我猜不着，反正你不会是本地方的人。好了好了，不为难你了，我还是接着讲吧。

一天晚上，于百家不愿回去，就跟我并排睡在阁楼里。半夜，他突然喊小池的名字，就像过去我喊小池那样充满感情。我照着他的胸口拍了一巴掌。他打坐起来，点燃一支烟，慢慢地吸了几口："我梦见豆腐了。"

"不是吧，你好像在喊一个人的名字。"

"你知道个屁，那个人就是豆腐，平时我就叫她豆腐。你没碰过你不知道她的身体有多软，多嫩，好像没骨头，一口咬下去出好多的水。我第一次伸手抱她，都还没抱紧，她就软倒在我胸口，像一磨没有结的豆腐，要不是我小心捧着，早就从指缝漏下去了。一钻进草垛，我就像拿刀子捅豆腐，一边捅一边喊她的名字。捅了歇，歇了捅，从晚上捅到早上，我以为她的豆腐全部挨我捅烂了，结果，拿手电筒一照，她的豆腐还好好的。我就奇怪了，明明感觉捅烂了，怎么毫发未损？她打掉我的手电筒，一把搂住我，就像箍桶的铁线那样搂住我，紧得我都没法出气。"

我忽然感到呼吸不畅，欠起身，大口大口地喘气。

于百家说："又没有女人搂你，干吗装成这样？"

我支支吾吾。

他拍一下我的裤裆："是不是受不了啦？真硬了！你没做过吗？没做过肯定受不了。受不了就自己放出来，你不是写信教我这样做吗？"

"小、小池也这么搂过我，就在阁楼下的仓库里，在她去天乐县之前的那个夜晚，当时我感觉她的手也像铁线，我也被她搂得喘不过气来。"

他骂了一句"骚货"，把烟头狠狠地掐灭："你动没动过她？"

"要是我敢动她，那后来就没你的份了。"

"我不是说底下，底下你肯定没动过，要是底下有人动过，她就不会流那么多血，就不会糟蹋生产队的稻草。我是说上面，她上面那两坨也像豆腐，软软的，柔柔的，摸上去像摸棉花，难道你没感觉吗？"

"哪敢啊，我吓得直骂她流氓，逃得比飞机还快。知道她有你说的这么好，当时我就应该把豆腐吃了。"

他按住我的头："小流氓，我就不信你连摸都没摸。"

"我向你发誓，到现在我都没摸过女人，连手都没摸过。有一次，我差点就摸上了，但是等我回过神，张闹已经把手缩了回去。"

"真他妈可怜，"于百家松开手，又点了一支烟，"我喜欢有点肉的女人，像小池这样的，睡上去准如垫了两床棉胎。不过睡了棉胎就没法再睡硬板床，人天生就是贱骨头，上去了下不来，会上瘾，吃第一口想吃第二口，吃了第二口想第三口，现在贫下中农不让我吃了，我才尝到苦头。知道现在这么难熬，当初我就不应该开戒……哎，刚才你提到张闹，张闹是谁呀？"我把张闹描绘了一遍，还把赵敬东跟她的关系、我看见她在屋顶上飞也顺带说了。他拍拍我的肩膀："放心，我一定会让你跟她接上头，弄不好还会成夫妻。"

"夫妻不敢想,能跟她说上几句话,这辈子就没遗憾了。"

那天晚上,于百家简直就在给我上生理卫生课,而小池便是他活生生的解剖图。他告诉我什么时候不会让女方怀孕,碰上流血不要惊慌等。看着他滑动的喉结,听着他"豆腐、棉花、嫩葱、泥塘、杀猪、鬼哭狼嚎"的形容和比喻,我恨得差不多杀了自己。当初只要我把手放到小池的胸口,只要轻轻地抱她一下,那后来发生在于百家身上的事,全都会发生在我的身上,而且提前两年。多好的机会,多美的豆腐,我竟然没下手,真是笨到家了。这么悔了恨了几天,我对张闹的想象日渐丰富,其实也就是移花接木,把"豆腐"当成她柔软的肢体,把"棉花"放到她的胸口,把"嫩葱"贴上她的脸皮,把"泥塘"装在她的下身,然后再把自己当成屠夫,把她当成待宰的猪,这么一来她不"鬼哭狼嚎"才怪呢。

按照于百家的吩咐,我事先打听到了张闹的住处。六月二十四日那天,我求于伯伯疏通关系,在食品门市部买到了一个大蛋糕。晚上,我和于百家梳好头发,穿上熨过的衬衣,提着那个蛋糕,来到文化大院八号楼二层右边第三间。事先商量好了,我走前,百家走后;我是主角,他做配角。"咚咚咚"我敲了三下,张闹打开门,探出头来:"你们找谁呀?"

我说："找你。"

"你们这是……"

我竖起指头，嘘了一声："进去再说吧。"

她把门敞开，顶了一把椅子。我们走进去，坐在一张条凳上。她说："来就来了，还带什么礼物。"

"这是百家，敬东的朋友，今天刚从插队的地方赶回来。"

她看着百家的左腿："受了伤还赶回来？"

百家说："每年的今天，我都赶回来。"

我把蛋糕摆在书桌上，点了两根蜡烛。

张闹说："今天不是我的生日，你是不是搞错了？"

我掏出赵敬东的遗像，摆到蜡烛旁："今天是敬东的生日，百家以为他还活着，就从乡下赶回来，没想到敬东已经……"

张闹的脸顿时严肃起来："你们，还挺够朋友的嘛。"

我说："即使敬东不在了，我们也要像过去那样给他过生日。我们不想让你一个人伤心，就赶过来了。"

蜡烛静静地燃烧，我们谁也没说话。张闹坐在门边的椅子上，扭头看着外面，偶尔回头瞥我们一眼。我们坐了一会，百家说："走吧，别再打搅张闹同志了。"

张闹站起来，从门口闪开，一看就知道她是想让我们尽快滚蛋。我收起敬东的照片，走出去，百家跟着走出来。

张闹说:"不送了。"

百家用胳肢窝撑住三角拐杖,双手握住张闹的手:"对不起,张闹同志,看见敬东的表姐,我就准如看见了他。不是因为想念敬东,我们不会冒昧地登门。广贤老弟没什么别的优点,就是太义气太善良,一直对敬东耿耿于怀。"百家久久地握住张闹的手,一点也不正常。而张闹始终没表态,等百家的手松开,她才不停地甩手,好像是被握痛了,也好像是想把手甩干净。

回来的路上,百家得意地说:"这样跟张闹打交道,她就是讨厌也不敢发脾气,除非她想做个没心没肺的表姐。"我板着脸,没有一点说话的兴趣。尽管开始是想用这种办法跟张闹接触,但是蜡烛一燃,遗像一摆,我真的就陷入了对敬东的怀念。于百家说:"跟张美人都说上话了,怎么还板着个苦瓜脸?"我说:"这么一来,我更对不起敬东。我不应该骗张闹,更不应该拿敬东糊弄她。"

33

介绍于百家跟张闹认识,让我这辈子后悔到了骨髓。隔不了几天,于百家就到阁楼来找我。我一听到楼梯响,便提前关了灯,锁了门,假装不在阁楼里。他在门外吸了一支烟,站了一会,骂了一声"狗日的",就拄着拐杖下了楼梯。

　　第二天，他竟然来到了动物园，把那只肉腿和那只木腿配合得天衣无缝，走路的速度几乎要超过我。我去给老虎喂食，他在后面跟着，那只木腿戳得地皮都颤动起来。我从兽笼边走过去拿铁锹，他也跟着走过去，最后又回到笼子边，终点是回到起点，他一点也不节约路程，甚至走了许多废路。我在笼子里铲粪，他站在笼子外说话，根本不在乎粪便的气味。他说："广贤，你得趁热打铁，要不然张闹就把你忘记了。"我用铁锹嚯嚯地铲着地板，把动物的排泄物集中到一个角落。他说："百货大楼来了一款蓝色的连衣裙，很适合张闹，如果你敢买来送她，她一定会高兴得亲你几口。女人就喜欢打扮，喜欢漂亮的外表，喜欢小恩小惠。那天晚上不知道你注意没有，张闹挂在阳台上的两条裙子已经旧了，而且颜色也不鲜艳。你没钱我可以借给你，要是你不敢去送，我帮你送过去。这个主意怎么样？广贤。"

　　我把动物的粪便铲进推车，从笼子里推出来，往储粪池推去。他紧紧地跟着："如果你觉得这个主意不好，那么我再教你一招，就是找人写一篇文章，鼓吹省文艺宣传队的革命芭蕾舞剧演得出神入化，特别是女主角张闹，一招一式都对革命充满感情，然后拿到报纸上去发表。这个文章其实你自己都可以写，也不是写，就是抄，把报纸上表扬样板戏的句子稍微拼凑一下，就是一篇好稿。如果一篇不行，你就写两篇，两篇不行再写第三篇，甚至可以专门写张闹的表演才华。有这样的攻势，再坚硬的女人也会融化。广贤，这个你做得到吗？"

我把粪便倒进储粪池，用铁锹敲了敲车斗，又推着空车往回走。他不屈不挠地跟着："要不，你去求求赵万年，他不是铁马区革命委员会的主任吗？再怎么风光，他也是你们家的仆人，是从我们仓库里出来的。你让他找关系，给张闹评个先进，或者干脆提拔她当宣传队副队长。没有多少女人、包括男人顶得过这一关。只要你求得动赵万年，那保准你能吃上张闹这块水豆腐。这么好的主意，广贤，你该请客了吧？"

因为有过给敬东做生日的馊主意，我对于百家以上的计划既不惊讶，也不摇头，把他的每个声音都当成空气，让它左耳进，右耳出。于百家发现自己白费口舌，连我在食堂打的午餐都没吃，便挂着三角拐杖上了公交车。但是他并没有就此罢休，不时到我的阁楼来，催促我去见张闹，显得比我还迫切。他说："你再不去，我就自己去了。"我不知道为什么不听他的，仿佛是故意跟他对着干。假若当时按他说的去做，没准张闹真会成我老婆，也许后来就不会出现那么多的麻烦事。

一天晚上，于百家把两封来自天乐县的公函丢在我床上。我拿起信笺,看见每一页上面都分别盖着大队、公社、县革委会的公章,它们红彤彤地排在一起,圆圈里的每个字清晰得可以看见毛边。信的内容是叫于百家尽快回农村,腿断又不是耳聋眼瞎,并不影响接受贫下中农再教育,如果不回去,就等着挨处分。于百家抱头抽了一支烟,问我:"你说回不回去?"

"一下盖了三个公章,不回去恐怕将来就没前途了。"

"无所谓,我对前途看不到一丈远,已经没什么信心了。我哪怕在城里坐牢,也比回农村强。"

"那豆腐怎么办?你不是说你喜欢豆腐吗?人家把身体都交给了你,你总得负点责任吧。"

他骂了一句"狗日的",继续闷头抽烟,不到两小时就抽空了一盒,熏得阁楼里的蚊子都掉了下来。他说:"知道我握张闹的手是什么感觉吗?"

我摇摇头。

"就像触高压电,手上噼噼啪啪地直冒火花,连火花的蓝色我都看见了。"

"我没握过她的手,没有发言权。"

"这一去,也不知道什么时候回来?要不是那边催得急,我真想把张闹干了。"

我瞪大眼睛:"原来你在打她的主意,怪不得冒出那么多鬼点子。你想坐牢呀?"

"睡一次这么漂亮的姑娘，哪怕立即被消灭也不冤枉。"

"你还是快点离开吧，要不然又得浪费社会主义国家的一颗子弹，还得浪费小池和于伯妈她们的眼泪。"

"不瞒你，那天晚上我作了详细观察，她宿舍的窗口共有八根木条，其中一根是松的，估计她经常忘记带钥匙，要抽开那根木条把头伸进去开门。她的窗口离门锁不到半个身子，只要把头伸进去就能打开。她的窗门虽然每晚都会关上，但上面没有锁闩，只有生锈的锁绊，只有拉手，这说明她的两扇窗门可以从外面拉开。只要把窗门轻轻拉开，就可以抽出那根木条把头伸进去。你放心，凡是女人都爱面子，你干她一定要干成，只要干成，她就认命，就会做你的老婆。不信你看看马路上那些烂仔头，哪一个的老婆不如花似玉，哪一个的老婆不是这么弄到手的？要不是他们催我回农村，就是灌辣椒汤我也不会把这个秘密告诉你。"

我的全身被于百家说得颤抖不止，连阁楼的木板也跟着抖动。他狠狠地拍了一下我的脑袋："看你软成这样，一辈子都别想做男子汉。"

34

第二天于百家就走了。他的身影一消失，他说过的话立即变成了铁钉,一字一句地钻进我的脑袋。这也没什么好奇怪的,就像格言警句,总是要等到说它的人死去,才会脱颖而出,仿佛语言一定要离开身体,才值钱,才配获奖,才会被牢记。事实正是这样,于百家离去的时间越久,他的话就越大声、越有力量,像是高音喇叭里放出来的,让你不得不听他的吩咐。我犹豫了几天,竟然真的跑到百货大楼,把那件蓝色的连衣裙买了下来。

但是我找不到送给张闹的理由,害怕她把裙子砸到我脸上,还害怕她骂我"臭流氓"。我把裙子挂在阁楼里,从不同的角度欣赏,甚至把电灯泡捏在手中,对着裙子慢慢地照,仿佛手里拿着一个放大镜。星期天,我会举起裙子做几个动作,就是张闹在《红色娘子军》里的动作。起风的日子,我把裙子挂在阁楼外的阳台上,让风吹得翻腾飘扬,仿佛张闹正穿着那裙子舞动。一天傍晚,风又起了,我坐在阁楼的门口看裙子,那裙子先是扭扭腰踢踢腿,然后来了个碎抖肩,来了个点转,来了个变身跳,紧接着来了个凌空跃,又来了个双飞燕,让我看得眼睛发直,怎么也不相信裙子里面没人。看着看着,裙子的下摆伸出了两条白花花的腿,裙子的衣袖滑出了两只手臂,裙子的领口露出了一个脑袋。那是张闹的脑袋,她冲着我做了一个鬼脸,忽地就消失了。我跑过去,把裙子捂在脸上,深深地吸气,仿佛能从上面闻到张闹的体香。

星期六晚上,我这个癫仔再也控制不住,大起胆子拍开了张闹的门。她伸头往走廊上看了看:"就你一个人呀?"

"于百家走了。"

她靠在门框:"那个人眼睛斜斜的,一看就不像正派人,今后你别带他来。"

我把收在身后的纸包拿到前面,往她眼皮底下一递:"送给你。"她接过去,打开纸包,抖开裙子,眼睛忽地闪亮:"哇,好漂亮呀!是你送给我的吗?"我点点头。她把裙子拿到胸口上去一比,长短大小正合适。她笑开了:"你为什么要送给我?你得说个理由,要不然,我没法收这么贵重的礼物。"我的嘴里像含了一枚玻璃球,支支吾吾地找不到说法。她把裙子递过来:"没理由就拿回去吧,谢谢你了。"我赶紧说:"敬东是我的好朋友,他的表姐就是我的表姐,这裙子算是我替他买的吧。这也是他的遗愿,他不止一次对我说等有了钱,就给你买条裙子。"

张闹的脸忽地变黑,把裙子砸到走廊上:"别老是敬东敬东的,好像只有你天天想着他,只有你才是高尚的,而我这个表姐就是没心没肺的家伙。他死了那么久,你还在利用他。除了敬东,你就不能说点别的?这不是你的真话,你骗不了我的眼睛。有胆子,你把想说的说出来,让我高兴高兴。"那时候,谁都不敢说真话,哪怕是说声"我爱你"都会成为别人的笑料,甚至被扣上"耍流氓"的大帽子。我这个笨蛋当时吓得连连说了几声"对不起",转身跑下楼去。她站在走廊上不停地跺脚,好像不把那件裙子跺烂誓不休息。

后来我才知道自己是天底下傻瓜中的第一名,完全可以收入《吉尼斯世界纪录·弱智篇》。我想当然,自以为是,铁定地认为张闹已经把那件裙子跺烂,以为她铁定地会生气,铁定地会对我破口大骂,甚至恨死我。当时我哪会想到女人生气就是撒娇,更不会明白张闹的质问其实就是想听一句"我爱你"。假如那时我敢这么表白,那我就是爱情的先驱,她就有可能成为我的老婆,我爱什么时候吃豆腐就什么时候吃豆腐。可惜,我这个笨伯竟然不会说。直到以后看见她穿着那件蓝色的连衣裙,我才悔恨交加,可是当我看见的时候已经没有退路了。

张闹的怒斥让我很受伤,怎么也想不通好心为什么没有好报?我错在哪里呢?错在嘴巴上,我一边往回走一边扇自己的耳光,噼噼啪啪的,好像打蚊子。深夜,我还坐在归江边,耳朵里全是于百家的声音:"她宿舍的窗口共有八根木条,其中一根是松的,估计她经常忘记带钥匙,要抽开那根木条把头伸进去开门。她的窗口离门锁不到半个身子,只要把头伸进去就能打开。她的窗门虽然每晚都会关上,但上面没有锁闩,只有生锈的锁绊,只有拉手,这说明她的两扇窗门可以从外面拉开。只要把窗门轻轻拉开,就可以抽出那根木条把头伸进去……"

来来回回也就关于窗口这一段的声音,好像录音机的倒带,让我听得都烦了。但是烦了也没用,别的声音就是进不来,哪怕流水的声音、动物的嚎叫都进不来,我像带着个取不掉的耳机,时刻聆听着。

一天深夜,我再也睡不安稳,好像床上长出了密密麻麻的铁钉,没有半寸地方容得下我。我爬起来,溜下阁楼,朝红星巷走去。马路上没有人,只有路灯照耀下长长的树影。我掐了掐胳膊,感觉到痛,才确信这不是在做梦。走着走着,我忽然听到一声呵斥:"你去找死呀!"这不是于百家的声音,也不是我爸的声音,那会是谁的声音呢?我的脚步在巷子口停了下来。路灯是明亮的,夜风是凉爽的,树叶是亲切的,就连暗影里的建筑物,也仿佛是我的财产,再不多看几眼就没机会似的。我从来没这么仔细地注意过深夜,也从来没觉察夜风、树叶、路灯和建筑物会让我这么舍不得。我的脚步想往巷子里走,我的脑袋却命令它停住,命令它:"回去!"胳膊拧不过大腿,脚步拗不过脑袋。我在巷子口站了一会,便灰溜溜走回仓库。

但是,就像女人的周期,过了二十多天,我的身体又烦躁不安,脑海里全是张闹。这么说也许有点夸张,其实挤在我脑袋里的也不是完整的张闹,只是张闹的局部,比如脸蛋、脖子、胸口、小腿、手臂，凡是露出来的、凡是白的，一起往脑袋里挤，你推我拥，挤得我的脑袋都快爆裂了。没办法，我只好爬起来，又往红星巷走去。

这个深夜，我没有停在巷口，而是继续往前。我举起左手："这是犯法，你知不知道？弄不好要挨挂牌游斗，还要吃枪子。"我的右手扬起来反驳："睡一次这么漂亮的，哪怕立即被消灭也不冤枉。"你听出来了，这是于百家的观点，有时难免要用他的观点。左手又举起来："如果被当场抓获，他们会问你事情的详细经过，会打伤你的器官，把你折磨得死去活来。"右手举起来："做什么都得付出代价，我爸不是挺过来了吗？于百家不是挺过来了吗？"左手："可是，他们已经没前途了。你现在回去还来得及，还有光明的前途，没准将来还可以当动物园的领导，还可能评上先进。"右手："凭什么说一做这事就没前途，万一张闹同意呢？难道她就不是人吗？于百家说了，凡是女人都爱面子，只要把事情干成，她就认命，就会做你的老婆。不信你看看那些烂仔头，哪一个的老婆不如花似玉，哪一个的老婆不是这么弄到手的？"左手："你千万别上当！于百家是说着玩的，你千万别当真！要是他真那么想，干吗还怕那三个公章？"右手："我实在熬不住了，就像敬东那样熬不住，谁叫她长得比仙女还漂亮呢？不是我坏，是她太好看了。"左手："别、别、别，广贤，你爸不是教过你万一熬不住就自己解决吗？你为什么不自己解决？哪怕是一边想着她一边自己解决，也总比你去送死强！不信，你扭开旁边的水龙头，用冷水冲冲脑袋。"

这时我才发现旁边真的有个水龙头，平时我根本就没把它放在眼里。我扭开它，让水哗哗地冲刷头皮，全身连续打了几个冷战。好险呀，还差十米我就走到了省文化大院门口。我比上次多走了三百多米，要是没有这一顿冷水，也许我就控制不住了，我就不是我了。我从水龙头下站起来，用力抹了抹头上的卷发，回头走去。

几天之后，我收到了于百家的来信。他在信上说如果真要去开张闹的窗户，最好闭上眼睛，因为闭上眼睛之后，耳朵就会竖起来，会特别敏感，就不会发出任何声音。但是到了信的结尾，他却板起脸劝我千万别去干那种蠢事，这只不过是一个玩笑，前次说的也算不得数，只是一时的狂言乱语。他说如果我听劝就是他的好兄弟，如果不听劝等到某一天我被押赴刑场，他绝对不会去看我半眼。我惊出一身细汗，暗自庆幸没把他的狂言乱语当作最高指示，要是我真按他说的去做，也许我早已像兰兰那样被关进笼子了。

又过了二十天，月亮从窗口照进来，白生生的一片，像女人压扁了的身体摊在我床上。我这个傻×、癫子、蠢货又管不住自己的腿脚，从床上爬起来，去了红星巷，进了文化大院，直接来到张闹的宿舍前。那晚，我的脑子好像已经睡着了，没对我的腿脚提出半点批评，或许已经提出了，只是声音太微弱，盖不过身体的冲动。我掏出一块黑布蒙住眼睛，开始用手指去感受窗户。我把手指抠进窗缝，轻轻地拉，窗门很配合，没发出一点声音就打开了。我伸手去摸靠门边的窗条，摸到了，轻轻地抽，窗条也像是自己人，没反抗就滑了出来。这时我拿掉黑布，把头伸进去，扭开门锁，门锁非常理解我，一点也没吵闹。我轻轻地推门，那门就像内奸，无声地闪开一条缝欢迎我。进入张闹的宿舍，我没有遇到半点阻力，那些窗呀锁呀门呀好像商量好了似的，合伙起来收拾我，竟然没给熟睡中的张闹一点暗示。如果当时我不照于百家信上说的蒙上眼睛，说不定就会弄出响声，张闹就会惊醒，我就会逃跑，后面的事就不会发生……

我屏住呼吸，盯着窗前的床。床上铺满月光，可以看清张闹长长的眼睫毛、直挺的鼻梁、小巧的嘴巴、雪白的脖子。天哪！她竟然穿着那件我买的蓝色连衣裙。这说明她并不恨我，说明我还有跟她发展下去的大好机会，难道她的生气是假的？我顿时傻了，像老鼠掉进了铁桶，抓哪里哪里都没把把，急得不知道从什么地方爬出去。我后退两步，嘭地撞翻一张椅子。张闹忽地坐起来，惊叫："谁？"紧接着就喊，"救命！"她的喊声逼得我没有退路，只好扑上去捂住她的嘴。她撕我、推我，嘴里不时漏出"救命"的号叫。我说："张姐，张姐，我是广贤，我只想看看你，没别的意思，求你别叫了。"她反而叫得更大声，我不得不把她的嘴巴捂得更紧。讨厌的是她不光嘴巴呜呜地叫唤，身体还滚来滚去，双腿把床板打得叭叭响。为了让她安静，我动用了全身的重量，让我的腿压住她的腿，让我的胸膛压住她的胸膛，用我的双手压住她的嘴巴。这样，她的动作幅度稍微小了一些，但是走廊上已经传来密集的脚步声，我明知道末日就要到了却毫无办法。有那么一刹那，我想放开她，从窗口跳下去，可是不知道为什么，这个想法的产生和遗忘是同时进行的，竟然没有多停留哪怕万分之一秒钟，好像我的手捂住的是一个炸弹，只要一松开就会没命。当时我最关心的是不让她发出声音，别的任何想法都被推后，因此我又一次失去了对命运的选择权。

屋门乓的一声被人踹开，电灯嗒的一声亮了，几个男演员扭起我的双臂，毫不吝啬地把拳头、脚尖、膝盖、胳膊肘送到我的屁股、胸口、脑袋、鼻子、眼睛、脊背等地方。我的双臂被他们扭得嘎嘎响，好像要扭断了。开始，我这个傻×还尽量理解他们，觉得他们就应该这样保护张闹。张闹就像是他们头顶的一株葡萄，平时他们连酸的都吃不上，现在怎么能容忍一个小毛孩把葡萄连根拔起。但是慢慢地，我发觉他们并不理解我，他们的手越来越重，我身体迎接的再也不是肉体，而是一些硬物，好像是凳子、皮带和砖头。他们把我的嘴角砸破了还没有停止，把我的腿打瘸了，还在往上面扔凳子……我的胸口一阵麻，我的头皮一阵麻，我的大腿一阵麻，最后我什么也不知道了，倒下去的瞬间，我仿佛听到张闹的哭声。我又没伤她半根毫毛，她怎么哭得比挨了强奸还要伤心？

35

醒来的时候，我已经躺在看守所里，就是北郊的路塘看守所。我的身上到处都是紧的，头皮、舌头、嘴角、胸口、屁股和小腿肚无一处不紧，也就是说我全身都肿了，仿佛把自己的每个器官都放大了一倍。同室的几个强奸犯告诉我，医生已经给我擦了好几次药，还用听诊器听了我的胸口。下午，那个中年男医生走了进来，他一边给我擦药，一边和蔼可亲地说："广贤，你只是外伤，过几天就好了。"他说话的口气慈祥，擦药的手轻柔，每擦一个地方就问我痛不痛。我从来没有被人这么侍候过，迷糊中已经把他当成亲人。我甚至轻轻地喊了几声"妈妈"，只是因为嘴巴还肿着，声音没有传出来。要不是已经有了一点人生经验，我当时就想坦白，甚至愿意夸大自己的罪行，以报答他对我的治疗。

看着天花板上的黑斑,我问自己当时为什么不从张闹的后窗跳下去。如果我跳下后窗,脚底一抹油,张闹也就有了下来的台阶,没准她会说:"对不起,我只做了一个噩梦。"还有,我在送张闹裙子之后,为什么不去探探她的口风? 哪怕偷偷地去观察她几眼。假若事先看到她穿上那件蓝色的连衣裙,我不高兴得翻跟头才怪呢,怎么会蠢到溜进她的房间。更不用说于百家这个魔鬼了,他好像已经深入到我的内部,随便说什么在我身上都能起化学反应。你想想,假如他不说小池像豆腐,我会把张闹联想成豆腐吗? 假如他不写信来叫我闭上眼睛,我敢大起胆子去开张闹的窗口吗?

这么说,于百家似乎要负主要责任,但是公正地讲,千错万错还是我自己错。百家明明写信警告我不要干这种蠢事,我却没有听。百家当时想留下来,不愿意回去接受贫下中农的再教育,我却死劝他回去,还拿三个公章来吓他,还要他对小池负责任。如果我不吓他,不提小池,没准他就留了下来,没准会比我提前溜进张闹的房间,哪怕是提前几秒钟,有他在,根本轮不到我。再说,当初我就不应该跟于百家说张闹,我就是想得下身软不下来,也不应该告诉他。只要不告诉他,我就听不到他的鬼主意,就不会把自己弄到笼子里。千错万错还是嘴巴错,我扬手打了一下罪魁祸首,嘴巴传来一阵钻心的痛,刚刚结痂的伤口又破了，下巴流满了血。

负责本案的公安两次提审我，因为我的嘴巴还肿着，舌头还大着，便没法回答他们的提问，想说什么也只是一股散开的气，根本扭不到一块，形成字和句。我想，假如我是一个哑巴，那就不用他们审来审去了，该怎么判就怎么判，大不了头点地。我宁可一声不吭地被押赴刑场，也不愿去回答他们的问题。不瞒你说，那时候我还怕羞，还不敢去跟陌生人谈论身体的器官。跟于百家谈是一回事，跟赵敬东谈是一回事，就是不敢和陌生人谈，特别是不敢跟板起脸的人谈。我忽然想起了于百家，如果说他只给了我反面的指引，那是不公正的，至少他折磨自己身体的行动，在我身上发挥了积极的作用。每天晚上，我偷偷地把结了痂的嘴巴抠破，让它长久地血肉模糊。我还故意咬伤自己的舌头，让它在相当长一段时间里肿着、大着。这样做的目的，就是不想回答问题。果然公安又提审了我一次，他问我叫什么名字，我摇摇头，张开嘴巴。那是一张百孔千疮的嘴，嘴唇和嘴角全是脓包，一边嘴角高一边嘴角低，上唇下唇只有少量没肿没破的地方，那也是亮晶晶的，撑得像透熟的葡萄，轻轻一碰就会流出点内容来。舌头大得顶住了上颚和牙齿，想分担鼻孔的出气都不可能。这么色彩丰富、形状怪异的器官，若是有人骂它"歪嘴、烂货"一点也不冤枉。在过去，这可是一张吐字清晰反应灵敏惹是生非的嘴,现在它总算得到了报应。公安一看就知道,要提审这样的嘴巴,恐怕连个标点符号都问不出来。他们一挥手,把我押回监室。

李家庭又提着药箱来给我治嘴巴,我终于想起了那位医生的名字。他给我上药,贴纱布,轻言细语地说:"广贤,你这样的人我见多了,有撞墙的,有吞药瓶的,有想上吊的,有咬舌头的,结果没一个有好下场。要想有好一点的结果,就老老实实地交代错误,尽管有人歪曲坦白从宽抗拒从严,但我可以证明它还是基本准确的。你按我说的去做,相信会有公正的判决。"他的话像毛毛雨,每次给我换药总要下一阵,我抵触的情绪被他慢慢地泡软。刚好同室的一个强奸犯因为摆事实讲道理,被放了出去,这让我见证了嘴巴的好处。我开始配合治疗,不到一个月,嘴巴就痊愈了。

但是、可是,万万没想到再也没人提审我。我这个笨伯每天对着窗外喊"冤枉呀冤枉",却没有任何人理睬我。他们都忙着贴大字报、揭批反动派去了,像我这样的偏房再也没有人宠幸。我喊了一个月、一年、两年,从六十年代末喊到七十年代初,都没有人提审我。我想当初也许不应该搞烂嘴巴,要是配合他们提审,没准早就无罪释放了。这是何苦呢?自己把自己弄得白白关了两年多时间。

36

关了两年零三个月,法院开庭审理我的案子。我交代完全部事实之后,法官认为我不老实,因为我的交代和张闹提供的材料相距十万八千里。法官当场声情并茂地朗读张闹提供的材料,材料上说我撕烂了她的裙子,并强行进入她的体内。读完材料,法官把那件撕破的蓝色连衣裙举起来,裙子的下摆已经被撕成四瓣,它要是再回到风里也只能跳草裙舞了。我说:"撕破了裙子不是还有衬裤吗?"旁听的人们哈哈大笑。法官说:"张闹说了,那天晚上她没穿衬裤。"又是一阵笑声。凭什么他们只相信张闹而不相信我?张闹为什么要提供假证据?于百家说女人都爱面子,张闹为什么不爱?她那么漂亮那么有名那么前途无量,怎么就不要名声了?我的脑袋像被张闹亲手操起的木棍狠狠地敲了几下,顿时满地都是闪光的金子。

接下来我听到法官宣读张闹已经不是处女的证明。天哪!我连她的裙子都没打开,连她的衬裤都没脱,处女膜怎么可能隔着两层布就没有了呢?更何况事情已经过去两年多时间了,在近七百天的日子里,每一天都是她处女膜的天敌,都有可能让她不是处女,这张纸怎么能证明两年前的事件呢?法官说这张纸是当时开的,也就是我"强奸"

张闹的第二天医院检查的结论。有人把那张纸递到我眼前，让我看清楚上面的日期。我低下头，不想再争辩，也找不到更好的理由争辩。法官问我："曾广贤，你记得你的生日吗？"我说："九月二十六号。"法官说："那么你进入张闹的房间是哪一天？"我说："九月二十九日。"法官说："你能确认吗？"我说："确认。"

最后我被判了八年有期徒刑。你不要惊讶，也不要不理解，当时强奸罪是重罪，情节严重的还会挨枪毙，就是强奸未遂也会被判个五年六年的，哪像现在这么宽容、自由，哪像现在这样不在乎处不处女。你能戴这么粗的项链，穿这么薄的衣服，开这么低的领口，挺这么高的胸膛，穿这么短的裙子，得感谢社会的进步。我真羡慕你！你是不是听困了？困了就喝点饮料。很好听是吗？那我就继续讲。被判八年我认了，我没埋怨法官，甚至也没埋怨张闹，虽然我生过气。我发誓我没有强奸张闹，不要说强奸，就是连她大腿的皮肤我也没碰过，充其量隔着裙子用身体压了那么一下。不过话又说回来，我毕竟有了强奸她的念头和强奸前的动作，我想这也应该是犯罪，不能不坐牢。所以，我没埋怨法官，甚至也没埋怨张闹，只埋怨自己知识贫乏，当时我竟然不知道处女膜是可以自己撕破的，只要做剧烈的运动就有可能撕破，更何况张闹是一个芭蕾舞演员，一个经常要劈叉的演员。不知道这个常识我还心安理得，当我知道后就悔得用头去撞墙。

而这还不是我最后悔的，后来我去了杯山拖拉机厂劳动改造，脑子里一直在想法官为什么要问我生日？有一天我忽然掰起指头算清楚了，九月二十六日前我才十七岁，而九月二十六日之后我就满十八岁了。十八岁之前犯法是可以减刑的。我这个癫仔这个傻瓜这个笨伯，竟然不懂得提前四天去找张闹，假若提前四天，哪怕是真正去强奸她，也有可能不会被判这么久。十年里，我天天问自己为什么会忘记生日？我连敬东的生日都没忘记，怎么会忘记自己的生日？

第四章　忠贞

37

　　一个再笨的人，只要连续吃了几次亏，你要他不吸取经验教训都难。比如我，到了杯山拖拉机劳改工厂之后，就给自己的嘴巴装上了拉链，轻易不表态，而且还学会了一种"延时话"。延时话你听说过吗？其实很简单，就是对任何事情不及时发表意见，先思考几秒钟、几分钟，甚至几天几夜，等排除所有的圈套后才说出自己的观点。思考时间的长短根据事情的轻重来定，如果人家问你"吃了吗"，就没必要思考几天几夜。但是这种话只适宜于和平环境，假若拿到战场上去说，恐怕连命都保不住。很久以后我才发现绝大多数人都会说这种话，就像"盐是咸的"这么简单。而在当时，我却像捡到了一件保护自己的武器，比买彩票中大奖还要高兴。

由于我养成了这种说话习惯,做什么事总喜欢慢半拍,就连走路也没有过去那么快了。在监舍里,我跟侯志、李大炮用烟头下棋,半天我也走不了一步,有时决定走了,真要走了,就把烟头拿起来,但久久地没有放下,即使已经放下,一旦发现有可能被对方吃掉,我又把烟头收回,放到出发的地方。这样反反复复,烟头被我们抢来夺去,很少有机会在短时间里把一盘棋下完。他们再也没耐性,把烟头一扒,说:"曾麻赖,老子没闲工夫陪你。"麻赖是我们这边的方言,就是做事说话不负责任,经常反悔、抗拒不从的意思。不怕你笑话,这个花名在拖拉机厂喊出了名,个个都懂得我是悔棋大王,包括那些看守我们的战士、管理我们的干部,都喜欢喊我"曾麻赖"。花名喊多了、久了,到点名的时候,有几个干部总是想不起我的真名,嘴唇哆嗦老半天才结结巴巴地喊:"曾、曾、曾……广贤。"这是一天中我最得意的时刻,队列两边的人都扭头看着我,我挺胸收腹响亮地回答:"到!"

没人跟我下棋,我就趴在床上写信。我给赵万年、于百家、小池、何园长、赵大爷、于发热、何彩霞、陆小燕、胡开会等等写信。信的内容基本一致,只是改变一下称呼。在信中,我向每一位说明自己不是强奸犯,只不过闯进了张闹的宿舍,后来发现她喊"救命"才捂了她的嘴巴。我承认我有强奸的动机,但绝对没有强奸的行为,希望他们不要按动机来衡量我，如果按动机来衡量每个人，那天底下就没有正派的男人，因为我经常听到他们把"操"字挂在嘴边。

每一封信写完，我都分别在正反两面贴上邮票，这样做是害怕邮票脱落，信寄不到他们手上，到八年劳改期满时我没脸见他们。我有过忘记贴邮票而让信寄不出去的惨痛教训，记得吗？就是给小池的那封信。如果那封信能及时寄出，也许她会成为我的女朋友，那我就不会去想什么张闹，也就不会被关在杯山拖拉机厂。

我不停地给我的熟人们写信，就是没给我爸写。好几次，我刚写上"爸爸"，就把纸揉成一团，丢掉。不给我爸写是因为他不愿意跟我说话，而且我也不想用这种身份和处境去戳他的心窝。你想想，哪一个父亲愿意自己有一个犯强奸罪的儿子？不要说信的内容会戳伤他，就是那个印着特殊地址的信封，也会让他血压升高、心律不齐。我下决心把我爸从脑子里摔出去，尽量摔得远远的，远到看不见他、忘记他，目的也是让他看不见我、忘记我，给他一种根本就没我这个儿子的错觉。其实不给他写信就是报喜不报忧，就是粉饰他的生活。

收发室每天分发一大摞来信，其中没有一封是给我的。侯志或者李大炮看信的时候，我伸长脖子，想瞄上几行。他们把信一收，转过身去，生怕我偷了他们的秘密。那时候，我是多么渴望看到几行鼓励我重新做人的钢笔字，但是，没有谁搭理我，寄出去的信就像炒股票的钱，只有投出去的没有收回来的，仿佛我是柴油机上的油渍，他们一沾手就洗不干净。我不禁为遍布油渍的手感到委屈，它不去下棋，不去拍蚊子，不去摸卵泡，偏偏要去写信。它自己麻了、困了不算，还抽干我的激情，吊起我的胃口，结果连一句安慰话都讨不回来。每次路过收发室，我都用左手打一下右手，后悔写了那么多信，浪费了那么多邮票。但是一个月之后，我又为我的右手鸣不平，为错怪我的收信人而抱歉。

一天上午，我被人叫到贾管教办公室，他指着桌上的一沓信说："曾麻赖，再这么写，你就是在信封上贴三张邮票，也别想寄出去。"

我睁大眼睛，桌上堆着的全是我写的信。我问："为什么？"

贾管教拍拍桌子："就算你没强奸，那你干吗要钻到女人的房间里去？我就不相信你钻进去是为了偷钱。知道吗？只要你一钻进去就已经错了，更何况还压了人家的大腿、胸口，撕了人家的裙子，弄坏了人家的处女膜。"

我低下头，没敢吭声，生怕出什么差错。

贾管教说："这些信要是流传出去影响多坏，好像我们这里关的都是冤鬼。"

"对不起,我不知道规矩。"

"拿回去吧,别浪费这些邮票。要不是尊重你的权利,我根本就不把信退给你。"

"再也不敢了。"

我撕下那些邮票,又把它们贴到新的信封上,正面反面都贴。我在信里再也不为自己辩解,只是告诉熟人们我在什么地方,因为犯强奸罪被关了,请他们放心,我会好好改造,重新做人。信就这么寄出去了,当我在监舍里陆续撕开他们千篇一律的回信后,一天晚上,我气急败坏地站到床上,大声地朗读:"广贤,我相信强奸只是你一时的冲动,不是你的本质。你应该把这件事当镜子,好好照一下自己,然后做老实人办老实事,好好劳动改造,争取减刑。祝思想进步! 赵万年。"

监舍的二十几个人都仰头看着我。我哈哈大笑,把信撕碎,抛向天花板。"都这么安慰,好像我真是个强奸犯似的。去他妈的胡开会,去他妈的陆小燕,去他妈的何能,去他妈的……"我骂谁就把谁的信撕碎,抛撒出去,弄得监舍里像仙女散花。李大炮把我从床上扯下来,照着我的脸蛋给了两巴掌:"你他妈的认了吧!"

我的肩膀一抽,顿时像跳进了冰窟窿。这能怪谁呢? 所谓犯强奸是我这个大笨蛋自己写信告诉他们的,是自己给自己扣的屎盆子,能怪谁呢? 我又不能写冤枉,又不想写自己是强奸犯，能写的也就天气状况了。我花两张邮票去跟他们说天气，那不是白痴吗？这信根本就不应该写。我用左手狠狠地抽了几下右手，给这只写信的爪子一阵又痛又麻的警告。

<h1 style="text-align:center">38</h1>

百家是第一个来看我的人，我们在接见室里会面。他的腿好了，脑袋刮光了，头皮比我的还锃亮。他说："我不是叫你别乱来吗？"

"我没乱来，只是进了她的宿舍。"

"既然都进了她的宿舍，哪有不乱来的，你的那点花花肠子，别人不知道我还不知道吗？"

我低下头："你不信就算了。"

他给我点了一支烟，我呛得咳了起来。那个监视我们的战士眼睛睁得比鸡蛋还大。我们沉默了一会，他问："你到底强没强奸？"

"嗐，连你都不相信，还有谁会相信？我刚进去她就发现了，就喊救命，我根本就来不及……"

"广贤，抬起头来。"

我盯着他，两双眼睛对视着。

"真没强奸？"

"谁强奸谁就被拖拉机蹍死。"

他把烟头扔到地上，狠狠地踩灭："我的兄弟不是这么好欺负的！你等着，看我怎么帮你去收拾那个妖精。"

临走时，百家摸了一把我的光头，我也摸了一把他的光头，两个人都咧嘴笑了笑，总算打破了一点严肃的气氛。我说："百家，请你一定到张闹的后窗去看看，看看她窗口下是不是平地？如果是平地，你再估计一下从她窗口跳下去会不会受伤？能不能逃走？我真后悔那晚没从她的后窗跳下去！"

"放心，你不说我也要找上门去。"

在劳改工厂，犯同样错误的人容易扎成一堆，比如政治犯喜欢找政治犯，杀人的爱杀人的，投机倒把的跟投机倒把的，而我和李大炮、侯志这两个强奸犯就算是亲戚了。我根本想不到，每天晚上睡觉前最抢手的竟然是强奸犯。那些如饥似渴的人，不听几个强奸的故事，耳朵就没法关闭，鼾声就打不出来。听说现在的劳改犯们再也看不起犯强奸的了，那是因为现在用不着强奸了，睡个把女人比做广播体操还容易，他们在进去之前几乎都有性经验，所以他们更喜欢听贪污腐败的故事，听更加暴力的故事，可见每个时代都有每个时代的兴趣。

但是现在是现在，过去是过去，丝毫不影响侯志和李大炮成为我们监舍里的明星。每天晚上，侯志就会拍着胸口说:"老子在政府当处长的时候,想强奸谁就强奸谁。我一共强奸过四个女人,一个是记者,一个是我上司的老婆,一个是我老婆的妹妹,还有一个是我的秘书。开始她们都不说我强奸,后来被人发现了个个都懂得反咬一口。不过老子也算值得了,一辈子能干四个,而且个个长得像演员。"

李大炮说:"你别吹了,我就不相信你强奸的那几个会比我们村的小云漂亮。小云那才叫漂亮呢,两腮红得像西红柿,眼珠黑得像葡萄,脖子白得像葱根,腰身软得像竹篾,两个柚子吊在胸前,一根辫子拖在身后,走路好比风摆柳,唱歌好比画眉叫。每早天没亮,她就到井边去打水,好像谁都不敢动她。七月二十那早,我事先躲到井边的树后,等她弯腰把水桶放到井里就冲上去,二话没说把她的裤子脱了,从后面干她。你说这个背时的妹仔是不是成心想让我犯错误?她要是不想让我干,只要一站起来我就干不成了。但是她偏没站起来,一直翘着屁股让我干完,嘴里还妈呀妈呀的。我以为干就干了,没想到她又去告我强奸。这个死妹仔,得了舒服装正派,真是的……"

侯志以个数取胜,李大炮以生动受欢迎。为了让听众帮他们赶蚊子、抓痒、捶膀子、孝敬更多的香烟,他们俩暗暗较劲,一个比一个讲得离奇,一个比一个讲得具体,甚至会不断地丰富、修改和夸大自己的艳遇。好在法官们听不见,他们不会被多判几年徒刑,那些挨过强奸的女人也不会额外增加痛苦。

劳改犯们听了几十遍侯志和李大炮的故事,慢慢地觉得盐不够了,没味道了,于是,他们便参与进来一起讲。比如侯志说我一把抓住那个秘书的胸口……立即有人说,慢,你得说说抓住那地方是什么感觉。侯志说就像抓……抓着两团海绵。有人说不对,应该像吹胀的气球。侯志说对对对,就像抓气球。有人反驳不应该像气球,应该像……抓水。侯志说嗯,你说得也有道理,有时真的像抓水,一抓就躲开了。又有人说不可能像抓水,应该像抓棉花。侯志说那就抓棉花吧……

李大炮没有侯志这么狡猾。一天晚上,劳改犯们不让李大炮急着往下讲,而是要他停在小云的臀部过一下瘾。李大炮骂骂咧咧地说:"你们懂个屁,小云的屁股既不像你们说的发动机,也不像你们说的脸盆,更不像你们说的轮胎。"大家问那像什么。李大炮说:"像屁股。"众人不满意,爬起来对李大炮一顿痛打,打得他的左眼肿了,鼻子出血了,嘴巴歪了。这之后他才向侯志学习,哪怕劳改犯们说小云的屁股像烂泥巴,他也跟着说是是是,像烂泥巴。

忽然有人喊:"曾麻赖说一个。"马上就有人附和,结果要我说一个的声音越来越多。我说:"那事我没做过,给你们唱个歌吧。"有人骂我假正经,有人威胁再不说就揍我。我只好结结巴巴地把怎么想张闹,怎么进张闹的宿舍,怎么捂她的嘴巴,怎么被当场抓获说了一遍。他们不信,有人呵斥:"你以为你一关门,我们就看不见了。告诉你,不把门里头的事说清楚,等下我们就拿你的手来走路。"

我说该坦白的都坦白了。有人说骗谁呀,你都还没把那家伙放进去呢。我说各位大哥,我实在冤枉,那事我真的没做过,我真的什么都不懂。有人跳下床,一把扯下我的裤子:"让我看看,我就不信强奸犯还是童男子。"我赶紧拉上裤子,死死地攥着。一伙人跑过来,像打李大炮那样打我。我的眼角辣了,头皮痛了,牙齿松了,腿骨仿佛断了,屁股像坐在钉子上。我再也忍不住痛,大喊一声:"我说!"

他们闪开。我咬牙爬起来,躺在床上。知道他们下手这么重,我还不如在他们出手前编一段。监舍里静悄悄的,他们都竖起耳朵等待。李大炮说:"麻赖,他们打我的时候,你不是没看见。反正都得说,你还不如主动点。"我忍着痛,开始编造自己如何撕张闹的裙子,如何摸弄她的胸口,又如何扒下她的衬裤……

39

一天晚上,我讲着讲着,再也忍受不了自己的瞎编,忽然闭紧了嘴巴。那些等待下文的劳改犯们纷纷嚷了起来："怎么不讲啦？""屁股痒了是吧？""再不讲我就让你吃拳头。"我突然大喊："假的，我说的都是假的。你们只管听得舒服，哪懂得说假话的难受。人家侯志和李大炮尽管也瞎编，但起码他们真刀真枪干过。我算什么东西呀？连女人的手都没好好碰过，还编得像真的一样，骗谁呀？骗得了别人骗不了自己！"喊完，我扬手叭叭地扇自己的耳光，越扇越觉得委屈，觉得不应该待在这种地方。侯志待在这里那是因为他有四个女人垫底，李大炮至少也还有一个小云，而我有什么资格在这里待下去？

第二天，我收到了于百家的来信。他在信上说张闹的后窗下是一片草地，草地离窗口也就三米多高，不用说双手攀着窗口滑下去没问题，就是站在窗台上跳下去也不会伤一根毫毛。我反复地看那封信，每看一遍就捶一次胸口，为自己当时没跳下去而惋惜。我已经有了一次没逃跑的遗憾，今后就不能再错失逃跑的机会了。

我逃跑是受了水的启发。在食堂的旁边有一个大澡堂，下班后，我们光着身子在里面冲洗。那时候香皂是奢侈品，我们只能用肥皂来洗澡。几十个人同时往身上抹肥皂，同时拧开水龙头清洗，地面立即浮起一层白花花的泡沫，像铺了一层雪那么好看。泡沫跟着水走，钻进角落的下水口，有时水已经流干，泡沫还堆积在口子上。每天洗澡的时候，我以观察肥皂泡为快乐，看着它们从我的脖子上滑下去，流过胸膛，滑过大腿，溜出脚趾缝，汇入水流。有的泡泡在流动中破灭，有的泡泡在流动中增大，泡泡们你推我挤，争抢着奔向出口。忽然，我的心被提了起来，整个身体有一种飘的感觉，因为我从肥皂泡和水流这里发现了一个问题：水都可以流出去，人为什么不可以出去？

洗碗的时候，我故意把水龙头开大，让哗哗的流水在水槽的下水口打旋。拉尿的时候，我会盯到尿液直到彻底地消失。厨师们的洗菜水，清洁工冲洗地板的水，干部们洗完衣服的水，在泼出去的一刹那，都被我看在眼里。有的水流进了下水口，有的水被地板吸收。那时候我就想变成水，找一道缝隙溜出去。我断定在我们宿舍和食堂的周围，一定会有下水道，既然有下水道，就一定会有井盖。但是我观察了好几个月，都没发现井盖，院子里除了树根，全都是水泥地板，那些井盖也许被水泥覆盖了。

在装配车间干活的间隙，我会扭头看看后窗，透过后窗的铁条可以看见一道绿色，那是一排低矮的冬青树，冬青树再往外十米，就是装了铁丝网的高墙。高墙是我的界限，不仅挡住身体，还挡住视线，除非自己能变成停在冬青树上的鸟，否则就不要打这堵墙的主意。看多了，我突然发现这墙是透明的，仿佛可以看见墙后面的杯山，看见遍地的草和满山的树，有时那堵墙又变成一扇门，它缓缓地往两边打开，让我自由地出入。这样的幻想经常被同事们拧螺丝、敲铁皮的声音打断，墙还是墙，它结结实实地堵在那里，不仅不透明不能打开反而越来越高了。一个冬天的下午，我注意到冬青树下面的泥土，它们发干发黄，比旁边的水泥地板高出来两寸，也许……天哪！也许下水道的井盖就藏在冬青树的泥巴底下。我开始留意这一排楼房，发现楼房的排水管都安在后窗的那一面，而冬青树跟楼房的距离，正好是下水道的距离。

　　但是除了食堂后面那一扇紧锁的铁门，这一排房子基本上没有往后开的出口。也许某一天，干部会叫我们去给冬青树理发、除草、松土。冬天雪落在冬青树上，树根下的草全部黄死了。春天冬青树冒出嫩芽，草从泥土里一点点地拱出来。我这样看了两年，到第三年夏天，管我们的干部说有关部门要来参观工厂，全体犯人必须用一天的时间来整治环境。

　　劳动工具堆在院子里的操场上，有铁锹、长剪子、扫帚、铁桶、拖把、石灰刷、石灰桶等等。犯人们列队拿工具，我们车间这一列正好来到铁锹前，我第一个拿起了铁锹。就像长年的赌徒总有押中筹码的时候，我们十几个人被两个执枪的战士领着，从食堂后面的铁门走出来，清理后窗下那一排冬青树和墙根的乱草。我目测之后，站在左边数过来的第十棵冬青树面前，开始埋头松土、除草，松到第十六棵冬青树时,我用力戳进泥土的铁锹发出了铁碰铁的声音。我又用力地戳了几下,千真万确,下面就是一块铁,这块铁就是下水道的井盖。我把铁块上的泥土仔细地松了一遍,松得用手都可以扒开。

干完活,食堂后面的那扇铁门嘭地关上了,门上扣了三个门绊,绊上挂了三把铁锁,要从这里出去基本不太可能。这才叫绝望呢,让我找到了井盖,却没办法从院子里出去。冬青树下的泥土被几场大雨淋湿,被一番番太阳曝晒,又慢慢地板结,地面长出了新的杂草。

40

我逃跑的念头就要像恐龙那样灭绝了,好在我不是全天候的笨蛋,偶尔也冒出点小聪明。对不起,我这样夸自己让你笑话了,要说聪明,像你这样的姑娘才叫聪明,眼睛骨碌碌地转,听人讲话从不插嘴,该惊讶、该悲伤、该同情的时候,脸上都有表情,要么微微张嘴,要么眉毛低垂,要么眼眶湿润,和当年赵敬东听我讲话的模样有几分相似。说真的,我都快五十岁了,没少跟人聊天,你却是我碰上的最好听众,所以我想跟你多聊一会,没关系吧? 没关系就好。

当我彻底绝望的时候,厕所的墙壁给了我一点启发,就是车间旁边的那间厕所,它的气窗开在三米多高的地方。如果能搬凳子、砖头什么的进去当然方便了,关键是我们上班、下班、进厕所都有战士看着,手里不能拿哪怕一颗螺丝钉。我又不是跳高运动员,只能望着窗口叹气,但是我发现后墙壁上有一根微微凸出来的砖柱,由于它只凸起一厘米,双手没法抱住它往上爬,除非会气功。不过,我用手指在墙壁上量了一下,砖柱跟墙角的距离大约有两米一。如果我能像张闹那样劈叉,能把双腿劈成一条直线,一个脚尖点着墙角,一个脚尖点着砖柱凸出来的那一厘米,也许能慢慢地撑上去。只能是也许,没有百分之百的把握。

我开始在监舍的床上练习压腿,每天压下去一点点,尽管很痛、很难,但是我有愚公的干劲,相信子子孙孙压下去,总有一天会把两腿压直。张闹劈叉的时候腿不是很直吗?她能做到的,凭什么我就不能做到?这样压了半年多,我的裤裆离地面近了一些。经常,当我叉开腿的时候,犯人们会冷不丁地踢我的裤裆,顺便骂一句:"你他妈的要做戏子呀!"我痛得在地上打滚。有时为了掩人耳目,我就跳一段冒牌的芭蕾舞,那都是偷看张闹他们排练学来的,虽然业余得不能再业余,但在那样的场合,那样的地点,那样的年代,就凭我的几个点转、大跳、凌空跃,就算得上是"功勋艺术家"了。犯人们看得直流口水,吹口哨,拍巴掌。个别想搞同性恋的,偷偷给我递糖果、饼干。

然而，这些瘸腿马哪知道我这辆拖拉机的志向。

没想到陆小燕会来看我。陆小燕是我的同事，相貌跟张闹没法比，却超过小池，如果不算文化分，可以给她打个六十五分，如果要算文化分，那她就是三个中的最低分了。她的脸上有事没事总挂着一丝笑，是一副值得信任的表情。但一月十九号那天下午，当我走进接见室坐到她对面时，她连一句问候都没有就呜呜地哭了起来，脸上的笑意像逃犯那样跑得无影无踪。我说："小燕，感谢你来看我。你不要太为我伤心，我知道你同情我、可怜我，但也不要哭坏了身体。天气这么冷，过不了多少天就要下雪了，你还是留点热量吧。"她一抹眼角："曾广贤，你想得美，我这哪是为你哭呀，我是在哭我自己。"我顿时愣住，让她自由地哭，展开来哭，哭了大约十几分钟，她掏出手帕来抹干泪水，"你说我哪点不好？我帮他买衬衣、绣鞋垫、织毛裤、掏耳朵、剪鼻毛、挤黑头、抄文章，给他爹买棉帽，给她妈买护膝，比对我的亲爸亲妈还好。可是他那个当官的爸、小气的妈却嫌我身上有动物的气味，故意用手掌在鼻子前扇来扇去，好像我是屁。广贤，你闻闻，我身上有动物的味道吗？即使有那也是劳动人民的味道，哪一点比他们白吃白喝的差？"

"小燕，你这是说谁呀？"

"那个势利小人呗。"

"原来你是来找我忆苦思甜,我还以为你来同情我呢。"

她从提篮里拿出一条毛裤,递给我:"本来是织给那个负心汉的,但他太急了,还没等我织完就听他爸妈的,闹着跟我分手。我想把裤子拆了,忽然想起你,就按你的身材把它织完了。我也不知道为什么会想起你?你拿它来御御寒吧。"

"这不是捡别人的便宜吗?"

她板起脸:"你以为你是过去的曾广贤呀?能捡便宜都不错了。我一个黄花闺女,连你犯强奸都不嫌弃,你还有什么好挑剔的?"

"你别提这事,一提我全身都是火。我根本就没强奸,是张闹污蔑我。"

"你强没强奸我不在乎,如果你愿意,我……等你。"

"开什么国际玩笑?我还有五年呢,你就眼巴巴地守寡呀?"

"我是考虑了好几个月才来看你的。"

"恐怕你背不起那么多闲话。"

"女人谈过恋爱就不值钱了,你至少不会说我身上有动物的气味吧?"

"你别冲动,还是让冷风吹一两年再说。"

她抓过我的手,捂到她的额头上:"我比下雪天还冷。"

我把手抽回来:"小燕,如果你想帮我的话,就给我做一双鞋子。"

"是布鞋吗?"

"你帮我买一双特大号的解放鞋,然后在每只鞋子里垫上一厘米厚的胶皮,把胶皮用粗线钉在鞋底上。"

"这是什么鞋子呀? 能穿吗?"

"我要用它来跳芭蕾舞。"

她"哦"了一声。我呆呆地看着她,看得她低下头去。我说:"其实你很漂亮。"

"你想逗我开心呀。"

"是真的,自从我被关以后,没看见过你这么漂亮的姑娘。"

"原来你是四五年没看见女人了才觉得我漂亮。"

"不是这个意思,我是觉得你 …… 你的心灵很漂亮。"

"曾广贤,除了心灵,我真的就长得一无是处吗?"

我打了一下嘴巴:"不是的,不是的,我说乱了……"

41

一天,我在监舍里劈开双腿,忽然感到鸟仔一阵冰凉,它被压在了地板上,这说明我的腿已经直得不能再直,已经跟地面平行。我趴在刚才劈叉的地上,用手指量了五遍双腿劈开的距离。上班的时候，我溜进厕所，用手指在砖柱和墙角之间量来量去，发现我劈开的距离还短两厘米。这时，我双倍思念陆小燕，希望她尽快把我需要的鞋子送来。只要那双鞋子一到手，我的脚尖就可以延伸两厘米，我就可以离开这个冤枉我的地方。

陆小燕真理解人，我一想她，她就来了，好像我是瞌睡，她是枕头。我们一见面，她就劈头盖脸地问我："你要这鞋子干什么？"

"不是跟你说过了吗？"

"你把我当傻瓜了，要是穿着这种鞋子跳芭蕾舞，不把脚崴断才怪。"

"你别管，快让我看看你的手艺。"

她把鞋子摆在桌上："因为要绣鞋垫，所以拖了点时间。"

我瞥一眼鞋子，里面垫着彩色的鞋垫，每一只鞋垫中央都绣着两颗交叉的心。我身上的肌肉一阵软，这是感激和兴奋扭在一起的那种软，就觉得陆小燕聪明，知道用鞋垫遮住下面的胶皮。我说："原来你知道我鞋子的用途。"

"是不是想用它来逃跑呀？"

"你别把话说得像敲锣打鼓。"

"我帮你做这鞋子的时候，就觉得它像个作案工具。"

我小声地说："姑奶奶，求你别说了，再过几天我就出去了。"

她的脸顿时拉下来，全身都哆嗦了："广贤，千万别这样，如果你想跟我做夫妻就别这样，我听说好多逃犯最后都被乱枪打死。"

"我又没强奸，凭什么要我坐八年？如果连前面等审判那两年一起算，就是整整十年，两个'五年计划'呀！他们竟然让我白坐了两年，这年头，连法律都乱套了。"

"别怪他们，他们没拿你去枪毙就算公正了。要怪你就怪张闹，要是她不陷害，你哪会蹲在这里?！"

我低下头，把想说的话一拖再拖，拖的过程中，往事在我脑海不停地打闪。我说："其实，怪只怪我自己，要是我不钻进张闹的宿舍，什么事都没有。"

"不就五年吗？我等你好啦。"

"好吧，我听你的。谢谢你的鞋子！"

她忽然把鞋子收回去："鞋子我还是带回去，免得你想七想八的，到时没得后悔药吃。"

我伸手想去抢那双鞋子，但马上又缩回来，生怕被门口的战士看出破绽。她抽出鞋垫，递给我："这个，你拿着，想我的时候，看看它。我这是为了你好。"

"真小气！既然舍不得给我鞋子，当初干吗要做？"

"当初我也不敢确定，以为你真拿来跳舞呢。"

"你是现在才确定的吗？"

"是呀，刚才你不是说过几天就出去了吗？"

想不到陆小燕是拿鞋子来试探我，我竟然对她放松了警惕，这么多年的教训白教训了，学会的"延时话"也白学了。我暗暗地骂自己是头笨驴，都看过多少反特电影了，竟然还中美人计。

回到监舍，我把陆小燕送给我的鞋垫塞进臭烘烘的鞋子，每天踩着它上班下班。我从来不洗那双鞋垫，任凭它被汗水浸泡，有时觉得它太湿了，就掏出来晾在窗台，让太阳晒晒，又把它塞到鞋子里，上面的彩线渐渐地模糊，鞋垫最后变成两片黑乎乎的东西。

我在猛吃猛睡猛干活之余，经常收到陆小燕的来信。她在信中说："广贤，你也二十好几的人了，不切实际的事情别去想，危险的事情别去做，只有老老实实地改造，才是你唯一的出路，也是我们幸福的基础。因为我爱你，才这样劝你，如果不爱你，我才不管你死活。你听话了我让你亲我嘴，你要是不听话我就掐你耳朵……"

"自作多情！谁想亲你嘴了？"我把信笺丢在床上，埋头蹲下。侯志拿起信，几个人围了上来看。"麻赖，你有这么好的姑娘爱，还他妈的生什么气？"他们不停地踹我屁股，拍我脑袋，高兴得这信好像是写给他们的。我突然跳起，劈开双腿，落到地板上。我跳起，劈下，不断地重复这个动作，直劈得额头上冒出了汗珠才站起来。他们拍响巴掌，以为我这是高兴，其实我是提醒自己别忘记逃跑，别再中美人计。

陆小燕写给我的信在监舍里流传，成了大众读物。后来，信传到贾管教手里，他觉得这是活生生的教材，可以鼓励犯人们安心改造，就从我这里又挑走了几封。在一次政治学习大会上，贾管教当众宣读陆小燕的来信。读完，他说："你们的女朋友和你们的亲人也会像陆小燕这样，希望你们好好改造，将功补过，多生产拖拉机报效祖国。事实证明，只要你们老老实实改造，就会有像陆小燕这样的姑娘爱你们……"会场响起哗哗的掌声，既持久又响亮，就像同时燃放几十挂鞭炮。周围的人一边拍掌，一边扭头看我，我兴奋得跟着他们拍了起来。

会后一群人围上来，向我打听："那个姓陆的一定长得很漂亮？""你们什么时候谈的？""你亲过她吗？""她怎么会对你这么好？"我大声地宣布："她长得比仙女还美。"周围的人哇地叫起来，用崇拜的眼神看着我，好像我是什么大人物。他们兴奋地喊出一种节奏，在节奏中把我抛起来，接住，又抛起来……

42

我顿时成了监舍里的名人，腰酸背痛了就有人给我捏，给我松。只要我往床上一躺，就有人把我的鞋子脱掉，拿去清洗、晒干，送回来的时候连鞋带都穿得整整齐齐。他们在洗鞋子的同时，把我那双黑乎乎的鞋垫也洗干净了。他们高高地举起，兴奋地喊："快来看呀，陆小燕给曾麻赖绣的鞋垫，上面还有两颗心呢。"于是，许多光头把鞋垫围住，他们仔细地端详，轻轻地抚摸，弄得鞋垫不像鞋垫，仿佛是镀金的奖杯，爱情的开关。好长一段时间，鞋垫不在我的脚板底下，被他们当作爱情传来传去，张三看几天，李四看几天，半月之后才回到我的鞋子里。本来是一件普通的毛裤，我只要提提裤头："这是小燕给我织的。"他们的眼睛立即瞪大，伸过两个手指轻轻一碰："好暖和呀。"凡是陆小燕送进来的，包括香皂，他们都说好，有时趁我不在，他们偷偷地抠一点香皂抹在脸上，偷偷地试穿陆小燕送给我的衬衣。晚上，我就跟他们吹陆小燕的嘴比麦芽糖甜，舌头比水豆腐还软。他们发出"哇"的惊讶，啧啧地咂嘴巴。有人问："那你摸过她吗？"

"她早就叫我摸了，只是我还舍不得下手。"

有人骂了起来："傻×，干吗不摸，难道摸了你的手会肿吗？"

"自己的老婆，哪天摸不行呀？你要是真爱一个人，就会把她像藏钱那样藏得深深的，一直藏到结婚那天才摸。"

有人问:"你结婚那天,别忘记请我们吃喜糖。"

我拍拍胸口:"把你们全请去,摆上十桌八桌,每一桌弄三碗扣肉,四碗东坡肘子,五箱白酒,把你们个个撑得站不起来,弄不好还会有人当场撑死。"

几个声音同时喊:"让我做那个撑死的吧。"

侯志说:"麻赖,可惜呀可惜。"

我说:"可惜什么?"

侯志说:"我要是有一个陆小燕,早就逃跑了,哪会等到鸡巴缩了才跟她结婚。"

我说:"这个玩笑可开不得。"

事实上,侯志的这句话让我一夜都没睡好,我翻来覆去,在他们奇形怪状的鼾声中打坐起来。侯志的话像一根火柴点燃了我想逃跑的汽油,让我麻痹了的细胞又蹦跳了。倒不是非要急着出去跟陆小燕睡觉,而是因为我本来就不应该被关在这里,我是冤枉的!如果老天有眼,它就会让一个被冤枉的人安全地出去。不是说"善有善报,恶有恶报"吗?我就不相信上天不帮好人,我就要证明一下到底有没有上天?

陆小燕差一点就让我忘记了冤假错案。一个星期天下午,陆小燕又来看我。我说:"如果你爱我的话,就把那双鞋子给我拿来。"

她说:"你脑子又接错线了,大马路不走,偏要往死胡同里钻，万一有个三长两短，叫我怎么做人呀？"

"这是我自己的选择，和你没关系。"

"我爸妈、何园长、同事们，哪个不知道我爱上了一个劳改犯，要是我连劳改犯都爱不成，将来还有什么脸去见他们？"

"这我不管，反正你不给那双鞋，就说明你不爱我。"

"曾广贤，你也太不负责任了！不仅是对我，也是对你自己不负责任。你要是胆敢这样，我就告诉你们的贾管教，让他来挽救你。"

这话像青霉素，顿时把我喉咙里那些不健康的声音杀灭，吓得我都想起了我自己，好几年前我曾告过我爸的密，难道现在老天要让陆小燕来报复我？一个给我做鞋垫、织毛裤、买衬衣、送香皂的人，都这么不可靠，那今后我还敢跟谁说话？我扬手扇了自己的嘴巴。她说："干吗呢你？"我说："打蚊子。"

每天我都收到陆小燕的来信，除了日期不同，信的内容大致差不了多少，都是些鼓励的话，比如："悬崖勒马，回头是岸""老老实实改造，干干净净做人""一个人受点委屈并不难，难的是把委屈化为动力"。这些话不能没有，像我刚进来的时候就特别想听，但是这些话一说多了，就变成抓不住的空气，好比现在某些领导的报告，每一句都是口号，却没一句是人话，难怪听众十有八九都要打瞌睡。

当门口传来"曾麻赖，你的信"时，我再也不会从床上"噌"地跳起来，而是慢吞吞地站立，偶尔腿还打闪。我懒洋洋地走过去，接过信，撕开，一看到"但是"就知道她又要教育我了，于是，把信随手丢在床上。床头的信越堆越多，好奇的犯人们开始还偷看，后来也没看的兴趣了。我不否认陆小燕是个好人，不过她不知道被关的人想什么，不知道说一说炒面、扣肉，说一说我养的那只老虎，说说何彩霞或者胡开会的闲话，都比大道理更让我感兴趣。后来，我发现一个秘密，就是她写的信只要换掉"亲爱的广贤"，便可以寄给任何一个犯人。对她来讲，好像写给谁并不重要，重要的是必须写，这是她的业余爱好，也是她发泄剩余情感的途径，可能还是她抚平爱情创伤的良药。我多次发生错觉，以为她是在给那个负心男子写信，因为"回头是岸，重新做人"不光是我们劳改犯的专利。

陆小燕很快就来看我了。我说："小燕，你和贾管教又不是同学，怎么你写的信和他说的话那么像呀？"

她说："是吗？我只是想劝你学好。"

"其实，你可以写点别的。"

"我能写什么？我们俩没有一点交叉的生活，没有散过步，聊过天，看过电影，没有一起吃过饭，我唯一能做的就是劝你不要逃跑，我甚至迷信到偷偷地去烧香，求菩萨保佑你一动不动……"她说得眼泪都流了下来。

我伸手抹一把她的眼角："我不知道你的爱好，你也不懂得我的习惯，我们一点都不了解。报纸上说凡是幸福的夫妻，都是志同道合彼此了解的，他们在工作中相互帮助建立感情，在爱情中共同进步，这些我们都没有，所以……我就觉得我们的感情，是不是起在沙堆上的房子？是不是不真实？"

"我也说不清楚，反正我就是担心你，为你着急，看见好的衣服想帮你买，吃到好的想给你留，天气冷了怕你感冒，明明知道你是在往火坑里跳，还要迁就你。你看看，我把这个都拿来了。我这是在害你，你知不知道？"她说着，从篮子里拿出那双增高解放鞋。

我的心尖尖一阵轻颤，眼眶湿润："小燕，除了我妈，没谁对我这么好过。"

她抹着泪水："你要想好了，将来一定……一定别怪我。你要向我保证！"

"谢谢！不管我在哪里，都会天天给你磕头。"

她的哭声越来越收不住，泪水越抹越多。我的鼻子发酸，泪水流到了眼眶边，但是我强忍住："你走吧。"

她站起来，摇晃着身子慢慢地朝那边的门口走去。我一咬牙，对着她的背影大声地说："小燕，其实……我们没有谈恋爱的基础。"她放声大哭，弯腰蹲在地上，像是没力气走了。我提起那双鞋，转身朝这边的门口走出来，一直走到监舍的厕所,我才号啕起来。

43

我穿着那双特大号增高解放鞋上班,在监舍里练习劈叉。开始那鞋还让我轻微地摇晃,但是几天之后,我就能驾驭它了。我枕着双手等了十几天,他们终于在八月十二号排了我的夜班。进入倒计时的深夜,我躺在床上,像会计那样对自己进行盘点,发现唯一的债主就是赵山河。我爬起来,打着手电筒给她写信:

赵山河阿姨:

你好!近来工作忙吗?身体好吧?这些年,我一直没忘记仓库里的生活,经常想起你给我的子弹壳。那时候我是个糊涂虫,竟然不懂得隐瞒事实,同流合污,一起欺骗我妈,让你和我爸睡觉的事暴露在光天化日之下,弄得你满脸通红,我家破人亡。这事叫我悔到现在,心里一直不安,希望你能原谅。

不知道我什么时候才能出去?能不能安全地出去?所以写这封信,除了请求你原谅,就是拜托你有空的时候,帮我去看看爸爸,劝劝他。听说他的血压有些高,心脏也不太好,万一他生病了,请代我递一杯水，我就是变成灰也会感谢你。我爸除了我，再也没有亲人，他一定很孤单，拜托了！

祝你事业进步，家庭幸福！

侄儿　曾广贤

我把这封信丢进邮箱，过了两天，忽然觉得不妥，就跑到收发室去问："寄给铁路赵山河的信发走了吗？"

管信的人说："这么一大堆信，我怎么知道是哪一封呀？"

"是一个白信封。如果你看见上面写着赵山河收，请你退给我。我是装配车间的曾广贤。"

"都已经投了，干吗还拿回去？"

"信写错了。"

"是吗？说给我听听，怎么个错法？如果错得有道理，我就退给你。"

"本来是写信去跟赵山河道歉，但是我竟然骂自己不懂得隐瞒事实，同流合污，弄得她作风不正派反而有理了。我一直都堂堂正正做人，凭什么要隐瞒事实，同流合污，欺骗我妈？"

管信的笑了起来："好吧，下午你过来看看。"

下午我再到收发室去打听，管信的说那信昨天已经寄走了。平时他们把信寄得慢吞吞的，这两天偏偏寄得快，真是撞鬼了。我垂头丧气地走回来，心想都什么时候了，还这么马虎，八月十二号那晚可别再出这么幼稚的差错，那不会像一封信这么简单，弄不好要出人命。想着想着，我的脊背冒出了一层冷汗。为了确保万无一失，每天晚上我都闭紧眼睛，把即将发生的事情设想百遍、千遍……一遍又一遍，我仿佛早已逃了出去。

八月十二号晚，我在上夜班之前，仔细地检查了纽扣、裤带，还特别把增高鞋的鞋带加固，确信再没漏洞了，才走进装配车间。做工做到九点四十五分，离下班还有一刻钟，我钻进了旁边的厕所。我贴近墙壁，轻轻一跃，劈开双腿，两个鞋尖分别撑住墙角和砖柱。可能是多次默想的原因，也可能是曾经有过摸进张闹宿舍的经验，我闭上了眼睛，双腿暗暗使劲，"噌噌噌"几下，头就碰到了天花板，手就抓住了气窗。我推开气窗，钻出去，双手吊在气窗上，胸口贴着墙壁往下滑，双脚小声地落到地面。我睁开眼睛，猫腰跑到第十六棵冬青树前，连根拔起那棵冬青树。扒开泥巴，我找到了井盖，用手指抠开，钻了进去。里面黑乎乎的，我听到水流的声音，闻到烂菜的气味。我再次闭上眼睛，凭感觉沿着流水的方向往前摸。

摸了好长一段路，我听到流水湍急的声音，好像是出口了，便睁开眼睛。眼前一团黑，连自己的手臂都看不清。我估摸着往前摸，手掌触到了冷冰冰的钢筋，一根、两根、三根、四根、五根，一共有五根脚拇趾那么粗的钢筋拦住了去路，钢筋的间距不到一个拳头大。我抓住摇了摇，钢筋连动都没动。我以为就这么跑掉了，谁知去路早已被人封死，而且提前了十年，甚至二十年，也就是说我还没被关进来，还没产生逃跑念头之前，这些钢筋早已在此等候。我还没有行动就已经失败，这是命呀！我蹲在臭水沟里想，难道就这么回去？要不就烂在这里面？恐怕还没有烂人家就追上来了。

我很不情愿地往回爬，双手四处探去，竟然摸到了一个岔道。老天终于开眼了！我往岔道里爬，爬了三百七十六步，隐约听到"呜呜"的警报，前方出现了两束手指那么大的光。我朝着光快爬，警报声越来越响，越来越急。我爬到那两束光的下面，抬头一看，那是一个井盖，光线是从它的两个小洞里漏下来的。一看就知道这是路灯下的井盖，我已经跑出来了。差一点我就发出了喊叫，但是我强行镇压心中的狂喜，让怦怦的心跳缓慢下来。我吸了几口气，双手托住井盖，用力往上一举，哐的一声，井盖升了上去。我双手抓住井沿，跃出地面，没想到，万万没想到，就是诸葛亮也想不到，三支枪同时顶住我，手铐和脚镣锁住我的四肢。我的腿顿时发软，一屁股瘫痪在地。战士们把我拖过操场，扔进了单间囚室。

44

后来贾管教和李大炮他们告诉我,那晚我钻进排水道之后,警报就拉响了,所有的灯光全部打亮,劳改工厂里照得就像白纸,不要说人,就是蚊子恐怕也飞不过他们的眼睛。几个战士打开食堂的后门,冲到井口,用枪指着我钻进去的地方。战士们没有跟踪追击,只是拿枪指着。后来站久了,他们就找几张凳子坐下,但是枪口的方向始终没变。

另一组战士跑到一座岗楼前,迅速围住一个地方。他们把灯光从岗楼上直接打到战士们的脚下,那也是一个下水道井盖,井盖上有两个小圆洞。三支冲锋枪悬在井盖上,战士们除了轮流瞄准,谁也不准说话。根据行动小组领导指示,战士们不用追击,因为这个下水道别的地方都已经堵了,只有这两头可以出来,如果我变不成空气,就别想跑出去。也是后来我才知道,追捕小组的总指挥叫麦浪涌,喜欢写古体诗,他命令战士们给我三小时,还跟管教领导达成一致意见:假如我回头,从冬青树那个口子出来,就不算我逃跑;假如我从岗楼这个口子出来,那就是百分之百的逃犯。想不到那个年头,那样的环境,还有这么浪漫的军人,竟然把紧张的追捕弄成一场考试,把那两个井口弄成答案 A 和 B，让我选择。你想想，我在下水道爬，死里逃生。他们在我头顶上走，不时看一眼手表，像玩一场游戏。这一上一下，不是老天跟人类的关系，就是人类跟蚂蚁的关系。只可惜我这个笨蛋，竟然没听到命运的脚步声，竟然不知道这个岔道是由外面往院子里走的。我费尽心机钻了出去，又傻乎乎地往里爬，还一头从岗楼下钻出来。

为此，我被加刑三年。好长一段时间，只要在操场碰上贾管教，我就马上立正，扇自己的耳光，说："我错了。我不应该从岗楼下出来，应该爬回去，其实我已经爬回去了，只是没有坚持。我为什么不爬回去呢？我悔得牙齿都痛了。"贾管教说："看来你还是没有真心悔改，这不是爬不爬回去的问题，而是你根本就不应该逃跑！"贾管教说完就走，把我甩在操场上，让我独自发呆。是呀，当初我为什么要逃跑呢？陆小燕不是劝过我吗？她劝我劝得都哭了，我也没听她的。我忽然思念起陆小燕来，事实证明，她是对的，她不惜用告密来威胁我，这不是爱情又是什么？

到了周末的会见时间，我主动要求加班。我已经从装配车间调到了最苦最累的翻砂车间，每天用铁水浇铸变速箱和发动机壳。身上穿的是粗厚的蓝衣裤，手上戴的是帆布手套，嘴上蒙着口罩，脚下穿着皮鞋，我跺了跺脚，皮鞋底很厚，如果早一点到翻砂车间，也许就不用陆小燕给我弄那双增高鞋了。有人叫："麻赖，你发什么呆？火小了。"我拿起铁锹，往炉口里送焦炭，火苗把我的脸烤成了烧鸭的颜色。有人喊："麻赖，铁水装满了。"我放下铁锹跑过去，跟李大炮抬起桶碎步前移，把整桶红彤彤的铁水灌进模具。有人嚷："麻赖，怎么搞的，那些铁块比炉口还大，就这么扔进去呀？"我放下桶，举起锤子往下砸，堆着的铁块被砸得四处乱溅。那时候，我是车间里脑袋埋得最低的人，只要有人敢吩咐，我就敢往炉子里跳。砸铁声中，传来广播："曾广贤，曾广贤，听到广播后请到二号接见室，有人来看你。"广播每个周末都这么喊，我在车间里加班，一次都没出去。后来广播里干脆喊："曾广贤，曾广贤，陆小燕看你来了，请到六号接见室。"知道是陆小燕，我才像不合格的拖拉机那样不敢出厂。本来她只需再等我五年，可现在却无端地长了三年利息，这全都是因为我不听劝告的缘故。我哪还有脸见她！

一个周末，广播里传来声音："曾广贤，曾广贤，你爸看你来了，请到三号接见室。"我正在捡铁块的手一紧，手套被铁尖尖戳了一下，左手的食指头浸出血来。我从手套里抽出食指，用右手捏着，朝三号接见室走去。他终于看我来了，那个我曾经出卖过的人，那个不跟我讲话的人，那个我唯一的亲人，他终于来了，我的心里一阵狂跳，比能逃出去还要高兴。我低头走进接见室，抬眼一瞥，坐在对面的竟然不是我爸，而是陆小燕。她说："广贤，你为什么躲我？"

我说："加……加了三年徒刑。"

"知道了，不就八年吗？我还等你！"

"别等了，再等八年，你的头发都白了。"

"你好好看看，我有那么老吗？房子鱼说我比以前更嫩了更白了，他们说这是爱情的力量。"

"你是比原来更漂亮了。其实你再等八年，也就三十出头，只是……"

"只是什么？难道你不愿意吗？"

"我敢吗？我配吗？假如不是你对我这么好，我根本就不再相信什么狗屁天老爷，不相信头顶上还有个公正的东西。是因为你，即使受了天大的冤枉，倒了海大的霉，我的心里仍然留着那么一点点对老天的尊敬，总觉得你是天老爷派来的，要不然没法解释你对我的好。"

她抓起我出血的手指，对着上面轻轻地吹风。我们都不说话，就让她的手跟我的手说。眼看会面的时间快用完了，她说："广贤，我们都是被伤害的人，我们不在一起，就没人跟我们在一起了。"

"可是我不能给你幸福。"

"这是我自找的。不瞒你说，你还在动物园喂老虎的时候，我就喜欢你了，只是……那时我还小，怕羞，不敢跟你讲。"

"真是的，真是的，你为什么不讲？如果当时你暗示一下，也许我就不会这样，你也不会被别人嫌弃。"

"早知道会这样，当时我就厚起脸皮给你写封信。"

我把头狠狠地磕在桌子上："唉，真是的，你为什么不写呢？"

45

陆小燕买了两个苹果去无线电三厂看我爸。她说那个月的工资快用光了，所以只买得起两个苹果。我爸坐在黄昏的走廊上，眯起眼睛："你是哪家姑娘？干吗要给我买苹果？"陆小燕说："我叫陆小燕，是广贤的女朋友，在动物园里工作。"我爸顿时咳了起来，好像这个消息是鱼刺，忽然卡了他的喉咙。

陆小燕先是帮我爸拖地板，然后坐在走廊上帮我爸洗衣裳。我爸说："你真勤快，是那个兔崽子叫你来的吗？"

"你干吗叫他兔崽子？他不是你的儿子吗？"

"我没有这样的儿子，我们曾家祖宗十八代从来没出过强奸犯。"

"广贤没强奸，他是被人陷害的。"

我爸的眼睛稍微睁大了一点："你这是听谁说的？"

"除了广贤还会有谁？"

"你就那么相信他？"

"他从来不撒谎，就是逃跑这么大的事情，他也不跟我撒谎。你是他爸，还不知道他的脾气吗？"

"那他为什么不……唉，这个兔崽子！"我爸呼地站起来，发现自己失态，又坐了下去。

"你有什么话带给广贤吗？要不要写封信给他？一说起你他就流眼泪。"

"他哪会想我，连一个字都没给我写。"

"他怕你心脏病发作，怕劳改工厂的信封给你丢脸。"

"他早把我们曾家的脸丢尽了！"

我写了一封信，委托陆小燕带给我爸。我把我如何被抓，怎样被判刑、加刑，详细地写了一遍，并向他保证我没有给他和爷爷，包括爷爷上面的祖宗们抹黑，希望他不要用那样的眼光看我，就是看强奸犯的那种眼光。最后我写道："爸，如果连你都不相信，这个世界再也不会有人信我。请你相信一次，给我一点信心。我可以挑得起别人上万公斤的冤枉，却受不了你鸡毛那么轻的误解。看在我妈的分上，求你相信我。"我爸看完信，手一松，信笺缓慢飘落。他一手扶门框，一手抚胸口，额头冒出豆子大的汗珠。不出我所料，他的心脏病发作了。陆小燕吓得满脸苍白,扶住他大喊:"来人呀,快来人呀。"我爸的同事刘沧海、谢金川闻声而来,把我爸送进了医院。

陆小燕在她家炖了一盅鸡汤,送到我爸的病床前。我爸斜躺着,脸色已经恢复。陆小燕喂我爸喝汤。我爸喝出了响声,不停地咂嘴巴。我爸说:"你一来,我的胃口就特别好。"

陆小燕说:"那我就天天来看你。"

我爸高高地举起右手:"有这么高了吧?"

"你说什么呀?"

"他,长这么高了吧?"

"哦,你说广贤呀。他现在都一米七五了,体重七十公斤,B型血,头发刚刚冒出来就卷,他……我不敢说,怕你又犯心脏病。"

"大不了再犯一次。"

"他……比你长得好看。"

我爸微微咧嘴,差一点就笑了,但立即收住:"你比我还了解他。"

临走的时候,我爸从枕头下摸出一封信:"这个,你带给他吧。"陆小燕伸手去接。我爸忽然缩回去,"算了,我说过的,这辈子不想跟他说话。"

"如果广贤看到你的字,一定会高兴得在地上翻跟斗。"

我爸把信塞到枕头底部:"算了算了,我得守信用,说过的话不能反悔。"

我爸住了十几天医院便回厂里上班了。陆小燕每周都去给他拖地板、擦窗户、洗床单、补衣服、钉纽扣什么的。她一口一个"伯伯",喊了几星期之后,就一会叫"伯"一会叫"爸",最后她嫌啰唆,干脆不再叫"伯伯"。几个月之内,她成功地把"伯伯"改成了"爸",而我爸竟然没有惊讶,好像这么叫是天经地义的。每次临走时,我爸看着陆小燕,嘴唇像患了帕金森综合征那样颤动。陆小燕以为他会说点什么,就把耳朵伸得比兔子的还长,但是每一次,我爸不是说"哎"就是说"没什么,你走吧"。偶尔,我爸还会憋得脸红,像大姑娘那样害羞。陆小燕一直纳闷,不知道我爸想说什么? 为此,她在照顾我爸的过程中,增加了一点兴趣和期待。一个周末,我爸那句在嘴巴里打滚的话终于喷薄而出:"小燕,你带我看看那兔崽子吧。"

我爸提着两瓶沙丁鱼罐头,跟着陆小燕上了来杯山的公交车。那天我爸的头发梳得又顺又直,还抹了发油。他的衬衣熨得没有一点皱褶,不仅扣了风纪扣,还把两个衣袖的扣子也扣上了,其中有一颗纽扣是出发前陆小燕才钉的。他穿了一条黑裤子,裤腿上的折线笔直。他的脚下踏着一双黑皮鞋,上面一尘不染,鞋带弄得整整齐齐,在鞋口处系了一朵绳花。无论从哪个角度看,他都是一个资产阶级少爷的打扮。陆小燕帮我爸洗过无数次衣服、鞋子，从来没看见过这双皮鞋。后来她才知道，那双鞋是我爸跟刘沧海老婆的哥哥借来的。

我爸生平第一次来到杯山拖拉机厂门前，他朝院子里看了看："其实，我跟他也没什么好说的。"陆小燕说："那你就听他说，他的口才好。"我爸哎哎地答应，提着罐头在门口徘徊。陆小燕到窗口去登记、出示证件，办理有关手续。等陆小燕回过头来，我爸不见了，地上放着那两瓶罐头。陆小燕抬头望，我爸正快步离去。陆小燕追上他："爸，都到了门口，还是进去看看吧，他挺想你的。"

"你把罐头交给他，我还是不见为好。"说完，我爸跳上了公交车。

公交车缓缓地离去，陆小燕看着车屁股不停地跺脚。

46

我爸就这么端着，放不下架子。不光是现在放不下架子，过去赵万年带着红卫兵批他的时候，他也没放下过架子。那时他的鸟仔被打成一坨，腿被打断，但是他从不向赵万年求饶。有时痛得眼泪叭叭直掉，他还尽量控制喊声，连命都差点没有了，他竟然还控制喊声，就像一个英国绅士即将饿死了，还不让嘴巴发出嚼食的声音。

但是从杯山回来之后,我爸就想放下架子。他把借来的皮鞋又擦了一遍,穿着那天去杯山的行头,提上当时较好的两条牡丹牌香烟,往铁马东路仓库走去。第一天他只走到铁马东路路口就停住,脚步在地上量来量去。风把树上的黄叶吹落下来,有一片掉在他的头顶,另一片挂住了他的外套。从他面前过去好几趟公交车,他都没上去。车停了又走,门开了又关。犹豫半天,我爸最后一转身回厂里去了。过几天,我爸又提上那两条香烟,坐上了去铁马东路仓库的公交车。他望着窗外,楼房、标语、路树、电线杆一一闪过,最后扑来仓库的瓦顶。瓦顶多处残破,有的地方还长了草。仓库门口,挂着一块白底黑字的"铁马区革命委员会"招牌。哦,我忘告诉你了,铁马区革命委员会办公室已经搬进了仓库,原来办公的地点变成了"古巴服装厂",为了中古人民的友谊,工人们每天忙着为古巴人量体裁衣。那个服装厂让我第一次知道,外国人也会穿中国的衣服。

公交车停在仓库面前,我爸坐着一动不动。售票员冲着他喊:"同志,仓库站到了。"我爸掏出零钱:"不下了,再补一站车票吧。"车门一关,我爸扭头看着仓库慢慢地退去。

又过了一个星期,我爸提着那两条烟下了公交车。他伸头看了一眼仓库,在站台处踱起了步子。他去仓库的犹豫就像当年我想去强奸张闹那样,一次比一次走得远,但始终下不了决心,真是有其子必有其父! 我爸站了大半天,看看手表,抹了一把油亮的头发,弹了弹裤子上的灰尘,厚起脸皮朝仓库走去。主任赵万年就在仓库里办公,我爸把两条烟放在他桌上:"这是买给赵大爷的,两老还好吧?"

赵万年说:"整天在家着急。他们准备了几套衣服,去了两次杯山拖拉机厂,因为不懂得登记名字,也没带证件,所以一直没机会见到广贤。"

"今天来就是想求你帮这个忙。广贤他没有强奸,是别人陷害的。最近上面正在纠正冤假错案,你看你能不能跟有关方面打声招呼。"

"这个……你叫我怎么说呢? 你知道我这个人一贯正直,从来不走歪门邪道。而且……去给一个强奸犯说情,人家会怎么看我?"

"他不是强奸犯。我们家没有强奸犯。"

"算了吧。广贤有今天,全都是你这个爸教的。"

我爸的脸顿时红到脖子根,他呼地站起来,转身走了。赵万年拿起两条香烟追出来:"这个你拿走,不要给我来什么糖衣炮弹。"

回到三厂宿舍,我爸颤抖着双手撕开一条香烟,抽出一支来叼在嘴上,连续划了三根火柴都没把烟点燃,正好陆小燕来看他,就帮他点上了。他用力地抽了几口,把烟雾和咳嗽一起喷出来。

陆小燕说:"爸,你血压高,别抽了。"

"这么贵的烟自己不抽给谁抽呀? 来,你也抽一支。"

"我又不是女特务,抽什么烟啰。"

我爸把一支香烟强行递给陆小燕:"抽,爸叫你抽你就抽。"

陆小燕第一次听到我爸把自己当她爸,心里一高兴,就接过烟点燃了,试抽一口,嘴里发出一串轻咳。那天,他们的头上烟雾腾腾,咳嗽声此起彼伏。我爸叹了一口长气:"没想到我会沦落到去求那个提马桶的,我比广贤还丢脸啦。"

这些都是陆小燕断断续续告诉我的,那段时间,我爸就像一块口香糖,被我和陆小燕嚼来嚼去,有时他也会变成钢笔字,出现在我们的信笺上,没有他我和小燕就没有交叉的生活,就不可能有什么共同的语言。在接见室,在信纸上,小燕一口一个爸,好像她早就是我的妻子。有时我看见她的脸上起了痘痘,就问她怎么回事,她说:"来例假了。"天哪! 她连这个都告诉我,而且一点也不脸红,这不是夫妻又是什么? 小燕脸上真实的表情,不经意间在我额头一抹的手势,衣服上的烟火气,离去时主妇一样的背影,等等,唤起了我过正常生活的渴望。渐渐地我开始吩咐她：

"小燕，你把我爸买的那两条香烟拿来。

"小燕，你到报社去帮我登一则寻人启事，我想我妹妹了。

"小燕，你去打扫一下仓库的阁楼，别让老鼠把被子全吃了。

"小燕，你去帮我问问张闹，她为什么要陷害我？

"小燕，你们家有没有当官的亲戚？看能不能帮我平反？"

我在这种吩咐声中找到了做丈夫的感觉，每个周末都想见到小燕。只要我们在接见室里面对面地坐下，两双手就不约而同地抓在一起。我的手指又黑又粗糙，上面布满了伤痕。她的手指又软又白，好像棉花。两双手一靠近，就像工人拥抱资本家，平民拥抱贵族，黑种人拥抱白种人。她捏我的手指，我搓她的手背，一会拇指在上，一会食指又去抢拇指的地盘，忘记了哪根手指是我的，哪根是她的。有时我们掌心对着掌心，轻轻地摩擦，直到发热、发烫，手心里冒出热汗，偶尔我掐她一下，她反掐我三下，总之，我们二十根手指缠来绕去，会面的时间有多久，它们就纠缠多久，好像动物园里交配的蛇。不知不觉地，我对她的想变成了手指对手指的想，我甚至觉得每一次捏手就是过夫妻生活。你别取笑，你一笑我就觉得你这是饱汉不知饿汉饥,当时我就这么一种感受,因为我们捏着捏着,她的两腮就像涂脂胭那样潮红潮红的,气也粗了,嘴里还轻轻地哼吟。而我的身体麻酥酥的,整个人忽地飘离了地面,仿佛飘到了云朵上,然后又慢慢地落下,舒服得都忘记了自己的名字,直到现在我都坚信手能代替一切。

47

我开始珍惜我的手,再也不会不戴手套,哪怕天气热,也要戴上。我用戴手套的手拿铁锹,抡铁锤,提铁桶。下班之后,我用雪花膏擦手。这样我的手比原来润滑了,看上去也不再那么粗糙变形。一天,李大炮和我在厕所里小便,他用手搓下身自己解决问题,痛快之后,他说:"广贤,你也来一把。"

我说:"脏!"

他火了,把我的头按在墙壁上:"你他妈的装什么干净,过去不都是这样吗?"

"现在我有老婆了,再也不会拿自己的手去糟蹋了。"

"王八蛋,你连女人都没睡过,知道什么叫老婆?"

"老婆就是小燕,小燕就是老婆。"

"我知道你有个小燕,但是她解决不了你的问题,日子还长着呢,我就不信你能憋三四年不放出来。"

我摊开手掌:"大炮,我告诉你一个秘密。"

他把我的头从墙壁上放开:"不会是钻下水道的秘密吧?"

"奇怪了,只要我捏住小燕的手,就有那种痛快的感觉,比用手搓下面还痛快。"

他抓起我的手掌看了一眼,狠狠地打了一巴掌:"你这手指又撒不出尿来,吹什么牛皮啰。"

我缩回手:"这也是你打得的。"

他受了刺激,又抓起我的手,按到发霉的墙壁上搓来搓去。我摔脱他,把手放到水龙头下洗了又洗。

在翻砂车间,只要一看到完整的铁锅,我就拿出来,放到一边。李大炮说:"干吗不把它砸了?"我说:"好锅头呢,等到期满了,把它带回家去炒菜。"看见李大炮要把那些好模板扔进炉子,我就拦下来说:"大炮,这个还可以拿来做板凳呢。"我把他们扔在地上的烂手套捡起来,撕成碎片,做成一个又一个拖把藏在门角。李大炮说:"神经病,还没等你从这里出去,那些拖把早就烂啰。"但是不管他们嘲笑和劝阻的嘴巴开得多大,我都像一个居家男人那样,开始为将来囤积用品。我做板凳、做拖把、做锅盖、做火炉,把它们摆在车间的角落,闲空时瞟上几眼,眼前便浮现小燕拖地板、坐板凳、炒回锅肉的身影,但是一眨眼,她又不见了,只剩下那些用具静静地摆在那里。用具经常被李大炮他们使用，板凳坐歪了，拖把拖烂了。不过没关系，他们用坏了我再做，我只有不断地做这些用具，才会忘记眼前的处境，并制造一种有家有室的生活假象。

那天，我们倒完模具，高炉也歇下来了。李大炮坐在板凳上抽烟，斜眼看着墙角，忽地大叫："小云，小云。"我们跟着他看过去，角落里除了那些家庭用具，哪里有什么小云。李大炮揉了揉眼睛："麻赖，真奇怪了，刚才我看见小云蹲在你那炉子前生火。"

有人问："谁是小云呀？"

李大炮说："跟你说多少遍了，你都不长记性，小云就是我强奸过的那个女人。"

大家哦了一声，都恍然大悟。

李大炮说："小云她来信了……"

我说："她是不是后悔了？"

李大炮吐了一口烟："真他妈的邪，当时她咬着牙齿告我，恨不得亲自扣动扳机毙我。可是现在……你猜她说什么？她说名声臭了，反正也嫁不出去了，要嫁只能嫁个我这样的劳改犯，希望我好好改造，尽快出去做她的老公。唉……这个大屁股，现在才想明白，知道会有今天，当初就不应该往死里告我。这下好了，变成老婆告老公了……"

说起小云，李大炮眉飞色舞。从此以后，他一有空就盯着角落的用具发呆。他说："看见那些家伙，就想家了。"

渐渐地，他也开始做一些小用具，比如锅铲、火钳、打煤机、小床、枕头等等。他把那些用具摆在角落，随着用具的增多，家庭的气氛也越来越重。劳动间隙，我们这两个有爱情的人，就坐在那些用具中间抽烟，仿佛坐在自家的厨房里。

有一天，李大炮说："麻赖，我想学你。"

"别谦虚了，我又不是积极分子。"

"这些天，小云每晚都到梦里来亲我，我想她想得头都大了。"

"日子还长着呢，你慢慢熬吧。"

"一天我也不想熬了，我要像你那样跑出去。"

"大炮，千万别、别这样，当初我就是因为不听劝，才落得又加了三年的下场。"

"死都当卵，反正我得出去。"

"你别冲动，我是过来人，这地方就是一只苍蝇都飞不出去。"

"你别管，我有办法。"

李大炮明显瘦了，像变了一个人似的，连话也节约着说。晚上，他跟侯志坐在通铺的一角交头接耳。我凑过去，他们立即分开，看着我嘿嘿地傻笑。我说："大炮，知道什么叫后悔吗？"

"别又来教育我，我不吃这一套，我从来就不知道什么叫后悔！"

"到时你就知道了，后悔就像你已经看到了家门口，眼睛忽然就瞎了，就看不到家了，或者回家的路程本来很短，但是你自己却给它加长了，长得比去古巴的路都还长。后悔是看见自己建设的楼房倒塌，是离成功只差一步，是刚爬到女人身上就被当场抓获……如果时间能够倒回去，我宁可挨枪毙也不会去钻下水道。我多愚蠢呀，竟然不听小燕的劝……"

他呸了一声："你把我说糊涂了，滚一边去。"

"大炮，看在朋友的分上，你听我一声劝，千万别干那种傻事。"

他眼睛一瞪，扑上来，揪住我的头发就往地头掼，紧接着踹我的屁股。他一边揍我一边怒吼："我干什么傻事了，你他妈的，我到底干什么傻事了？"

我连声求饶，他才把手松开，手里攥着一大把我的头发。他对着头发一吹，头发飘到我的脸上。他说："小心我割了你的舌头。"我扇了一巴掌自己的嘴巴："谁要是再劝你，谁他妈的就被判无期徒刑。"

48

不知道李大炮用了什么办法，半年之后，他调到了仓库，专门维护那些已经通过质检的拖拉机。那时候还没有加长的卡车来运输,拖拉机要出厂必须得一辆一辆地开出去,李大炮因此能看见一些从外面进来开拖拉机的人。他说那些人都穿着的确良衬衣、白球鞋,嘴角两边全是没有抹干净的油渍,一看就知道他们吃得饱穿得暖,过着幸福的生活。李大炮在说那些拖拉机手的时候,不时抹一把嘴巴,好像他的嘴巴刚刚吃过扣肉似的。小云来看过他几次,还给他送来了一件棉衣。只要他在监舍一吹口哨,我就知道小云来看过他了。

一天晚上,他把小云送的棉衣递给侯志:"这个我穿不合身,送给你吧。"侯志说了声"谢谢",接过棉衣,当即穿在身上,棉衣又大又长,就像一个麻袋挂在侯志的肩膀,衣襟几乎到达他的膝盖。李大炮说不合身,这不明摆着是帮侯志说的吗?过了一会,李大炮把一副新手套递给我:"你那么爱你的手,这个就拿去戴吧。记住了,下一次跟小燕捏手的时候,脑子里想想我这个大哥,就当是替我捏几把。"说完,他自个嘿嘿地笑了起来。见我没有反应,他便吹了几声口哨,表情怪怪的。

第二天,我在翻砂车间浇铸完一件模具,就坐在角落里抽烟。我看看堆在角落的锅头炉灶,又看看手上崭新的手套,觉得不对劲,便站起来,仓促中踢倒了李大炮做的打煤机。干脆我补了一脚,又把炉子和铁锅踢倒。我跨过去,朝外面走,但是刚走了几步,我又停住。我来来回回地走着，脑子里在想一个问题：去，还是不去？去，我对不起朋友；不去，我就没机会了，就得老老实实地再蹲七年。七年，多长呀，长得都到月亮上去了！如果没有小燕，也许这七年算不了什么，关键是小燕已经吊起了我过家庭生活的胃口，把我原来睡着的神经和细胞统统吵醒了。大炮呀大炮，不光是你有七情六欲，我也有；不光是你想小云，我也想小燕……

我被看守带到贾管教的办公室。贾管教问我有什么事，我说我要立功。贾管教说你想进步了。我问如果立功的话，能不能减刑。贾管教说想跟我谈条件。我说不是，我只是想把加上去的那三年减下来。贾管教说减刑是肯定的，但是减一年或是几年，那要看你立什么样的功了。我说能为我保密吗。贾管教说这还用说吗，保密是我们的规矩。我看了一眼门口，压低嗓门："李大炮要逃跑。"

贾管教说："什么时候？"

"就这几天，昨晚，他把棉衣送给侯志了，还送了我一副手套，这肯定是逃跑的迹象。他一直跟我说要逃出去见小云，预谋了好久。"

"知道他怎么逃跑吗？"

"不知道，但是他经常跟我说那些开拖拉机的，也许他会装成拖拉机手……"

贾管教还没听完我的后半截话，就抓起桌上的帽子风风火火地跑出去。

　　实际上,我刚一说完"李大炮要逃跑",手心就冒汗了,接着双腿轻轻震颤,头皮一阵麻,胸口一阵堵,双腿一软,蹲了下去。看守呵斥:"起来。"我试着站了几次,都站不起来,好像力气已经用完了。这时,整个拖拉机厂警报声铺天盖地,我连蹲都蹲不住,一屁股坐下去,竟然幻想这一切都不是真的,我什么也没说,警报也没响。但那越来越刺耳的声音不是警报又是什么?外面嗒嗒的脚步声除了战士,谁又能跑得那么整齐有力?但愿李大炮还没有行动,他被眼前的追捕阵势吓住了,从此收回逃跑的念头,让我的告密变成一个天大的笑话,或者李大炮早已翻过杯山,早已跑得无影无踪……什么我都不害怕,唯一害怕的就是李大炮被逮个正着。

　　当时从仓库里开出来的五辆拖拉机已通过检查,正准备驶出院门。贾管教及时拦住,重新检查了一遍拖拉机手们的相貌。五个拖拉机手脸庞红润,头发黑亮,牙齿雪白,跟李大炮不像是一个国家的人。仓库已被战士围住,搜索了好几遍,没有李大炮的身影。难道他会长翅膀吗?会变苍蝇吗?不要说唯物主义者不信这个假设,就是唯心主义者也不信。忠实的唯物主义者贾管教眉头打结,看了一眼高墙上的铁丝,把目光收回来,伸手分别抓了一下五个拖拉机手的头发,不是假发,颗颗脑袋货真价实,他们几乎都发出了疼痛的喊叫,个别拖拉机手痛得嘴巴都歪了。贾管教徘徊在拖拉机旁,两只大头皮鞋时急时缓,好像答案就在他的脚上。忽然,传来一声屁响,贾管教和五个拖拉机手一个看一个,一个怀疑一个,但是每一个人的脸上都是被冤枉的表情。有人弯腰往拖斗下看去,李大炮近在眼前,就吊在最后一辆拖拉机的拖斗下,脚和手分别抓住焊在上面的四个钩子。贾管教说:"你好呀,李大炮。"李大炮的手脚一松,仰面跌下。几双手把他拖出来,都什么时候了,他还在放屁,放得一声比一声响亮。

　　李大炮像我当年那样被关进单独的囚室。经过一星期的提审,他才供出电焊车间的侯志。侯志之所以愿意在拖斗下偷偷焊那四个钩子,是因为李大炮答应出去以后,帮他炒一篮葵花籽送给当年的女秘书。侯志一直把女秘书当氧气,天天呼吸她。他说她眼睛大,舌头甜,说话细声细气,参与告状是被人强迫的。其余那几个他睡过的女人为了立贞节牌坊,都会翻脸不认账,但是唯有这个女秘书不会那么无情,他们之间眉来眼去多年,已经培养了比天高比海深的感情,因此哪怕冒险,他也要给女秘书送一篮葵花籽,甚至提前闭上眼睛,一遍遍地想象女秘书收到葵花籽时惊叫的嘴巴。他的女秘书太爱吃葵花籽了,衣兜里经常揣着,坐公交车时吃,上班时也吃,把瓜子壳吐得满地都是。你又笑了,是不是觉得侯志特别傻? 那时候的人是有点傻,但是他们重感情,连强奸犯都懂得玩浪漫,哪像现在的人一见面就谈价钱,动不动举起一个巴掌说:"五百元。"哎,你的脸怎么又黑了? 真是变得比股市还快。我这哪是讽刺你呀? 再说你也不容易,收点钱是应该的。好啦好啦,喝口饮料顺顺气吧。

49

李大炮被加了三年徒刑,打回翻砂车间。侯志被加了两年徒刑,调到翻砂车间。我的刑期减去两年,但是没让他们知道。那天,我正在砸铁,忽然听到有人在外面大叫:"广贤呢? 广贤老弟……"我抬起头,看见李大炮拖着消瘦的身体,跌跌撞撞地扑进来,一把搂住我,像孩子那样失声痛哭。尽管他已经消瘦,但是瘦死的骆驼比马大,仿佛全身的力气都集中到了他的手臂上,搂得我几乎出不了气,比当年小池搂我的时候还要令人窒息。我木头一样站着,让他的泪水落在我的肩头,听他的哭一声比一声长。我的鼻子酸酸的,眼眶渐渐潮湿。他说:"广贤呀广贤,现在我才知道你是我最好的朋友,当初我要是听你的劝阻,哪会落到今天这种下场。"就像有根手指在我的伤心处戳了一下,我加倍伤心,泪水涌出眼眶,就差哭出声了。他抓起我的双肩用力摇晃:"你明明知道我要逃跑,为什么不拿根绳子把我绑起来？你要是把我绑起来，我就跑不成了。广贤呀，你为什么不绑我呀？"摇完，他扬手扇自己的脸，扇得一把鼻涕一把泪，嘴里不停地嘟哝，"真后悔没听你的，我恨不得杀了自己！"巴掌叭叭落在他脸上，每一掌都打得我心惊肉跳。要不是侯志及时走过来骂他"软蛋"，我的话也许就脱口而出了。真的，我的话已经滚到了嘴边，我几乎就要说"对不起"了。

李大炮再也不喊我"麻赖"，而是正儿八经地叫我"广贤"。本来由我们俩提的铁桶，有时他一个人就提走了。炼完每一炉铁水，我们都要轮流钻到炉子里去清理残剩的铁渣，炉子里又闷又热，往往人从里面出来，鼻毛上沾满灰尘不说，就是吐一口痰也是黑色的。这种吃灰尘的活自李大炮回来以后，我再也插不上手，只要一轮到我，他就抢先钻进炉子，手里叮叮当当地敲打，嘴里骂骂咧咧："滚一边去，别把你的手弄伤了，你还要替我去捏几把陆小燕呢。"他越是这样，我就越觉得对不起他，拿着小铁锤硬往炉子里钻。他一次次把我推出来，好像里面是他的洞房，根本容不得别人进入。

每周，食堂都会给我们翻砂车间每人加一碗猪血，说是可以清理肺部的灰尘。我把那碗猪血递给李大炮，李大炮把他的那碗递给我，递来递去，两碗猪血泼到地上，谁也没吃成。李大炮说："现在好了，你这个星期的灰尘打不出去了。"

我说:"就让灰尘把我呛死算了。"

李大炮拍拍我的脸:"嗨,你才多少岁呀?要死也轮不到你。好好活着,有人等着嫁给你呢。"

"大炮,我……"我差点就要说"对不起了"。

他盯着我:"有屁快放,别吞吞吐吐的,学学你大哥,多痛快,躲在拖拉机下面还照样放屁。"

我回避他的目光:"没……没什么。"

小燕为了对我的减刑表示祝贺,特地送来了两条香烟。我打开壳子,拿出其中一包放到鼻尖嗅了嗅,想撕开却又舍不得,便把它放到衣兜里,用手按了按。到了翻砂车间,我看看李大炮嘴里叼着的烟卷烧完了,就赶快凑上去,撕开烟盒掏出一支来递给他。他嘿嘿一笑,接过烟卷含在嘴里。我划了两根火柴都没划燃,手抖得像发动机。他把火柴夺过去,自己点燃香烟,然后递过还在燃烧的半截火柴:"哎,你怎么不吸烟了?"我把香烟放进衣兜,按了按:"不吸了。"侯志他们围上来,抢我的香烟。我双手紧紧捂着衣兜,弯腰用腹部压住烟盒。他们抢不到,就骂我"小气""抠门"。我吞了吞口水:"这烟连我自己都舍不得抽。"

每天我都揣着一盒香烟上班,专门用来孝敬李大炮。为了保证他整个白天都有烟抽,我只能不停地咽口水,偷偷地嗅一嗅香烟盒。给他划火柴的时候,我的手已经不抖了,但是我还不敢看他的眼睛。他的眼睛还是原来的眼睛,只是一跟他的目光对接,我的全身立即就感到冷,不光是皮肤冷,连骨头都冷,好像他的眼睛是 X 光机,早已把我看透。劳动的间隙,他坐在摆满家庭用具的角落,吐着一团一团的浓烟,对着我发笑:"广贤,你真够兄弟。"我说:"其实 …… 你不了解,我 ……"他说:"别总是我我我的,你真没出息,三天放不出一个响屁。"我说:"我 ……"

一天深夜,我从床上惊坐起来。墙角亮着一粒血红的烟头,李大炮坐靠墙壁吸烟。我像做梦一样,滑下床,吧嗒地跪在他面前:"大炮,我 ……"我又想说"对不起"了。他在我后背狠狠地拍了一巴掌:"你怎么是个梦游分子?快回床上去!"我像中了一枪,赶紧站起来。他说:"小时候我也爱说梦话,我妈经常拍我的后背,拍几次就好了。你没事了吧?"

"没 …… 没事了。"

他叹了一声:"广、广贤,我 …… 我其实是个骗子。那个小云根本就没写信给我,也没来看过我。棉衣是我妈做的,来看我的也是我妈。我逃跑不是因为想小云,而是想我妈了。我长得比牛还壮,年纪也一大把了,竟然还像孩子那样想妈,我才是没出息的家伙 ……"他呜呜地哭了起来。

我说:"不光是你想、想妈,我也想、想妈。我……我对不起……我妈。"

50

在接见室里,我把出卖李大炮的事跟小燕说了。她吓得脸色发白:"这、这怎么对得起朋友呀?"

"所以,我求你帮我办件事。"

"只要我能办得到。"

"你到南关县昌龙公社桃李生产队去找找罗小云,想办法让她来看看李大炮,就说李大炮很爱她。不管你用什么办法,反正得把她弄来,哪怕是拿钱收买,也要让她来看看李大炮。"

小燕给罗小云写了几封信,都没有回音,后来亲自去了一趟桃李生产队。罗小云根本不买账,冲着小燕就是一通臭骂:"你是他家亲戚吧?你又不是大队杨党支书,凭什么强迫我?你把他说得那么先进,干吗自己不去跟他好?他把我们罗家祖宗三代的脸都抹黑了,我怎么可能去跟他好?你以为嫁给一个强奸犯就那么容易吗?你们都嫁给干部,凭什么要我嫁给强奸犯?"

小燕说:"我嫁的就是强奸犯,跟你的李大哥关在一起。"

"那也不关我屁事,你总不能跳火坑了还找一个陪跳的吧？"

小燕差点气得吐血,夹着尾巴悻悻地回城了。她跟我说,广贤,还是放弃了吧。我说不行,你得再想想办法,要不然我这辈子都不敢看李大炮的眼睛。小燕说,这比让我们爱美帝苏修还难,你叫我怎么想办法？我不可能不上班,天天去干这种无聊的事。我忽地咆哮:"这我可不管,反正你得想办法让她来一趟,哪怕假装来一趟。"

"我已经没办法了,要想办法你自己想去。我又不是闲人,还得挣钱养活自己。我又不是受气包,受了那个女的气还来受你的气!"没想到小燕的声音比我的还高亢,她气呼呼地站起来,转身走出接见室。

这是和小燕第一次怄气,我维持平衡的那一点点好心情就像被注射器抽空了似的,看什么都不顺眼,走路像打水漂。连一贯低眉顺眼的小燕都生气了,看来我是有点过分。但是我却没有立即跟她解释的机会,这一气,也不知道她什么时候再来看我,主动权捏在她手里,我像被断电的灯泡,只能等待她送电。我的脑子里不想放小燕生气的电影,双手只好拼命地往炉口送焦炭,把火烧得红彤彤的。送了一阵焦炭,我的膀子麻了,手也变形了,竟然把铁锹扔进了炉口,这可是我从来没有过的事件。临下班的时候,我和李大炮抢着抬铁水,忽然我的脚一闪,身体一斜,手一滑,铁桶朝我倒来,鲜红的铁水泼到地上。尽管我已经用力跳了一步,但右脚的皮鞋还是被铁水淹没了。李大炮他们脱下我的皮鞋,我的右脚已经被烫去了一层皮。

我这个因公负伤的重病号整天躺在监舍里,每天除了医生给我敷药打针,就由李大炮专职侍候。大炮用湿毛巾给我抹脸、抹身子,帮我换衣服、摇葵扇、翻身,还给我接大小便。做完这些,他连手也不洗就点上一支烟塞到我的嘴里,然后自己也叼上一支,说:"你他妈要不是脚皮脱了,我们哪得享这种清闲,干脆你别好算了,让我们天天都做干部,不用干活。"

"那还是你来病,我来侍候你吧。你不知道我有多痛。"

"再痛,也比去砸铁倒模具强吧。"

"你脱一层皮试试。"

有一天他刚给我擦完身子,广播里就传来声音:"李大炮、李大炮,听到广播后请到四号接见室,有人来看你。"对不起,我说错了,广播里肯定不是喊李大炮,而是喊他正规的姓名。但是他叫什么名字呢? 让我想想……唉! 这么好的朋友,我竟然想不起他的名字了,你说我这记忆是不是给狗吃掉了? 算啦,我还是先别纠缠他的名字。他听到广播后,丢下毛巾就往外跑,连裤子都没帮我穿上。

在四号接见室,他见到了小云。小云穿着红格子衬衣,黑色的裤子,腰扎皮带,拖着两根长辫,双腮红扑扑的,不知道是特别健康或者是害羞。大炮激动得不知如何是好，呆呆地看着，两手一会放在桌上，一会放在桌下，一会想去抓小云的手，一会又害怕地缩回来。总之，那天他的手就不像是他身上的组成部分，怎么放怎么别扭。小云低着头，用手指玩着辫梢："你怎么舍得给我买这么好的衣服？"

大炮一愣，嘿嘿地笑着："没、没什么。你穿得还合身吧？"

"你没长眼睛吗？"

大炮把小云身上的衣裤看了一遍："真好看。"

"当初你要是舍得买这么一套衣服给我，我就不会告你了。"

一刹那，大炮的手终于找到了位置，重重地拍在自己的脑门上："你这是真话吗？"

"李大哥，我什么时候跟你说过假话了。"

"唉！你为什么不早说？你要是早说，我就是卖房子也要给你买一套新衣裳。"

"你不知道姑娘……会害羞吗？"

大炮又拍了几下脑门："你这衣服……是怎、怎么收到的？"

"是那个叫陆小燕的姑娘转给我的，她是你什么人呀？对你那么好。开始我还骂她，后来她带了衣服，我才知道她是个好人。"

"她真是个好人呢!"

51

李大炮把尿壶塞到我的鸟仔上,嘴里不停地唠叨:"广贤,你说我当初为什么就没想到给她买一套衣服呢?"

"有的事情开始的时候总是想不到,后来想到又来不及。大炮,我……"

"你我我我的,都我了半年,到底想说什么呀?"

"我对不起你。"

"没什么,不就帮你接点尿吗?这点功劳哪抵得上陆小燕对我的大恩大德。"

"还有比这更重要的,我不说出来心里就像猫抓那样难受,说出来吧,又怕你生气。"

"嗐,倒霉的事我全碰上了,哪还有什么能让我生气的?"

"你逃跑那天,我去找贾管教了。如果我不去找他,也许你能跑出去,真对不起。"

他的眼睛一瞪:"你竟然敢出卖老子?你真他妈的不是人!"

"请你原谅。"

"原谅你妈个叉,晓不晓得,你让老子多蹲了三年!"他一声怒吼,用力抽出尿壶,把里面的尿全部倒在我烧伤的脚面,然后再把尿壶掼到地上,愤愤地走出去。一股痛从我的脚面蔓延,直刺心脏。我痛得全身抽搐,身体蜷缩,差一点就晕了过去。假若我知道会有这么厉害的痛,打死也不会说出告密的事。我哟哟地尖叫,痛着,后悔着。

一个小时之后,肉体的剧痛慢慢地减弱,我的心里反而踏实了,压在胸口的石头也卸了下来。李大炮肯定会难受,这事放在谁的身上都会难受,但是我相信他痛一阵子就会原谅我,好像刚才淋了尿的脚,只要给那么几个小时,痛就会过去。晚上,李大炮和侯志坐在我身边,问我得了什么好处,减了几年刑。我说:"两年。"他们每人在我的脸上吐了一泡口水,然后李大炮向全监舍宣布:"曾麻赖是一条没有长脚的虫,是叛徒、内奸、公贼,你们谁要是搭理他,先得问我的拳头。"

我抹掉脸上的口水,感到受了八辈子的污辱。我说:"大炮,你太不义气了。是谁去帮你找罗小云?是谁劝你不要逃跑?还有谁天天孝敬你香烟?这些你怎么都不记得了?"

"小子,你记稳了,好事做了十箩筐,抵不得恶事做一桩。你让我和侯志多坐了五年牢,不宰你就算是礼貌了。"

我扇了一下自己的嘴巴:"知道你才芝麻大的气量,我就不应该告诉你。我真不该告诉你!"

"活该! 你不告诉我,我还好受些。我一直以为是因为自己忍不住那个屁,才被他们抓着的。没想到,你早已经告密了。你让我连骂自己都没法骂了,能不叫人恨你吗? 我恨不得扒了你的皮!"他在我烧伤的地方拍了一掌,痛得我大叫:"妈呀!"

李大炮这边再也没人敢照顾我,贾管教把我换到另一个监舍,改由盗窃犯孙南照料。烧伤没有白烧,痊愈之后,我调回装配车间工作,上面给我又减去一年徒刑。这样,我逃跑加上去的那三年刑期,因为告发李大炮和烧伤,全部又减了下来,就像有首歌里唱的那样:"终点又回到起点,到现在我才明白。"当初由于不听小燕劝告,折腾出这么多伤筋动骨的事,按一按心里的计算器,才发现自己真是亏死了! 但是李大炮和侯志还不想让我结账,他们一直在寻找加大我成本的机会。

有一天,他们在虚掩的厕所门上放了一盆大粪。他们告诉旁边的人暂时不要上厕所,于是这个消息被大家的嘴巴悄悄传递,就像要闹暴动那样神秘。装配车间的人交头接耳,眼神怪异,有几个平时尿频的,对我指手画脚:"你看你的手笨成了什么样子,还不如滚到厕所里抽烟去。"孙南对我眨眨眼,仿佛要说什么,最终也没有说。使用这间厕所的共有三个车间差不多四十号人，但是没有一个人告诉我厕所的秘密。他们像不透风的墙，步调一致，思想统一，这除了说明没有他们干不了的事之外，还说明我在他们中间孤立无援。在他们的盼望中，我的尿终于胀了，于是我丢下钳子，朝厕所走去。当我把门推开，一盆大粪当头淋了下来，我的头发、脖子上顿时臭气熏天。几乎在盆落下的同时，我听到三个车间里发出了整齐的笑声。这时我才明白在这一群人中间，我没有一个朋友，因为我是一个告密者。我如果不告发李大炮，如果不把告发他的事告诉他，那么这一盆大粪就不可能从天而降！

这三个车间的人在第二年秋天策划了一起集体逃跑事件，但是他们还没跑到门口，有的就倒下了，被拖回来的也加了刑期。他们跑的时候，只有我一个人还在装配车间拧着螺丝钉，即使外面传来了枪声，我也没抬头，不是吹，连眼皮都没眨一眨。我能镇静自若，完全是因为现实这个老师教的。知道吗？一个人做了太多后悔的事，就再也不想后悔了！何况熬过两年，我就可以刑满释放，跟小燕堂堂正正地结婚过日子，傻瓜才会跟他们一起冒险呢。

第五章　身体

52

在服刑的最后两年里，我总是倒着计算时间：小燕送棉帽来的时候，离我刑满释放还差一年零二百三十天；我爸在车间摔倒时，我的刑期还余一年零一百八十七天；我把小燕的无名指捏断那天，还欠刑期一年零一百三十七天；百家和小池到杯山来看我时，我的刑期还剩一年零六十五天……

那天，百家和小池的脸都挂着喜气，特别是小池的脸，比我过去跟她做同学时还要红扑扑。他们理所当然红扑扑，因为他们都回城了，百家去百货公司顶他爸的职，做会计，小池因参加市里的画展获了三等奖，所以在市文化馆找到了工作。当小池喜滋滋地掏出那个获奖证书时，我的心里顿时七上八下。我说："当初，真该跟你们一起去插队，不敢指望当画家,至少也不会落到坐牢的地步……"

小池说:"活该! 当时我不是没劝过你。"

我说:"百家,你告诉小池了吗?"

百家说:"告诉什么?"

我说:"难道你没告诉她我是被张闹陷害的?"

百家说:"十年牢你都坐了九年,告不告诉都这么回事了。"

我说:"你真不够朋友,别人你没空去说,怎么连睡在你身边的老婆都不帮我说一句? 你这不是成心让同学们把我当强奸犯吗?"

百家说:"奇怪了,你不强奸,干吗要钻到别人的屋里去?"

你听听,你听听,这像是朋友说出来的话吗? 这简直是满嘴喷粪,把整个接待室都熏臭了。我听到脑袋里轰地响了一声,头皮下的血管鼓了起来,眼珠子都气痛了。我扬手扇过去,叭地一响,于百家的脸歪了。他举起拳头准备还击,被小池死死拖住。小池把他推出接见室,然后一个人走回来,坐在我对面:"广贤,你太冲动了。"

"这么多年来,我一直以为百家对这个案件最清楚,我甚至认为就是我爸把我当强奸犯了,百家也不会,没想到……"

"你真没强奸?"

"难道连你也不相信？"

"那你也不至于打人呀。"

"这算是便宜他了,你哪知道,当初就是他写信煽动我那么做的,连抽第几根窗条,连抽窗条时要闭上眼睛都是他教的。"

小池忽地提高嗓门:"难道连强奸也是他教的吗？"

"我没强奸。"

"没强奸你干吗老老实实地坐了九年？除非你是傻瓜。"

"你说对了,我就是天底下最傻的傻瓜。"

"曾傻瓜,如果你没强奸,那就请个律师让我看看,你要是连律师都不敢请,谁会相信你不是强奸犯？"

"除非张闹翻供,否则请十个律师也没有用。你告诉那个姓张的烂货,等我出去之后饶不了她！"

当晚,我坐在监舍里发呆,香烟抽了一支又一支,头发上全是烟雾,地上全是烟头。我隐约感到外面正在发生翻天覆地的变化,知青回城了,画画又重新被当职业了……也许我的案件真有可能翻过来了。第二天我去找贾管教给我拿主意,他说多年的媳妇都熬成了婆,何必再花钱请律师。我说这不是钱的问题,也不是十年不十年的问题,而是我清不清白的问题。贾管教说反正离你出去还剩一年零六十四天,你自己拿主意吧。

我给小燕写了一封长达十页的信,让她以最快的速度帮我找一个律师。但是信还没寄到她手上，她就已经到杯山来看我了。她穿着一件碎花衬衣，两腮涂了过多的胭脂，嘴唇擦了口红，身上发出香气。我抽了抽鼻子："看看你这身臭资产阶级的扮相，就不怕挨批斗？"

她掏出一瓶香水，往我的头上洒了几滴："现在满街都是红裙子，洒香水、擦口红再也不用害怕了。"

"还真变了？"

"可不是吗，连台湾的歌曲都可以唱了。"

"那你抓紧时间给我找个律师。"

她睁大眼睛："干吗要找律师？不就剩下一年零六十天了吗？"

"就是剩下一天，你也得帮我找。我总不能背着一个强奸犯的名声出去，你也不想嫁给一个强奸犯吧？"

"无所谓，都习惯了，谁不知道我跟了一个强奸犯呀。"

"你才是强奸犯！"我一声怒吼，吓得她的眼皮直跳，吐出来的舌头缩得比电还快。

53

万万没想到，我的刑期还剩下一百零七天的日子，张闹给我写了一封信，那封信至今我还能倒背如流：

曾广贤：

你好！我是省文艺思想宣传队的张闹。你还记得我吗？

自从你被判刑之后，我就像一只热锅上的蚂蚁，急得嘴巴都起了泡泡。我多次走到法院门口，想去改口供，但是我没有勇气否定自己，我害怕，我害羞，我无知，让你白白坐了这么多年的牢，你一定恨死我了。

如果你愿意，我很想跟你详谈一次。需要的话，我可以厚起脸皮到法庭给你作证，我会告诉他们九年前的那个夜晚是一场误会，你没有强奸我。这辈子我没做过任何亏心事，独独就做了你这一件，真对不起啦！

等你的回音。祝你愉快！

张闹

我把信笺捂在脸上，眼泪唰唰地流下来。我劝自己别哭，这么多年来比这更委屈的事难道还少吗？但是泪水它就是不听话，好像冲破了阀门，哗哗地流淌，把信笺当成了手帕。室友们围上来，像看猴子那样看我。孙南掰开我捂在脸上的手，拿过信笺，惊叫："大哥，这上面写的什么呀？"我立即中止哭泣，抓过信笺一看，上面的字一片模糊，有的变成一团云，有的变成一辆车，有的干脆四不像，但是一律都变粗变大，仿佛工作报告里的统计数字。我叫了一声"完了"，便哆嗦着手划燃一根火柴，放到信笺下面去烤，火柴只燃了不到一秒钟就熄灭。我说："孙南，快帮我烤烤，这可是能把我洗干净的证据。"孙南点了一支烟，放到信笺下，我也点了一支放下去。室友们一个接一个点燃香烟，先用嘴巴吸红烟头，再放到信笺下。只一会工夫，信笺下就集中了十几只手，每一只手上都捏着烧红的烟头，烟头一闪一闪的，腾起团团烟雾，把信笺整个淹没。如果某一支烟头将要熄灭，拿它的人就抽出来狠狠地吸几口，又放回来。十几支烟烧完了，也没把信笺烤干。我撕了一件自己的衣服，把它点燃，慢慢地烤，总算把信笺烤硬了，烤黄了。

孙南说："这么好的衣服都赔进去了，这信就这么值钱？"

我拍拍信笺："你好好看看，这上面都写了些什么？"

孙南把头凑过来，看了一会："嗨，我还以为是表扬信，原来还是说你强奸她。"

我把信笺抬起来，目光飞快地搜索，发现"你没有强奸我"变成了"你强奸我"，"没有"那两个字变成了一团墨迹。我点了点那团墨迹："这不是有两个字吗？"

孙南说："谁知道那是什么字呀？"

"'没有',这两个字是'没有'。"

"我还以为是'狠心'呢。"

"你怎么就看出'狠心'了？"

"我是瞎猜的。"

我把信又重新看了一遍，每一行都有三四个地方变成了墨迹，读起来断断续续的，只剩下大概意思。我把信揉成一团，丢在地上："为什么要流猫尿？我要是不流猫尿，这信怎么会打湿？信要是不打湿，我怎么会赔上一件衣服？真他妈的发癫！"说这话时，我没忘记往自己的脸上追加几个巴掌。孙南把信捡起来，用手抚平，递给我："留个纪念吧。"我抓过信，狠狠地撕了两把，忽地停住……也许我又错了，我不能一错再错了，信尽管有些模糊，但至少还能看得出是一封道歉信，这总比自己去跟别人说自己不是强奸犯有说服力。这么一想，我把碎纸片塞进了衣兜。第二天中午，我吃饭的时候故意留了一口。我把那口米饭捏成糨糊，然后再把撕碎的信粘贴在一张白纸上。

信比原来厚了、重了，我让每一个室友都看了一遍，并不厌其烦地告诉他们模糊得最严重的两个字是"没有"。他们说既然有了这封信，你还待在这里干什么？难道这里是酒席你非得吃饱吗？难道这里是女朋友舍不得离开吗？他们的话像鞭子抽着我的脊背，我打着手电筒给张闹写了一封信，希望她尽快来跟我详谈。第二天，我拿着张闹给我的信去找贾管教。贾管教看了半天,也没看出什么名堂,我就一个字一个字地给他填空,把那一团团墨迹全变成了字。贾管教说:"既然这样,我给你往上反映反映,如果情况属实,你就可以提前释放。"我把头弯到膝盖,给贾管教深深地鞠了一躬。

每天我都挑最干净的衣服穿上,生怕张闹突然袭击。但是张闹迟迟不来,我剩下的刑期从一百天减到了九十九天、九十八天、九十七天……她还是没来,好像一写完信她就吃了安眠药,也许是变卦了,或者我的信件丢失了?于是,我又给她写了两封信,每封信上都贴了两张邮票。时间一天天地递减,结果她还是没来,我想洗刷罪名的迫切心情慢慢地刹住,转而被另一个问题缠绕:"她为什么不来?既然信都写了,她为什么不来?难道是怕我真的强奸她吗?"不瞒你说,这个问题把我的脑袋弄大了,甚至是弄痛了,但是我不是一个没受过委屈的人,什么样的冤枉我没见过?比起当初她陷害我,现在的不守信用只不过是一根头发。我由期待变成了痛恨,见谁都骂一声:"婊子。"

小燕抬起头来,大声地问:"你这是骂谁呢?"

我吓了一跳,才看清墙壁上写着"坦白从宽,抗拒从严"的横幅,才发觉自己在接见室里,面前坐着的是陆小燕而不是张闹。

小燕抓起我的手臂不停地摇晃:"刚才你到底骂谁?"

"骂那个婊子。"

"哪个婊子?"

"除了那个陷害我的,还会有谁? 本来我都像一潭死水了,她偏要往里面扔石头? 律师你请了吗?"

"请了,他昨天还去找了张闹。"

"你能不能帮我去问问那个婊子,问她为什么不敢来见我?"

"算了吧,我不想见那个没心没肺的,就是跟她说话我都怕得传染病,万一我被她传染上了'没良心',你可就讨不到老婆了。"

"小燕,现在我没时间跟你练口才,你要是真关心我,就帮我去问问那个婊子。"

"一定要去问那个婊子才算是真关心你吗?"

"这关系到我的前途、名声,比爱情还重要一百倍。"

"原来,你的前途和名声比爱情还重要,这些年我算是白关心你了。"小燕忽然伤心起来,眼圈红红的,随时准备流泪。

"关了这么多年,我得弄个明白,不能让那婊子……"

对不起,我又说粗口话了,我不是故意要骂给你听,而是想把当时的真实感受说出来。当时我就是那样骂张闹的,因为我再也找不出更恶毒的字眼了。要是放到今天,也许我不会骂她"婊子",而是骂她"人渣"或什么别的,可当时"人渣"这个词都还没发明出来,所以我只能这样骂……离我刑满释放还剩下六十一天的时候,我突然接到了一个重要通知……哎,小姐,你怎么老是扭头看墙壁?是不是看钟呀?我一直帮你留意着时间,离到点还有十分钟呢。如果你没意见的话,我还想加两个钟。怎么样?没意见吧?我从来没碰上过像你这么认真的听众,缘分呀!来,麻烦你打个电话加两个钟。谢谢!

54

当我的刑期还剩下六十一天的时候,贾文平管教拿着一张红头文件来到装配车间,向我宣布:"曾广贤,你现在就可以走了。"我像被电了似的,呆在原处,捏着的扳手哐啷一声掉下去。贾文平把文件递过来:"这个你带上,它能证明你无罪。"我接过文件仔细地看了起来,上面简要地说明了我被张闹陷害的经过,法院对这个由当事人作假证引起的错判及时更正,准予我无罪释放,文件的右下角是一个又红又大的公章,公章的下面是年月日。那些跟着我发呆的犯人们忽地回过神,纷纷冲上来拥抱我,好像我刚踢进了球。我没有一点思想准备,就连激动的眼泪也没有准备。我让他们抱了,拍了,掐了,就木然地跟着贾文平走出车间,连行李都不愿意回监舍去拿。我们穿过操场,好几个车间的犯人都把脸贴到窗口上,用手拍打着窗户、门板和墙壁,齐声喊道:"曾广贤、曾广贤……"他们整齐的喊声把树上的麻雀都惊飞了,感动得贾文平走一步就揉一下眼睛。说真的,这么感人的场面,就是木头也会有知觉,但是我竟然没掉一滴眼泪,连手也没向他们招一招,现在回想起来都还觉得对不起他们,亏欠了他们。我不是一个没有感情的动物,只是因为我被这个突如其来的消息吓蒙了,吓傻了,仿佛是做梦,虚假得像是走在棉花上。

一辆吉普车停在杯山拖拉机厂的大门前,我低头从吉普车边走过去,忽然听到有人喊我,便回头看了一眼。门口除了执勤的战士,就是发白的阳光,连一只多余的蚂蚁都没有。是我的耳朵过于敏感,或者我太想听到有人喊我了?我踩着影子又往前走去,后面再次传来叫我的声音,这次我听得真真切切,是一个清脆的女声。我站住,慢慢地转过身。车门打开,从上面下来一个漂亮的女人。我说:"你……叫我?"

她说:"还有谁会叫你呀?"

我眯起眼睛。

她走过来:"怎么,不认识了?"

"张、张闹。"

"算你还有记性,走,上车吧。"

上车？我被关了十年，全都是她的功劳，不给她几耳刮子，不踹她几脚，不掐死她就算客气了，怎么还能上她的车？我像钉子把自己牢牢钉在地上，咬紧牙齿，捏紧拳头，直瞪瞪地看着她。公正地说她还是那么漂亮，美人尖依旧，笑眯眯的眼睛一点没变，尖鼻子，小嘴巴，皮肤又细又白，要不是怎么看怎么顺眼，我就送她一拳头了。

她说："我是专门来接你的。广贤，对不起了。"她这么一说，我的拳头就松了一点点。她又说："一直没来见你，是因为我忙着跑法院，找他们给你下文件，忙了一个多月，才把案件翻过来。"这么说，我能提前两个月释放，能拿到一份洗刷自己罪名的文件，还是她给跑出来的。我不仅拳头松了，牙齿也不咬了。她接着说："我都等你一个多小时啦，快上车吧。"这下，我连紧铆在地面的脚板也松弛了。我放松的整个过程就像拆机器，她说一句我就松一颗螺丝，最后我散得七零八落，没了主心骨，跟着她爬上吉普车。

司机还没等我坐稳，就启动车子，让我的脑袋在杠子上扎实地敲了几下。我盯住张闹的后脑勺、后脖子。她的脖子真是白，白得像剥了皮的凉薯，上面爬着一层细细的绒毛，香味就是从那里飘起来的。我抽了抽鼻子，想十年前为什么没强奸她？反正都得坐十年牢，当初还不如真把她强奸了。

"为什么现在才翻供？为什么不早点把我救出来？"

她一动不动，装作没听见。

吉普车拐上岔道，吱的一声停在河边。张闹说："你去洗一洗吧，衣服在你旁边的口袋里。"这时，我才发现后座上放着一个布口袋。本来我想抗拒她的命令，但是我的脸上、脖子上挂满了汗珠，衣服的后背也湿透了，全身都是馊味。张闹说："水很深，如果你不会游泳就别下去了。"我说："再深的水我都游过。"

我把布口袋放到岸边的竹子下，一头扎进河里，先剥去上衣，再剥去裤子，让水把旧衣服全部冲走，只剩下赤条条的身体。我从口袋里掏出香皂，由头部开始搓，一直搓到脚趾缝，每个毛孔都不放过。我搓去油渍，搓去汗垢，把全身搓得红彤彤的、火辣辣的，然后再潜入水里。我在水里把自己洗得干干净净，才又回到岸边，从口袋里掏出毛巾擦干身子，掏出裤衩穿上，掏出衬衣穿上，再掏出长裤穿上……没想到张闹这么细心，竟然在长裤上事先套了一根皮带，这不算，她还在布袋里准备了凉鞋、太阳帽、梳子、香水、小镜子，甚至还有一副墨镜。把这些穿上、戴上、洒上，我拿起镜子，从头部慢慢地往下照，没漏掉身上的任何部位。镜子里，我再也没有半点劳改犯的痕迹，倒像一个归国华侨。我把墨镜取下来，戴上去，再取下来，再戴上去，在镜子里反复对比，看哪种装扮更合适。最后我发现，凡是张闹准备的一样都不能少。我把小镜子和香水揣进衣兜,以为布口袋里再也没什么东西了,就提进来抖了抖,竟然掉出了一包香烟和一个打火机。她连这个都想到了,真是不简单。

我抽出一支烟来点上,用力地吸了一口,慢慢地吐出来。忽然传来张闹的催促:"曾广贤,可以走了吗?"当然可以走了,她就像掐着秒表喊的,一点也不耽搁时间。我从竹子下走出来,司机顿时傻了眼,满脸都是没见过我的表情。张闹招了招手:"快上来吧。"

55

张闹把我带到归江饭店,在靠窗的地方选了一张小桌,点了炒面、粉蒸肉和蛋花汤,全是我最爱吃的。我说:"你怎么知道我的口味?"

"你以为我容易吗? 这十年来,你就像块大石头一样一直压在我的心里。"

"那你为什么等我关了九年零十个月才翻供? 为什么不早点把石头搬开?"

"讲出来你别笑我。"

"到底怎么回事?"

"半年前,我看了一本健康杂志,才知道处女膜会自己破裂,特别像我这种练芭蕾舞的就更容易破裂……"

我的手紧紧抓住桌布，身子微微抖了起来："亏你是个女的，连自己的零部件都不懂。"

"可是……十年前，我真的一点都不懂。父母没告诉我，老师没告诉我，就是单位领导也没告诉我，我连基本的生理卫生知识都没有。九月三十号，也就是你被抓的第二天，国庆节的前一天，单位领导带我去医院化验。医生告诉我处女膜破了，当时，我吓得脸都白啦，以为只有做过见不得人的事才会破。我不知道怎么解释，就说是被你弄破的。你知道那时对这方面要求特别严，假若我找不到理由，就有可能做不成演员，甚至连工作都保不住。我还是个姑娘，我想要工作，也想要面子，所以……"

"所以你就做了假证。撕了裙子，让我过了十年蚂蚁一样的生活。"

她抹了一把眼角："我也是为了让他们相信才撕的。"

"你好毒呀！"我喊了一声，双手把桌布掀起来。

炒面挂在她的胸口，粉蒸肉贴住她的衣襟，蛋花汤淋湿她的裤子，碗碟碎了一地。她盯住我，胸口像发生了七点八级地震，嘴唇颤抖。我站起来，气冲冲地走了。

我上了一辆公交车。车上挤满人，除了汗臭就是狐臭，穿过人群，我站到最后一排。售票员挤到我面前："买票，买票。"我的脸唰地一热："对不起，我忘带钱了。"售票员说："没钱，你戴这两个黑圈圈干什么？拿钱来！"有人挤眉弄眼，有人发笑，好像我是飞碟或者小品。我假装在身上摸了起来，摸了衣兜摸裤兜，摸了前面摸后面，忽然手指在裤子的后兜碰到一团硬邦邦的。我掏出来，竟然是一沓钱，十元一张，一共十张。我的天！就是打破脑袋我也没想到张闹会在裤兜里准备钱。售票员把其中一张抽过去，找了一堆零钞："你都富得流油了，还想逃票。"

我没跟售票员一般见识，而是看着手里的钞票发呆。公交车到了铁马东路37号仓库的对面，我才收拢手指。当时，我感动得鼻子发酸，下了车就扭头往归江饭店走，想去跟张闹道歉，去擦干净她的衣裤，捡起那些碎碟破碗。但是，我走了几百米之后，忽然停住。难道一百块钱就把我十年的冤枉打发了？我是不是太容易骗了？我都被骗了十年，从今天起谁也别想骗我了。我的心肠一截一截地硬起来，一直硬到喉咙。

回到仓库门口，一个中年男人抱着纸箱从大门慌张地出来，一头撞到我的身上，纸箱里的办公用品接二连三地撒落。他连连说了几声"对不起"，就蹲下去捡。我叫了一声："赵……"

"别再叫我赵主任了，我已经调到古巴服装厂去做保安了，今后有什么事就找新来的梁主任。其实当不当主任没关系，我根本不在乎。当主任是革命工作，难道当保安就不是革命工作吗？只是岗位不同，贡献却是一样的。你们年轻人，一定要明白这个道理……"说话的时候，赵万年始终没有抬头，只是不停地捡着散落的笔记本、台历、铅笔、稿纸和一摞旧书。

我取下墨镜："赵叔叔，我是广贤。"

赵万年慢慢地站起来，把我从头到脚打量了一遍，然后紧紧地久久地握住我的手："你这小子，总算熬到头了。但是，你为什么现在才出来？为什么不早两个月出来？要是早两个月出来，你赵叔叔还有权有势，怎么说也会给你安排个秘书做做，可惜你没这个福气啦！"

能怪谁呢？要是那本健康杂志提前两期刊登关于处女膜的文章，也许张闹就会提前翻供，我就会早两个月出来，就有可能被赵万年安排一份工作，不要说做秘书，哪怕做个收发或者出纳，哪怕再回动物园去做饲养员。其实，我在关进去第三年就听侯志说那玩意自己会破，早知道张闹是因为那破玩意说不清楚才害我，我就该写封信告诉她那玩意不是铁，不是钢，而是一层薄纸。多少年呀，我有编十本《生理卫生知识》的时间，却没抽出半分钟给她写哪怕几个字，连想都没想过。如果当时我写信告诉她这个知识，没准我在第三年就可以出来。

我几乎是重温着赵万年的讲话爬上仓库侧面的楼梯的，好几次脚都没踩对地方，险些跌倒。我爬到阁楼的阳台，门板上挂着一把新锁，我用手拉了拉，没拉开，就退后几步，照着门板踹了一脚。门开了，我走进去。床铺得整整齐齐，楼板擦得干干净净，木箱上，放着一面镜子，镜子的背面夹着两张照片，一张是我的，一张是陆小燕的。我用手摸了一把木箱，上面没有一点灰尘。我打开箱子，里面是叠得工工整整的衣物，那都是我从前穿过的。我拿起其中一件，捂到脸上，深深地吸了一口。这口气，让我倒回去十年，我闻到了从前的味道。我把张闹买的新衣服全部脱掉，穿上木箱里的旧衣服，一边扣纽扣一边跑出门。由于衣服上的线够年头，已经腐朽了，一颗纽扣从手中脱落，跌到阳台上，朝楼梯口喊喊喳喳地滚下去。

56

天黑了，我才赶到小燕的单身宿舍。她坐在一只大木盆前搓衣服，满手都是肥皂泡。我站到门口，叫了一声"小燕"。她吓得一屁股坐到地板上："你……你怎么出来了？"

我关上门，她一头扑过来，两人紧紧抱住，抱得几乎都喘不了气。我捏她的手，她咬我的嘴，我们一起倒在床上，滚过来滚过去，就像是一台压床机。不瞒你说，这是我第一次亲嘴，她的嘴巴湿湿的，甜甜的，比当时的白糖水好吃，比现在的饮料好喝。这是我盼了五年的拥抱，是双方都用手做了大量铺垫的拥抱,换谁,谁都会不管三七二十一往下整,哪怕再坐十年牢。但是,我没敢往下整,尽管她的手不停地引导我,尽管她已经扯掉了我上衣的全部纽扣,但是,我立即就把衬衣合上了,连她挺过来的胸口都没敢捏,好像不是刚从牢里放出来的。我们只是紧紧地抱着,吃着对方的口水,喘相似的粗气,在观望,在等待,在比赛做正人君子,好像要出事了,却什么事也没发生。你别用怪怪的眼神看我,以为我说的是假话,小姐,那时可不像现在看见脖子就想起大腿,只要拥抱就脱衣服。我向你保证,干吗要向你保证?我向毛主席保证,当时我真的没动她一根毫毛,难道我在这方面吃的亏还小吗? 走出杯山拖拉机厂大门的时候,我跟自己发过毒誓,就是在男女关系上别再犯幼稚病,别又栽在身体上!

不知抱了多久,她忽然推开我:"你怎么提前出来了?"

"张闹翻供了。"

"翻供了? 那李律师怎么说这个案件翻不了?"

"那个姓李的肯定是骗子,文件我都拿到了。"

"快,快把文件拿给我看看。"

我伸手一摸衣兜,飞快地坐起来,身体忽然就僵住。我说糟了,那份文件被水冲走了。她说不会吧,我帮你找找。她把我的衣兜全部翻过来,除了张闹给的钱,每个口袋都是空的。她说:"这么重要的东西,怎么随便就让水冲走了?"

"在河里扔衣服的时候,我忘了衣兜里的文件。那可是我从拖拉机厂带出来的唯一物品,只有它才能证明我的清白。"

"你这个马大哈,成心想做一辈子流氓呀!"

我急了,马上要去找文件。她问我去哪里找,我说张闹一定有办法。

"曾广贤,亏你想得出来!那个姓张的害你还不够惨吗?哪怕去求笼子里的动物也轮不到求她呀。"

"她已经向我认错了。"

"认错?她干吗不早一点认错?干吗要等到你快出来的时候才认错?不就是怕你报复吗?"

"小燕,她没你想的那么坏。假如她不去翻供,我的头上还得戴着一顶强奸犯的帽子。但是她去翻供以后,性质就不一样了,我就不是强奸犯了。要是她使坏,完全可以装糊涂,假装不认识我,完全可以不理这档子事。"

"哟哟哟,你才出来多久呀?不到半天,就把她夸得像个先进工作者,那你找她去吧!"小燕拉开门,把我推出来,弄得门都有了生气的模样。

当时,我一点也不了解女人,不知道她的心思和动作是相反的,不知道生气也是一种考验,不知道她关上门之后还贴在门板上听动静,不知道她是多么盼望我把门推开,再回到她的怀抱。我以为她真的生气了,就把准备敲门的手放下来,转身走了。一路上,我都在想那份文件,也许下水之前,我已经把它放到了张闹准备的布袋里;也许在上岸以后,我已经把它塞进了衣兜。这么重要的东西,我盼了整整十年的东西,不可能随随便便就丢了,好像出厂门的时候,我的手还在衣兜碰到过它,还紧紧按了几下。

　　回到小阁楼,我把张闹买的新衣新裤翻了一遍,没有找到文件,就把它们砸到楼板上,踩了几下,踢了几脚,觉得今天整个就做错了,根本就不应该上张闹的吉普车,不应该到河边去洗澡,而是直接回到这里,把那份文件让赵万年看看,让小燕看看,让他们都为我高兴高兴。假如不跟张闹耽搁,我甚至有时间找一个装潢店,把那份文件镶到镜框里,挂到阁楼顶,就是睡觉了也要看着它。

57

　　仅两天时间,阁楼里就落满了烟头,铺满了烟灰。我搬过一张椅子,坐在当年偷看张闹跳舞的那个小窗前,一边抽烟一边思考前途,不时往楼下瞥一眼,就像一个失业的厨师在偷偷学艺。我不知道你突然失去工作之后是什么样的心情? 是不是感到慌,感到空,感到惭愧,心是不是像树上的苹果那样悬着？刚出来的时候，我就是这种状况。你想想，我在拖拉机厂一天要拧多少颗螺丝，要装多少个变速箱？不错，那时天天都喊累，可是一出来，手没地方放了，腰也不用弯了，反而像个残废，手痒得就想抽烟，眼痒得直往楼下看。一个没有工作的人能够看别人工作，也算是一种安慰吧。

我说过，小阁楼在仓库的后部，就是放电影的位置，直接面对舞台。从这个角度看下去，一堵隔墙正好从中间划过，左右各隔出五间办公室。我把办公室从舞台那边排过来，左边叫一二三四五，右边叫六七八九十，靠近舞台的一、二、六、七是单间，里面分别坐着一女三男，其余的办公室或三人或四人不等，有的看报纸，有的看文件，有的写字，有的接电话，有的敲打字机，有的盖公章，有的打算盘……一室那个胖女人估计就是赵万年说的梁主任了，她只要从茶杯里喝不到水，就故意咳两声，把杯子重重地敲在桌上。二室的年轻男子一听到声音，迅速地站起来，快步走进一室，给茶杯里添水。六室那个秃顶的男人头上像戴着个句号，一天要绕好几次弯，走进十室去拍那个女打字员的肩膀，摸她的头发，捏她的胸口，但是只要有人从门外走过，他们就立即分开，装得比我和小燕还像正人君子。说真的，看着他们相互摸弄，我的身体就有反应，竟然比拥抱小燕时还要强烈，甚至忍不住搓自己的下身，直搓到爽快为止。

每天下楼到大排档吃饭的时候，我都要弯进省文化大院去找张闹，第三天下午才碰上她。她还住在原来的地方，宿舍楼的外墙已经粉刷一新，走廊的栏杆上摆了一长串花盆，花盆里的花都开了。当时，她正把脚跷在栏杆上练习压腿，看见我走近时，脸上的表情突然暂停。我说别害怕，我不会强奸你。她把脚放下来，说哪里哪里，请都请不来。我说你能帮我再弄一份平反的文件吗？她说行啊，你别老站着，进去喝杯水吧。

她走进房间。我本来已经转身了，就要开步走了，但是目光却多余地跟了进去，里面已经铺了木地板，墙上贴了纸，家具全都是红木的，梳妆台搁在窗口边。这时，如果我收回目光，也还来得及，但是我的目光偏偏没有收回，它向左移过去。窗口装了茶色玻璃，上面挂了两层窗帘：一层粉红，一层墨绿。一看见窗口，我的脚就发痒，忍不住走进去。我扑到窗台往下看，窗下是一块草地，地面离窗口也就三米多高。

"为什么不从这里跳下去？如果当时我从这里跳下去，也就没什么强奸案了。我真傻，为什么不从这里跳下去？"说着，我真的爬上了窗口，准备往下跳。

她把我扯下来："如果你有这么聪明，那我也不至于遭受那么多白眼。知道吗？天底下受委屈的不光是你曾广贤。这事爆发后,你知道我过的是什么日子吗? 他们对我吐口水,骂我烂货,说苍蝇不叮无缝的蛋,甚至有人在我的门板上写粉笔字。你猜他们写什么? 他们写 …… 就是现在我都说不出口。"

"都是谁干的? 写了些什么?"

"他们把我的门板当厕所,写骚货,写我操你,写今晚你给我留门,写你等着,写人在人上 …… 凡是你在厕所里看到的,他们全写到我的门板上。我每天回家的第一件事就是用水擦门板,一边擦一边哭 …… 这还不算是最大的打击,最大的打击是他们不让我演吴琼花,不让我跳芭蕾舞,我只能跟着宣传队拉幕、扫地、化妆 …… 我的凌空跃,我的点转,我的双飞燕,全都派不上用场,脚实在是痒了,就关上房门自己跳一段。看过我演戏的好心人在菜市场碰上我,都说张闹呀张闹,你连买菜都像走芭蕾步。你说这还让人活不活? 有一次我连安眠药都准备充足了,可是我不争气,临吃药时手突然发抖,药片全部撒在地板上。假如我知道要受这么大的委屈,当时我根本就不会喊救命,哪怕是让你强奸了,也比受他们污辱好一万倍。你只管你的名声,但是谁又管我的名声了? 那时我就像一口粪坑,谁从身边走过都要捂鼻子,没有人敢跟我来往,没有人敢跟我谈恋爱,直到现在我都嫁不出去 …… 这些委屈我张闹跟谁说过? 谁又能相信我? 如果说我陷害你不对，那么当初你为什么要爬进来？你想没想过？是你先爬进来，才有我后来的陷害，你当初就不应该爬进来！"

张闹说得泪水滂沱。我的膝盖像雨水泡软的稻草一样跪了下去，眼泪再也止不住。她越哭越伤心，越哭越大声，哭得两边肩膀都抽搐了。我跟着流泪，把脑门一次次撞到木地板上，直撞得地板上一片鲜红。她跪下来，按住我出血的地方："别这样，广贤，别这样。"

"可惜……我、我配不上你。"

"广贤，我俩是天下乌鸦一般黑，大哥莫说二哥。早知道会这样，当时我就不应该喊救命……"

58

傍晚，我脑门上顶着一块纱布回到阁楼。正在给我擦楼板的小燕直起腰来："你到哪里去了？我都等你老半天了。"我坐在床上，点了一支烟。她忽然惊叫："你的脑门怎么了？是不是跟别人打架了？"我没吭声，嘴里不停地制造烟团。她摸着我的脑门："伤口深吗？还疼不？"问的时候，她的脸就悬在我的鼻子前，上面挂满了汗珠，连下巴和脖子都是湿的。我拉起衣袖，帮她擦了一把汗。她拿起床头的一张信笺："看看这是什么？"信笺的右下角盖着又圆又大的公章，我以为是那张平反文件，但仔细一看，才发现是她在动物园开的结婚介绍信。

"都五年了,我都等不及了。"她坐在床上,抓起我的手指,像在杯山接见室里那样捏弄起来。

"小燕,你怕我欺负你吗?"

"除非你的良心被狗吃了。"

"早知道会有今天,当初就不应该去爬她的房间,你说,我干吗要去爬张闹的房间呢?"

"好色呗,想强奸她呗。"

"这么说,你也同意是我错了。在杯山的时候,我恨不得脱她的衣服,拔她的牙齿,扇她一千个巴掌,恨不得吐她一身唾沫,但是,到今天我才明白……是我先对不起她。"

小燕忽然站起来:"曾广贤,你怎么一出来就不停地给那个骚货发奖状?真是好了伤疤忘了痛!"

"她不是骚货,是因为我她才背上这个黑锅的,今后你能不能不这样骂她?其实,她也挺不容易,如果当初我这瓢大粪不泼到她身上,她也就不会被人当成有缝的蛋,不会被单位当破鞋……她就能继续演吴琼花,说不定能演成一个名人,能嫁个当官的,哪会像现在连嫁都嫁不出去。"

"那她还可以嫁给劳改犯嘛。"

"如果心里不是装着你的好,我就把欠她的还了。"

她撇撇嘴："赶快到医院去打退烧针吧，姓曾的，别把自己弄得像个救世主，你以为你是日本演员三浦友和，想跟谁结就跟谁结呀。除了我这个傻大妹愿意嫁给你，恐怕没第二个了。我就不相信张闹会看上个既没工作又没身份的。"

"看不看得上是她的事，还不还债是我的事。"

"别自作多情了，曾广贤，要是张闹舍得嫁给你，我陆小燕就给你买一张婚床。"

"难道……我在你眼里就那么便宜吗？除了你陆小燕我真的就讨不到老婆了吗？"

"那你就去试一试吧，试了才知道自己有多贱。我是同情你，你还当崇拜了，真是的。"她捡起介绍信，摔到我脸上，噔噔噔地走出去。

我拉住她："何必呢？刚才说的都是气话，明天我就去开介绍信。"

她挣脱我："你去跟那个姓张的结婚吧，反正我不想结了。"

"小燕，你会后悔的。"

"我从来就不知道什么叫后悔。"

没想到小燕真的走了，我都给她台阶了，她连头都不回一回。我把屁股重重地搁在楼板上，回忆刚才跟小燕争吵的每一句话，全身忽然就冰凉起来，仿佛打摆子。公正地讲，小燕的每句话都是正确答案，都可以加十分。在小燕的这几盆冷水泼出来之前，我从来没想过我是谁？以为自己受多少冤枉就可以喊多高价钱，就像是那些吃过苦头的革命家、科学家或者艺术家，但是经她这么一提醒，才知道我只不过是一个犯过强奸的、坐过牢的、没有工作的废物，和什么家根本扯不到一块，不信你用受委屈的人减去成功的人，看看得出来的数字会有多大，怪不得成功的人少，受委屈的人多，要是小燕不提醒，我还真把自己当人物了。

不过，为了面子，我还是管住了自己的双脚，没有马上去找小燕。失眠了一整夜，我再也控制不住，第二天一大早就赶到小燕的宿舍门前。我举起手，想拍她的门，但是我就像我爸那样放不下架子，突然把手收了回来。这一次没拍门，让我后悔了一辈子，当时哪会想到我的手拍下去就是OK，收回来就是NO，只是到了今天，生活把自己煎成老油条了，才懂得人的运气有时就在拍与不拍之间。你可能想不到，我在把手放下来的那一瞬间竟然正儿八经地想到了爱情。我从来就不想爱情，那一刻竟然发了神经病，要正儿八经地想爱情！小燕跟我有爱情吗？她既然这么看扁我，那她到底爱我什么？难道她像小池那样，仅仅是爱我的卷发吗？她是因为失恋了需要找一个听众，才到杯山去看我的。她爱我的理由是因为我不会嫌弃她身上动物的气味。天哪！这与我在电影和小说里看到的爱情差得天远地远，不想不知道，一想吓一跳。看了一眼那扇紧闭的、刷了绿油漆的门板，我咬咬牙转身走了。小姐，我告诉你，爱情这东西经不起思考，你也千万别去思考，只要你一思考世界上就没有爱情。这是我几十年总结出来的不成熟的人生经验，把它卖给你，免得今后你也犯我这样的狂犬病，不，是幼稚病。

59

周末的上午，我发现小燕在门框上留了一张纸条：你爸叫你今天到他那里吃晚饭。

从杯山出来之后，我一直没去见我爸，主要是怕他生气。据小燕说他一生气就会犯心脏病，医生像下红头文件那样要求全体家属配合治疗，不准刺激他，说白了就是尽量让他心情愉快，绝对不能给他添堵。他的全体家属其实也就我一个人，而我偏偏又是个容易给他添堵的角色，所以我暗自打算在没找到工作之前，先别去惹他。现在他的帖子来了，我却两手空空，兜里没有半点能让他高兴的事，这就像赴婚宴的人没钱送彩礼。

我首先想到了那张平反文件，于是急忙赶到东方路找张闹。她在东方路开了一家瓷砖店，专门倒卖各种瓷砖，也包括瓷做的马桶、洗脸盆，凡是装修房子时需要的各种瓷制品，她这里基本上都能提供。我到达的时候，她正在跟一个中年男人讲价。她说，哎呀，老板，能不能每块砖再提高两分钱？我就靠这两分钱吃饭了，亏你还是个大男人，这点钱也跟我打小算盘，算了，就这么定了，明天你来提货吧。那个男的说我把整栋楼的瓷砖买下来，你也赚了不少呀。张闹说放心，我不会亏待你，等到你把款打过来，我请你吃碗米粉，现在生活好了，想吃一碗米粉就吃一碗米粉了。那个男的问一碗米粉多少钱。张闹说三毛呀。那个男的说你赚那么多，就请我吃碗三毛钱的米粉呀。张闹露出无比惊讶的表情，说那你还想怎么样。

等顾客走了，她说："没办法，自从宣传队改成文工团之后，团里就没什么演出了，我得开个店来补贴生活，要不然连件好衣服都买不起。"

我帮她上了一车瓷砖，就坐在门口抽烟。她把我叫进里面的办公室，拉开抽屉，拿出一个信封递给我。我抽出里面的纸，正是我想要的那份文件。我说了声"谢谢"，坐在她的对面。她拿出一个账本，低头按着计算器，每按一下，计算器就发出一声"嘀"。计算器"嘀嘀"地响着，几绺头发从她的额头垂挂下来，挡住了眼睛，她不时用手撩一下。我盯着她，叫了一声"张闹"。她抬起头。我说没什么，你算吧。她又低头算了起来，头发仍旧垂挂着。我抽了两支烟,又叫了一声"张闹"。她再次抬起头问:"什么事?"我摇摇头,说没什么,你算吧。她算得真慢,按一阵计算器,又在账本上写一阵,来来回回倒腾。我看了看墙壁上的挂钟,时间不多了,就再叫了一声她的名字。

她看着我:"你怎么变成结巴了?"

"没、没什么,你算账吧。"

她把计算器一推:"算什么鬼呀,你不说清楚我就不算了。"

"那就不打扰你了。"我站起来,想走。

她一把拉住我:"你是不是想借钱呀?"

我摇摇头。她说那你到底想干什么?我憋了好久,憋得脸红脖子粗,才把我的意思一个字、一个字地说出来。她说这又不是强奸又不是抢劫,你的脸怎么红得像个西红柿?我说我从来没骗过人,这是第一次,没别的意思,只是想逗我爸高兴高兴。她叫我赶快到对面的店里把那句话打印出来。

不到五分钟,我就在对面把那句话打印出来。回到瓷砖店,她在那句话的右下角盖上了"东方建筑材料公司"的公章。这样我的兜里就揣上了两份文件,腰杆顿时挺了起来,脸上有几分得意之色。但是,她立即打击我,说我身上的衣服和新打印的文件不吻合,就用摩托车把我带到百货大楼,为我买了当时最贵的衬衣、西裤、皮鞋和领带,还让我到她的房间里去换新装。我说又不是去骗女孩，穿这么好干什么？她说这是为了让别人看得起我。

我这是第一次打领带，怎么打都像个疙瘩。张闹站在我面前手把手地教我。坦白从宽，抗拒从严，当时我对她有了强烈的冲动，想伸手抱她，想把她放倒在床上……这么多年来，我对任何女人，包括小燕、小池，都没有过这么厉害的冲动，冲动得胸口都快爆炸了，好像一下就回到了十年前的那个夜晚。我忽然转过身，喘了几口气。她说："领带还没系好呢。"我说："我自己系吧。"我一边系一边想，为什么在张闹面前身体的反应那么强烈？强烈到自己不好意思，甚至想再做一次强奸犯，难道十年的监狱生活还不够教训深刻吗？也许是她太漂亮了，漂亮到你没法抗拒；也许是十年前那个念头扎得太深，以至于有一丁点机会，它就像水那样咕咚咕咚地冒出来。

60

傍晚，我来到无线电三厂。我爸还住在平房里，他和赵山河弄了满满一桌菜。进门的时候，我叫了一声"爸"。他没有答应，只是用目光跟我擦了一下。我说："赵阿姨，没想到你也在这里？"赵山河说："昨天，你爸打电话给我，说是有贵客，请我过来帮他做菜。我问他贵客是谁？他就让我猜,一直猜到下午,我才知道你是正确答案。"

赵山河这么一说,我就知道我爸对这餐饭有多重视,但是他放不下架子,脸始终板着,只要我一看他,他就把目光移开。我掏出那份平反文件递给他,他看着,脸比刚才黑了一倍,手微微颤抖。"长风,你别激动。"赵山河把文件抓过来,扫一遍,"好啊,总算还你们曾家一个清白了。这文件要多复印几份,让那些翘鼻子的人仔细看看,当初我就不相信广贤会做那种事,果然被人陷害了。广贤呀,今后你离那种人远点,我妈就说过,最毒不过妇人心。"

"妈个×的!"我爸忽然骂了一句。从他的表情分析,这句话可能是骂张闹,也可能是骂天老爷,或者骂全人类,反正不会是骂我。赵山河给我送了一个眼色。我夹起一坨豆腐放到我爸的碗里:"爸,这事不能全怪别人,我也有错误……"赵山河踩了我一脚,我立即把舌头缩回去。她一会递眼色一会儿又踩脚,弄得我都轻易不敢开口了。

赵山河摸了摸我的领带:"这玩意我小时候见过,那时你爷爷,还有你爸一出门就捆这个,解放一来就绝种了,现在又时兴了,真是一时一个样,变得我们都跟不上了。"

"没办法,工作需要,其实勒着它就像吊颈,一点都不舒服。"

"哟,你爸前几天还在为你的工作求庞厂长,没想到你已经找到了。"

我掏出另一份文件拍到桌上。

"兹任命曾广贤同志为东方建筑材料公司采购员,哇!长风,你儿子出息喽。"赵山河把文件递给我爸。

我爸看着,板住的脸渐渐松弛,甚至出现了微笑的迹象,但是那迹象还没有完全舒展就散了。

赵山河问:"广贤,菜好吃吗?"

"好吃,十年都没吃到这么好吃的了。"

"好吃就多吃点。今天的菜全都是你爸定的,你注意了吗?所有的菜都放了心,他是想告诉你做人不能没心。"

我吓了一跳,咬在嘴里的苦瓜差点吐了出来。这时,我才留意桌上的菜真的都有心,豆腐里包了韭菜,苦瓜筒里塞了瘦肉,茄子中间夹了肉末,鱼肚里填满了青椒和西红柿。

"你在杯山这些年,小燕可没少照顾你爸。是谁给你爸送鸡汤?是谁给你爸补衣服?是谁给你爸修门锁?是小燕,知道吗?你们都是少爷脾气,连个螺丝钉都不会扭,家里缺不得小燕这样的媳妇。"

"谁说我不会拧螺丝钉了?我在拖拉机厂干的就是这个。"

"那也不能因为会扭螺丝钉了就甩掉人家,打上领带了就不穿旧衣服。你看看你爸穿的什么?不是他没衣服穿,而是要告诉你不能忘记帮他打补丁的人。"

"我哪敢甩她,是她自己说现在不想结婚了。"

赵山河说:"谁叫你跟那个破鞋混在一起?难道你嫌她害你还不够惨吗?"

"赵阿姨,你最好去调查一下,别乱下结论,动不动就叫人家破鞋。其实,人家的作风蛮正派的,当初不是因为我,她怎么会落得这么个臭名声?人家也有委屈……"

"这个我不跟你理论,但是赵阿姨劝你一句,如果你要讨老婆过日子的话,就得找小燕这样的人,漂亮的靠不住。既然今天她能把你从小燕这里偷走,那明天她就可以去偷别人,知道吗?偷多了,就会成惯偷。到那时,你想后悔都来不及。"

我爸忽然咳了几声。赵山河吐了一下舌头,赶紧捂住嘴巴。屋子里突然安静了,我们都低头吃着,嚼食声特别夸张。忽然传来"吱"的一响,好像是谁把单车停在了门口。赵山河的脸顿时惨白:"广贤,不好了,谁把我们家的单车骑来了。"

我真佩服,赵山河的耳朵比雷达还厉害,竟然一听刹车声就知道是她家的单车。

61

骑单车来的不是别人,而是赵山河的丈夫老董。老董就是那个火车司机,当年他把赵山河从仓库接走的时候可气派啦,开了一辆大货车,车厢插满红旗,车头装了高音喇叭,一路走一路唱,硬是把接亲搞成了一场政治运动。

"跟我说加班、加班,怎么加到这里来了?你这个破鞋!"我先听到老董的质问,接着就看见他挽起衣袖冲进来,一把抓住赵山河的手臂,强行往外拉。赵山河的膝盖顶了一下餐桌,弄得桌上七碟翻了三碟,汤汁横流。

我爸说:"董师傅,你能不能文明一点?山河已经十年没见广贤了,今天特地过来看看,你犯得着武斗吗?"

老董呸了一声:"你儿子还没出来的时候,她不也天天过来吗?她来看什么?看你的小弟弟呀?"

"你……"我爸吼了一声,双手捂住胸口,看样子心脏病马上就要发作了。我赶紧拍他的后背。我爸抹着胸口,慢慢地顺气。

老董把赵山河拉到门边。赵山河双脚蹬在门槛上,跟老董搞拔河比赛。他们拔了一阵,老董突然松手,赵山河仰面倒下。我爸跳起来,跑了几步,以迅雷不及掩耳之势扶起了赵山河。那几秒钟,我爸的身体比电影里吊钢丝的武打演员还要敏捷,哪像是一个年过五十、心脏不佳的人。赵山河拍打着身上的灰尘,冲着门外骂:"你这个鬼打的,再敢碰老娘一个指头,老娘就跟你离婚。"

老董冲进来,想再擒住赵山河,我一把抱住他。老董一会拐我的左臂,一会儿又拐我的右臂,一会抬脚踢我,一会拿头撞我,但是他毕竟岁数大了,不到五分钟,力气就垮下去,气息也慢慢粗起来。我把他按到椅子上:"董叔叔,有话好好说,别动武行不行?"

门口围了一圈人,赵山河把门嘭地关上。老董瞪了我一眼:"有什么好说的? 你不都看见了吗,这贱货她不想回去,想做你的后妈。"

赵山河捞起衣服,露出腹部乌紫的伤痕:"广贤,你帮我看看,我能回去吗? 自从我嫁给他以后,没过过一天好日子。他自己的种子不行,就踢我、打我,赖我的土地不长庄稼。我们赵家的土地是不长庄稼的土地吗? 不是吹,随便丢颗种子就能长出参天大树。这不是我说的,是妇科的梅医生说的。要不是给他面子,我早就换人了。"

"你还好意思说,别人不知道广贤还不知道呀,当初在仓库的时候你们都不干净了,后来不是因为社会环境好,你哪会闲着。这不,风气一变,环境一松,你就开始偷吃了。"

"你又喷粪了,我要是偷,早帮广贤偷出个弟弟来了。"

我偷眼看我爸,他的脸上像涂了红墨水。他发现我看他,就拉开门低着头走了出去。

老董说:"没偷? 没偷干吗隔三岔五来找他? 难道家里的板凳长钉子了吗?"

赵山河说:"我总得找个人说话吧? 我要是不找个人说话,还不憋死呀。"

他们越吵越大声,越吵越具体,甚至庸俗。我转身想溜,赵山河拉住我:"广贤,你别走,今天我就要跟他来个了断。我要跟他离婚。"

老董说:"广贤,你都听见了,是她说要离的,今后可别赖我歧视妇女。"

赵山河拉开我爸的书桌,只拉了一下,就准确地找到了纸和笔,要老董写"同意离婚"。老董接过笔刷刷地写了起来,然后把字条交给我:"谁要是不离谁就是王八。你赵山河早这么爽快,不是已经有人叫我爸爸了吗。"

赵山河说:"要不是领导做思想工作,有社会压力,我早就跟你离了。告诉你,自从跟你结婚的那晚起我就想离了。"

"那也不能只让我写同意离婚,你也得写一个。"

赵山河刷刷地写了一阵,把字条递给老董。老董从椅子上站起来,竟然说了声"拜拜"。赵山河后来告诉我,那是他在火车上学的,一个司机嘛,再不学几句外语就赶不上时代了。老董说"拜拜"的时候,我就想笑了,但是这么严肃的场合谁敢笑呀? 我只好咬紧嘴唇忍住。等老董一走,我的笑声又想跑出来,不过,看看赵山河的胸口还在剧烈起伏,只好又咬紧了嘴唇。

我干吗想笑呢？因为这个事情完全弄颠倒了。一开始，我爸和赵山河就模仿特级教师莫曾南，企图用放心的菜和打补丁的衣服来启发我，想不到效果还没产生，他们就变成了该教育的对象。赵山河说张闹是破鞋，没过几分钟，老董却骂她破鞋；赵山河说张闹会变成惯偷，老董却骂她和我爸是惯偷，这不就像自己咬自己的舌头吗？当时，我怕笑出声来会让赵山河难堪，便赶紧溜了。溜出厂门口，我抬头笑了几声，奇怪的是，这时候我竟然一点也不觉得可笑了，反而替他们悲伤。我打了一下嘴巴，骂自己没有同情心，他们都狼狈成那个样子了，我竟然还想笑，难道我是狼外婆喂大的吗？

62

我很后悔制造了那份做采购员的假文件，后悔没把它带走。第二天晚上，小燕到我爸那里去了解我的态度，假文件不幸落到她手里。

一天下午，她喂饱了鸽子、斑鸠、孔雀、八哥等等鸟类，就跟单位请了半天假，专程到东方瓷砖店，跟张闹打听一个名叫曾广贤的人是不是在这里工作？她自作聪明，以为张闹不认识她，其实张闹只瞥一眼，就把她给认出来了。张闹说："你来晚了，曾广贤今早到广东采购去了。"

她说了一声"谢谢",转身出了店门。

等小燕一走,张闹就骑上摩托车,朝铁马东路37号仓库赶来。当时,小燕也在往我这里赶,只不过小燕坐的是公交车,张闹坐的是摩托车,所以小燕比张闹慢了十几分钟。张闹跑上楼梯,说:"广贤,你爸派人到我那里找你,我骗他们说你出差了,如果不想让他们知道你是骗子就回避一下,他们马上就到啦。"

我赶快钻出阁楼,锁上门,跟着张闹跑下楼梯。我坐上张闹的摩托车,拐上铁马东路,正好看见小燕从公交车上下来,当时我被张闹说的"他们"给弄晕了,以为接着下车的就是我爸,所以把头扭开了。

张闹在东方路的劳动大厦订了一间房,交代我三天之后再回去,这样我爸才不至于犯心脏病。这是一间不足十平方米的双人房,摆了两张一米二宽两米长的木床,上面铺了凉席,凉席上是枕头和毛巾被,屋子虽小,却收拾得干净利索。张闹跟我面对面地坐着,膝盖的距离不超过五厘米,近得我鼻子里全是她的气味。书上说辽阔的草原能培养人宽广的胸怀,为什么不说狭窄的房间让人产生邪念?我看着张闹黑白分明的眼睛,嫩葱一样的小脸,伸过来的胸口,忽然就同情她的表弟赵敬东。一个人要长期抵抗这样的诱惑,没坐过牢是绝对不可能的,哪怕像我这样已经坐过牢了,也还不止一百次地想扑过去。但是,我暗暗捏紧拳头,让指甲抠进手掌,提醒自己别再犯同样的错误。一个人犯错误并不可怕,可怕的是犯同样的错误。

聊了一会,张闹双手捂住腹部,眉头忽然皱了起来。我说:"生病了吗?"

"每个月总要痛这么一次。"

"要不要去医院?"

"不用,痛一阵就好,咬咬牙能挺过去。"

我倒了一杯水给她。她喝了几口,额头上冒出层层细汗。我把湿毛巾递给她。她擦了几把,倒到床上呻吟。我问:"你犯的是什么病呀?"

"痛经呗。"

"那干吗不去治疗?"

"治这病还不容易呀,找个男的结婚就不痛了。"

"那你干吗不结婚?"

"没人要呗。"

我搓着双手:"怎么可能? 怎么可能? 你这么漂亮怎么会没人要? 这不是开国际玩笑吗?"

"连你都不要我,谁敢要呀?"

"这更不可能,你别逗我开心。小燕说过,你不可能看上一个劳改犯。"

"你的嘴上整天挂着小燕,你到底是要我还是要她呀?"

我加大搓手的力度,手心搓热了,出汗了,却不知道怎么回答,好像答案能从手掌上搓出来。趁我找答案的时候,她闭上了眼睛。我这个傻瓜竟然不知道她是暗示我吻她,还以为她太痛了才把眼睛闭上。不一会,她发出均匀的呼吸,睡着了。我坐在对面,仔细地看她,从她的美人尖看到她的脚指头,每个地方都没放过。直说吧,我的目光更多地停在她的胸口。她衬衣的第二颗纽扣已经撑开,露出山坡一样的白,不仅白而且近,近得一伸手就可以把它捉拿。说真的,当时我只要有十年前的念头和胆量,保准把她办了。但是,我不想再伤害她,不想乘人之危,不想下流,不想再坐牢,所以眼巴巴地看着她睡了一个多小时。当她睁开眼睛的时候,我问她还痛吗,她摇摇头,慢慢地坐起来,从容地把第二颗纽扣扣上,问我她睡了多久,我说一小时零三分。她用手指头在我的脑门上点了一下:"你这个笨蛋!"

第二天她换了一条裙子。吃过午饭,她陪我来到房间,仰面倒在床上:"广贤,过来吧。"

我摇摇头:"你别让我再犯错误,别让我再对不起你。"

"这是我自愿的,就算把十年来欠下的还给你。"

我的鼻子一酸,泪水几乎要涌出来:"为什么要等到现在?为什么不是十年前?我已经犯了一次错误,现在不敢再犯了。而且,小燕跟我那么多年……"

她坐起来:"小燕长得那么丑,怎么配得上你。"

"小燕她比谁都善良。她去杯山看我,给我送衣服,送鞋子,送香皂,跟我捏手,照顾我爸,虽然我们还没有结婚,但是我却像使唤老婆一样使唤她,叫她送逃跑的工具,让她去给李大炮找小云……为了我,她没少挨小云的骂,没少挨同事们耻笑。知道你喜欢我,当初我就不浪费她的时间,不接收她的鞋垫。可是,你为什么不早点给我信号,哪怕是写几个字暗示一下,我也不至于拖累人家小燕,为什么到现在你才这样? 你干吗不在小燕去看我之前,给我一点暗示?"

"难道你就没拖累我吗? 你欠我的比欠小燕的多一百倍!"

房间里忽然安静下来,就连窗外的车流声也消失了。我不停地拍打着脸,恨不能分成两瓣,一瓣给张闹,一瓣给小燕。张闹一把抱住我:"广贤,我们吃的亏还少吗? 我们被骗了十几年,以为身体的需要是羞耻的,难道现在你还没醒过来吗?"

我推开她,摇摇头。

"……多少人跪下来求我,我都不理,你还摆什么臭架子。"她一跺脚,很没面子地走了,把门关得像放炮仗。

说实话,我何尝不想跟她结婚,撇开漂亮不说,撇开欠她的不说,关键她还是我的心头病,是我的更正书、平反文件。谁都想从跌倒的地方爬起来，我也一样，我何尝不想用她来洗干净自己，用她来证明我当初的选择正确，何尝不想用她来给自己发一张奖状，满足我的虚荣心。但是，小燕怎么办？如果当时不想到小燕，那我百分之百地守不住了，很可能就发生男女关系了，要知道，我面对的是我的性幻想对象，是一个让赵敬东害相思病的大美女。唉……那么好的机会，我竟然没抓住，真他妈的可惜呀！

63

几天假出差之后，我回到阁楼，除了把自己放倒在床上，就是抽烟，脑子里一会张闹一会陆小燕，但大部分时间是空白，就像一张白纸。我想累了，懒得想了，便裁了两张小纸片，分别写上"张闹"和"陆小燕"，分别把纸片揉成疙瘩，在手掌里摇了一阵，扔到床上，希望把自己的老婆交给天老爷来选择。正祈祷着，小燕气呼呼地跑进来："曾广贤，你都找到工作了，干吗不告诉我？害得我还花钱买酒帮你找何园长。"

"一报到就出差了，还没来得及告诉你。"

"这么好的差事，是谁帮你找的？"

"是……是于百家帮找的，"话一出口，我就知道错了，立即拍了拍嘴巴，纠正，"不、不是，是我自己找的。"明知道小燕去过张闹的瓷砖店，我却还要说是"于百家帮找的"，想不到我曾广贤连撒谎都不及格。

小燕冷笑："你把我当傻瓜了。"

"怕你生气，没敢提张闹。"

"白痴都会生气！我等你等了五年，凭什么让她来打砸抢？她要是真爱你，当初为什么不到杯山去跟你培养感情？凭什么等我把感情培养了，让她来摘果子？你以为这五年我容易吗？我把所有的休息时间都给了你们曾家，多少人骂我蠢，骂我傻，骂我神经病……"

小燕说得泪光一闪一闪的。我抓起她的手，像在杯山那样轻轻地抚摸："假如我曾广贤不跟你小燕结婚，那不知道会有多少人戳我的脊梁骨，可是……我不光欠了你五年，也欠张闹一个晚上。小燕，不是我的良心喂狗了，也不是我捡了芝麻丢掉西瓜，而是要还张闹的债。十年前我在她脸上抹了锅灰，现在就得把她洗干净，我总得为那个晚上负点责任吧。"

"那我的责任，谁来负？"

"所以，我只能听天由命，看看我摸起来的纸条是谁？"

小燕看着席子上的那两个小纸疙瘩，胸口的起伏明显加大了。她说："我就不相信天老爷没长眼睛。"

"如果你没意见，那我就摸了。"

她屏住呼吸,静静地看着。我把伸出去的手缩回来:"不管摸到谁,你都别怪我好吗? 这可是天意哦。"

小燕没吭声,也没有阻拦,而是抱了侥幸的心理。我闭上眼睛,摸起其中一个纸疙瘩,慢慢地打开,就像是一层一层地脱衣服,脱到最后一层,"张闹"从纸团里跳出来。我把纸条递给小燕,小燕扬手打掉,泪水滑到脸上:"姓曾的,算我瞎眼了,我就不相信还有比我对你更好的女人,不相信那个破鞋会比我有良心。"

我大声地说:"那刚才你为什么不阻止我? 为什么不把纸条一巴掌扫掉? 你完全可以不让我摸纸条。"

后来赵山河告诉我,小燕把这两张纸条叭地拍到餐桌上,吓得我爸的身子一颤。小燕说:"爸,曾广贤不要我了。"我爸的脸立即惨白起来:"我就知道他靠不住,小时候也这个样,喜欢做叛徒。"

"我又不是烂鞋子,又不是破衣服,他怎么说扔就扔……"小燕放开嗓门哭了起来,"爸,你得给我主持正义呀。"

我爸双手捂住胸口,脸色由白变青。

"爸,你给评评理,我除了没姓张的鬼怪,哪一点不比她好? 曾广贤他跟谁不行,偏偏要跟那个害他的妖精。我这五年……"

我爸的嘴角冒出了白泡。赵山河忍无可忍,吼了一声:

"别说了,你难道不知道你爸有心脏病吗?"陆小燕的哭,赵山河的吼,终于把我爸弄倒了,她们手忙脚乱地扶起我爸,小燕在前面背,赵山河在后面托,一直把我爸背出厂门,上了一辆出租车,进了医院的急诊室。

趁我爸熟睡的时机,赵山河语重心长地教育小燕:"今后别再跟你爸唠叨你们的事,他经不起几个折腾。"小燕不停地抹泪,把写着她和张闹的那两张纸条揉成团,丢在床上,像我那样闭上眼睛去摸。有时她摸到"陆小燕",有时她摸到"张闹",几天摸下来,她发现她和张闹的机会各占百分之五十。到我爸出院那天,她跟赵山河说:"阿姨,假如曾广贤再摸一次,就会摸到我的名字。"

"丫头,这是命,它不给我们第二次机会。当初我要是不嫁给姓董的,那我的儿子也该娶媳妇了。我要是有个儿子,就让他娶你这样的媳妇。"

"我以为天老爷会让他摸到我的名字,没想到……为什么天老爷不帮好人?"

"天老爷也有打呼噜的时候。"

一天,何园长忽然光临我的阁楼。我紧张得又是擦椅子,又是叠床单,又是递烟。他坐下来,打量一会板壁,吐了几口烟团,说我去给一个老板打工,哪比到动物园做国家正式工强。我说从杯山一出来,就想回去喂老虎。他说小燕一直在求他帮忙,这事差不多就办成了。我说只要他肯接收,明天我就去动物园上班,把那些老虎、狮子全都喂得像大老板那么肥胖,甚至让它们睡觉的时候打出鼾声。

"可是,你跟小燕这一闹,动物园的全体干部职工都想枪毙你,不让我给你这个转工指标……小燕当初爱你的时候,胡开会就在追求她,但是她没嫌弃你。如果你不跟小燕,我想帮你都没有理由。"

"为什么要把工作和结婚扯到一起呢?何园长,我可是被冤枉的,不信你看。"我把那份随时带在衣兜里的平反文件掏出来,递给他。

他扫了一眼:"是谁冤枉的?"

"张闹呗。"

"那你干吗还跟她好?我告诉你曾广贤,小燕不是没有人要的姑娘,这辈子你就是拿着放大镜也不会找到像她这么好的了。我当这么多年园长,只为小燕这样的职工自豪过,"何园长跺了跺脚,"就是这间小阁楼,五年来小燕每周都来给你打扫,动物园的人哪个不说她贤惠。要是你妈还活着,我相信她也会喜欢姓陆的媳妇。"

"小燕的好,我知道。可是……可是天老爷却让我摸到了张闹。"

"笑话。迷信。哪有靠摸纸条来选老婆的。看在你妈的分上,我再给你一次选择工作的机会。"

64

何园长走了之后,我在嘴里塞了一支烟。这时天已经暗了,阁楼里的阴影开始成团成团地集结。我划亮一根火柴,竟然没往烟头上点,直到手指被烧痛了才把火柴头扔掉。接着,我又划了一根,还是没往烟头上点,而是看着它在手里燃烧。火苗一闪一闪的,一会红一会绿,一会圆柱体,一会椭圆形……那几天,我养成了划火柴的习惯,划了一盒又一盒,不是为了点烟,而是为了看火苗。后来,我干脆拿火柴来赌博,在划之前先默念:"如果燃了就跟张闹结婚,如果划不燃就娶小燕。"结果,大部分火柴都划燃了,你不得不佩服那时的火柴质量上乘,极少有伪劣产品。划了几盒,我觉得这不公平,就把前提改过来:"如果划燃就跟小燕结婚,如果划不燃就跟张闹。"结果,百分之九十的火柴也划燃了。当楼板上的空火柴盒越堆越高,当手指渐渐被熏黄,我才发现自己犯下了严重的错误,既然纸条已经抽对了张闹,就不应该再拿火柴来赌博,哪怕是赌了也不应该乱修改前提,现在好啦,自己把自己搞乱了。

到底是娶小燕还是张闹?这成了我的首要问题。为此,我去问过赵万年、赵大爷、陈白秀、方海棠、于发热、荣光明、房子鱼以及我初中的班主任"没主意"等,他们百分之百地认为娶小燕才是我的唯一出路。赵大爷甚至把我从头到脚摸了一遍，然后说："少爷，你的身上什么也不缺，就是缺良心！"这么一致的态度，这么高的百分比，这么深刻的讽刺，不得不让我重新考虑陆小燕。但是，上述同志都是打屁不怕臭，站着说话不腰疼的人，难免有隔靴搔痒的嫌疑，所以，这事我还想问一问于百家和小池，他们应该是最知情的了。

一天晚上，我来到百家和小池的新居。他们的新居在百货公司的宿舍大院，直套，里面一间做卧室，外面一间做客厅。收音机上面的墙壁上还贴着褪色的"喜"字，右上角已经耷拉，"喜"字的旁边挂着一幅油画，画面是一池幽蓝的湖水。木沙发上面的墙壁上贴了三张电影海报，全是当时最红的女演员。小池比原先又胖了一圈，百家还是那么结实。我向他们请教，到底是跟张还是跟陆？

小池惊讶地说："这还用问吗？当然是跟陆小燕啦。"

百家说："我要是你就跟张闹。"

小池说："为什么？"

百家说："漂亮呗。"

小池说："漂亮当不得饭吃，找老婆就得找个你生病了她比你还要着急的，这样才能过一辈子。"

百家说："那也不能娶个丑八怪。一个人一辈子有多少时间待在家里、睡在床上？谁不愿意抬头低头都看见个大美人？书上说了，只要天天看着漂亮的就能多活好几岁。"

"放屁。你没看见书上说男人讨了狐狸精会短命吗？广贤，漂亮的靠不住，万一给你弄顶绿帽子，那你就死得快了。"

百家说："宁偷仙桃一口，不守烂梨一筐。"

小池把指甲剪拍到桌上，盯住百家。

百家赶紧解释："不是说你，我是给广贤出主意。"

小池说："那你告诉我，谁是你的仙桃？"

百家低下头："我可没有仙桃。"

小池说："那你的烂梨不就是我吗？"

百家说："我……我可没这样说。"

小池说："牛翘尾巴是拉屎，狗一抬腿是撒尿，你以为我不知道你的意思呀。"

百家说："好了好了，不跟你争了。广贤，你娶陆小燕得了，反正说真话讨人嫌、逗人恨。"

小池抓起一根木棍："你不服气是吧？"

"这不是广贤的事吗？跟我有什么关系呀？"

"不是广贤这事，我还不知道你是一副花花肠子，难怪天天晚上你不坐沙发，要搬张凳子坐我的对面，原来是看墙壁上的这些仙桃。我让你看，让你当寿星……"小池一边骂一边用棍子戳墙壁上的演员，演员们的头发掉下来，脸掉下来，最后连衣服也掉了下来。

离开百货公司大院,我基本上打定主意跟陆小燕了,但是我得找个理由拒绝张闹,如果理由不充分,没准会闹出人命。我皱着眉头想了几个晚上,背着手走了几条马路,都没找出一条最好的理由,于是,专程到杯山去找贾文平管教,管教就是管教,他一下就抓住了事物的本质:"这很简单,你把球踢给张闹不就得了。"

我尽管踢过足球,却不知道怎么把球踢给张闹,便弯腰给贾管教点了一支烟。他吸了几口:"你就问她为什么爱你?这一问,保证会问得她的嘴巴比乒乓球还大。"是呀!张闹为什么会爱我?我的脑细胞顿时活跃起来,像我这样的身份,她会爱上我哪一点呢?鼻子,或者嘴巴?既然在小燕门口我想过这个问题,为什么面对张闹的时候我就犯傻了,不想了?难道爱情真的会使人变成木头吗?张闹的条件比小燕高出来一大截,她跟我不在同一个阶层,怎么会爱我呢?

65

我去的不是时候,早一天或者晚一天,早一小时或者晚一小时,也许就碰不上张闹跳舞,就不会发生下面的事。那是十一月十九日的傍晚,我带着满肚子的话去找张闹。门虚掩着,里面传来革命现代芭蕾舞剧《红色娘子军》

的旋律，我推门进去，张闹穿着一套黑色的紧身衣、白色的软鞋，正在木地板上跳"吴琼花"。由于空间的限制，她的动作幅度不是太大，但该跃起的地方照常跃起，该劈叉的地方照样劈叉。我头一次这么近地看她跳，她的身段像……像什么呢？说它像绳子吧它又没软下去，说它不像绳子吧它又软得没有骨头，脚尖随时可以踢过头顶，额头轻松弯到地板。她的手臂开始松得像滑行的蛇，力气忽然一来就像变形金刚，一手勾在胸前，一手后指，再加上脚下的马步，整一个昂首阔步的造型。她的胸口跟着她的动作颤动，时上时下，好像随时都有可能跳出来。当乐曲委婉的时候，她的脚尖轻轻点着地板，碎步前行，小腿绷得紧紧的，大腿也绷紧了，臀部更不用说，把紧身裤撑薄了，撑松了，从布缝里露出隐约的肉白。天哪！她竟然没穿内裤。难道她在舞台上跳的时候也没穿内裤吗？这时，我才发现她的臀部特别翘，仿佛谁故意把它往后挪了几厘米。我都快三十岁了，第一次发现人的身体不像木材，木材是越直越好，而身体则要挺，要翘，要成Ｓ形，越Ｓ形就越让人心跳，越让人喘不过气。没想到除了祖国的大好河山，还有这么好看的身体，说真的，如果不是怕别人骂我作风不正派，我就要把身体放在思想的前面了。

忽然，张闹一个大跳，停在我面前，紧接着一抬腿，右脚搁上了我的左肩。汗香扑面而来，我再也没法忍受，把她放倒在地板上，吻她的嘴，剥她的衣……不瞒你说，当时我一心想要她，想融化她，想把她变成我嘴里的糖，脑子里全是她的身体，什么心灵美，什么"为什么要爱我"统统被扔出了窗口。我抓住她紧身衣的领口往两边扯，衣服的潜力真大，就像橡皮做的，竟然可以扯到她的两边膀子，这样，撑大的领口从两边的膀子往下脱，她的上身像白玉米那样被我剥了出来，胸前的两坨往上一弹，就像是对被束缚的抗议。我盯住那两座又嫩又白的小山，一头埋下去，双手还在往下剥她的衣服，很讨厌，她穿的是上下连着的紧身衣，我剥起来速度不是太快，看看就要剥到她的臀部了，我忽然听到一声"救命"，像是当年张闹的呼叫，也像是小燕的声音。顿时，我害怕了，翻天躺在地板上。张闹扑上来，吻我，蹭我，我竟然像一截干木头纹丝不动。

"好好的，你怎么突然断电了？"

"我想结婚。"

她解开我衬衣的第一颗纽扣："明天我们就去领结婚证。"

我捏住衬衣的领口："不行，我们必须先结婚。"

她把剥下去的衣服拉上来："真是的，做不完的事今后你就别做嘛。"

你以为我不想做吗？想死了。但是我有过十年惨痛的教训，一次挨触电，十年怕灯绳，再也不敢冒这个险了，眼巴巴地看着她披上外衣。假若我把她睡了，天也不会塌下来，地球照样转动，可惜，当时我还没有完全了解社会，以为只要做那个事就得结婚，不知道社会已经开放了、进步了，允许一部分事情先做起来，然后再补办手续，就像现在有了紧急避孕药，男女可以先行房事再决定要不要孩子。避孕药在七十二小时之内管用，给夫妻们腾出了后悔的时间，这哪是避孕药呀，简直就是后悔药！科学家们为什么不发明一种让时间倒回去的药呢？要是有，花多少钱我都买一颗来吃，重新回到那个傍晚，从搂着张闹的那一刻开始，再来一遍，不害怕不犹豫，认认真真地跟她睡一回。

　　第二天上午，我到环球照相馆照了张一寸黑白免冠照。由于时间急，我给照相馆加钱，师傅马上钻进暗室。我坐在照相馆门口看了一会马路，翻了一会旧报纸，不时扭头看着暗室门口那块布帘，后来实在着急，便把凳子搬到暗室的门口，隔着布帘问："怎么还没晒好？"师傅说："晒就得晒一卷，你再耐心等等吧。"那个收费的女人看我坐立不安，递来一本相片的样板。我翻开相册，第一页就是张闹。我指着照片："待会我就跟她结婚。"那个收费的张大嘴巴："小伙子，你真会开玩笑。"

　　我赶到东方路瓷砖店，把刚刚晒好的照片递给张闹。张闹看了一眼手表："糟了，人家快下班了。"

　　"那结婚证怎么办？"

"下午再领呗。"

我抬起她的手腕子,看了看:"一个小时后才下班,骑摩托车去还来得及。"

"你看看你的头发,你的衣服,还有这双拖鞋,你就这样去跟我领结婚证?也不怕别人笑话。"

"那个发证的不是你同学吗?你跟她说明一下,我就不用去了。"

她想了想:"也行,不就戳个公章吗。我去领证,你到宿舍等我。"

我用张闹给的钥匙打开她的房门,坐在椅子上耐心地等结婚证,仿佛领证不是为了过一辈子,而是为了合情合理地睡上一觉,就像驾驶员必须先取得驾驶资格。等待中,我开始打量她的房间。我说过,我这个人不能思考,一思考准出事。首先我觉得那个床太一般了,不说床架,至少它的床单、枕头、被子和蚊帐都应该是新的。蚊帐最好是透明的那一种,上面可以贴几个小"喜"字,如果帐钩子是金黄色,那么垂挂在钩子上的流苏就应该是红的,被子和枕巾应该是大红,床单最好是粉红。如果天花板上再挂一些彩带,地板和床单再撒上一些彩纸,那就完美了。想象中,我仿佛看到了这样的景色,但是一眨眼又灰飞烟灭。

我从椅子上站起来,打开衣柜,拉开抽屉,把屋子全部搞乱,才从一堆旧书里翻出几张白纸和一支毛笔。我拿毛笔在纸上写字，毛笔干了写不出。我转身又去翻抽屉，终于从里面掏出一瓶墨水，摇了摇，空的。我扭开梳妆台上的口红，用口红在四张白纸上写下"喜"字，分别把"喜"贴到后窗、前窗和门板上，当我站上椅子往墙壁贴最后一张"喜"的时候，忽然听到张闹的呵斥："曾广贤，你发癫呀！"我的身子一哆嗦，从椅子上跌了下来。

张闹撕下全部的"喜"，摔到地板上，气呼呼地看着我。我说："这么做是想添点喜气。"

"哪是什么喜气，分明是出我的丑，好像我张闹结婚连红纸都买不起。"

本来我以为会讨得她的几句夸奖，没想到她从这个角度看问题，我赶紧把地板上的纸捡起来，揉成一团，去擦墙壁上的糨糊。

"要不是你着急，我也会让这屋子焕然一新。"

"不着急，不着急，我们都等了十年，哪还在乎这几天。能不能让这房子贴上了大红'喜'字，我们再……"

"好呀，那你就再等十天，等我把这屋子弄成了新房，你再过来做夫妻。"

她把结婚证摔到梳妆台上。我拿起来，翻开一看，结婚证上盖着鲜红的公章，我和张闹的照片排在一起。看着看着，我的双手就像引擎那样颤抖起来，万万没想到我也有今天。

66

  为了把结婚弄得像结婚的样子，我推迟了跟张闹上床，这一推就是无限期地延长。后来，一有空我就问自己：结婚证都领了，干吗还要推迟？不错，有了证我们就合法了，我就不是强奸了，但是我得寸进尺，这山望见那山高，偏偏要来点形式，来点情调，现在回想起来，简直是无聊。形式有屁用，就像保健品的盒子，除了多掏你腰包里的钱，帮不上身体半点忙，如果硬要打着灯笼找它的好处，那就是满足了消费者的虚荣心。当时，我就是典型的虚荣心扩张，想用结婚来洗刷脸上的污垢，再给自己平一次反，假若不借结婚弄出点动静，没准周围的人还会第二次抓我的现场。

  每天起床，我第一件事就是看结婚证，有时一看就是一个多小时，不光看，我还用毛巾擦它，不让它沾半点烟灰。那几天我把看结婚证当成了吃早餐，看够了，就把它揣进怀里，按了按衣兜，再走出阁楼。我来到火车站票务中心，找到了赵山河，掏出结婚证递给她。她倒抽一口冷气："这事可不能让你爸知道，否则他会气死。"

  "所以我才来找你，想跟你借点钱。我一个大男人，不缺胳膊不缺腿，哪好意思光花张闹的……"

她从抽屉掏出一本存折："这是我的私房钱，千万别让老董知道。"

"等我挣到钱，就还给你。"

我把买来的棉被、电饭锅、热水壶、剪好的红双"喜"字捆挂在单车上，骑着单车，吹着口哨，从铁马东路拐上了去文化大院的红星巷。我肩扛手提来到张闹门口，用脚撞了撞门，里面没有动静，我又叫了两声"张闹"，里面还是静悄悄的。我把棉被等用具从肩膀上放下来，忽然听到屋子里"哐啷"一响，好像是椅子倒下了。难道屋里有小偷？我用力拍门，门闪开一道缝，张闹绾着松散的头发堵在门口："你又不是猫，叫什么春呀！"

后窗闪过一道黑影，我推开她，冲进去，扑向窗台。那个跳下去的从草地上跃起，拍了拍膝盖，像短跑冠军那样朝前飞奔。那是我熟悉得不能再熟悉的背影：头高高地昂着，眼睛看天，鼻孔迎风，手臂不是直着往前摆，而是晃向两边，触地的不是脚尖，而是整个脚板。小时候，在仓库门前，在上学路上，我曾经无数次追赶过这个背影，打死我也没想到，偷吃的会是他于百家。当年，要不是他写信唆使，我还不一定有胆爬张闹的房间，如果不是信任，在杯山的时候我怎么会委托他来目测窗口与地面的距离？想不到真想不到，他不仅目测了，还不惜用身体来实践，亲自从窗口跳了下去。

我回过头，第一眼就看床铺，那上面全是新的，棉被和枕头是大红，床单是粉红，蚊帐透明，上面贴着小"喜"字，帐钩是金黄色，流苏是红色，这和我对新房的想象完全一致，仿佛张闹是我脑袋里的一条虫，我想要什么她就给什么。但是，与我想象不同的是棉被的凌乱，床单的皱巴巴，一看便知道那上面刚刚发生过碰撞。张闹关上门，走过来，若无其事地整理床铺。

"原来你的新房不是给我布置的，这到底是怎么回事？"

"你都看见了，还有什么好解释的。"

"那你为什么还要跟我结婚？你嫁他不就得了。"

"我都说了一百遍，是因为要还你的债。"

"仅仅是为了还债，其实并不爱我？"

她坐在床上："你说呢，我爱不爱你？如果我不爱你，会跟你领结婚证吗？"

"那你为什么还跟他？"

"我也不知道为什么？反正我可以同时爱几个人，而且对每一个的爱都是真的。"她一跺脚，站起来，像发表宣言那样大声地喊了起来，仿佛道理在她的那一边。

我掏出结婚证来一晃："离婚，我要跟你离婚！"

"离就离，谁怕谁呀。"

我拉开抽屉，像赵山河在我爸宿舍里那样找出纸和笔，刷刷地写下了离婚报告，递给她签字。

"人家会怎么说我？就是要离，也得给我一点时间。放心吧，你不是高干子弟，我又不是糨糊，没人缠你、黏你。"她几下就把报告撕碎，砸到我的脸上。

她除了送我一顶高高的绿帽子，竟然还用纸屑来污辱我。我实在是不想忍受了，扬起拳头准备揍她。她的身子往前一挺："打呀，你只要敢碰老娘一根指头，我就一辈子不在离婚报告上签字。"我的手一软，收了回来。她说："算你聪明。"

"那你什么时候才在报告上签字？"我吼了起来。

"半年。没有半年时间，连你都不会相信我结婚是为了还债。"

67

这事你是不是觉得有点滑稽？本来我是想去问她爱不爱我，没想到被她的身体吸引，在不到两天的时间里就领了结婚证，速度比通电还快。我以为领了证就像订合同，已经十拿九稳，放在衣兜里过几天再履行，却想不到一个字都还没来得及履行就要闹离婚，仿佛结婚就是为了离婚。我以为我的速度够快了，哪知在速度上我永远不是于百家的对手，尽管他跑步的姿态屡次被体育老师纠正。记得初一的时候,班主任"没主意"设了一个奖,谁要是在八月十五号那天最先到校,他就把自己的那箱连环画奖给谁。我凌晨起床,三点钟往"没主意"的家门口赶,以为自己就要拿到那箱连环画了,没想到于百家早已站在"没主意"的门前。在杯山接见室,于百家就为张闹说过不少好话,为此我还扇了他一巴掌。在他的新家,他一个劲地夸张闹漂亮,还说宁偷仙桃一口,不守烂梨一筐。种种迹象,我竟然一点也没觉察,一点也没提高警惕。

为什么我不多长个心眼?干吗要拖时间布置新房?

第六章 放浪

68

我竟然相信张闹的鬼话,愿意给她半年时间。当时,我整个变成了木头,把送过去的棉被、电饭煲、水壶和红"喜"字又捆挂到单车上,推着车往回走。走到仓库的楼梯口,我的手一松,就上了阁楼,一屁股坐到席子上。也不知道坐了多少天,反正就那么一动不动地坐着,专心发呆。直到有一天,眼睛调好了焦距,木箱上的那面镜子慢慢清晰,我又看见了镜子背面小燕的照片,才站起来。你绝对想不到,我站起来的时候,席子竟然粘上了屁股,跟着抬了起来。我走到门口,那席子还跟着,卡在门框上,像门闩把我闩住。我用了好大的劲,才把席子撕下来。席子上结了一层黑黄的脓,我的屁股已经坐烂了,但是我没有感觉到痛。

下了楼，我扶起单车，推着它上了铁马东路，一直往西走。棉被电饭煲热水壶红喜字全都还在，我的屁股都坐烂了，那些东西竟然没被人拿走，不得不说是一个奇迹。我一直走到西郊动物园小燕的门口，才刹住脚步，卸下单车上的东西，肩扛手提挤进门去。我怎么进去的，小燕就怎么把我推出来的，那几张红喜字掉下去，小燕抬脚踢到走廊上，紧接着就是关门声。我把肩上的、手里的放下，说："小燕，你先把这些东西收了，等跟张闹办完手续，我们就结婚。"屋里传来砸杯子的声音，任我怎么求，怎么拍，门就是不开。我从中午站到晚上，站到深夜，双腿和眼皮实在撑不住，便打开那床棉被，把走廊当床铺，就地睡了。也不知道睡了多久，我感到头皮一阵灼热，睁开眼睛，走廊上一大片阳光。我的头边搁着一只瓷碗，里面装着两个大馒头。我抓过来，咬了一口，眼泪情不自禁地流下。小燕对我这么好，我竟然还忘恩负义，还良心被狗吃，竟然色迷心窍，偏要娶个脏女人，现在终于遭了报应……

　　吃完馒头，我朝飞禽区走去，站在一棵树下远远地看。小燕提着饲料桶站在一大片鸽子中间，手一扬，鸽子们便争抢起来，但是她尽量不让鸽子们争抢，把饲料平均撒在地面，哪怕是鸽群的边缘她也没遗漏。一只鸽子落在她的肩头，眼睛骨碌碌地转动。鸽子们都吃得差不多了，小燕转身走去，她结实的背影一摇一晃，空着的手甩得蛮高，偶尔跳跃一下,伸手去抓树叶,身上没有一点被伤害过的痕迹。她动作的轻盈反而加重了我的负担,当初不娶她何止是后悔,简直就是犯严重的路线错误。

那几天,小燕走到哪我就跟到哪,好像她是一条延伸的道路,我是路上的行人。她明知道我在她身后,却故意不回头,不理睬,该喂鸟的时候喂鸟,该扫地的时候扫地,该打饭的时候打饭。我知道她憋了一肚子的气,轻易不敢惹她,就默默地跟着,像是她的影子或者招牌。有时候,别人找她是从我开始的,他们先看见我,然后把目光往前移动几米,就发现了真正的目标。一些人跟她说话,眼睛总要往后面扫上几眼,好像我是 UFO。一天,小燕走进饲料室,把两袋饲料倒在地板上,我抓起铲子囉囉地搅拌起来,很快就把两种饲料搅匀了。她摔下麻袋,抹了一把眼角:"你为什么要这样?你都结婚了,为什么还让我不得安宁?"

"你,你再给我一次机会吧。"

"活该。当初我不是没劝过你。"

"只要你再给我一次机会,让我做什么都行。"

"那你给我跪下。"

我的腿一软,真的跪下去。

"那你再扇几巴掌,让我解解恨。"

我扇了自己几巴掌,觉得不解恨,又抓起她的手,往我的脸上扇。她把手缩回去:"别碰,我懒得洗手。"我只好不停地扇自己,扇得一声比一声响。

"现在你才知道我陆小燕好,当初你的眼睛瞎了吗? 要不是看你可怜,我真不想理你,"她一跺脚,"别扇了,想跟我就快点去离婚,如果一个月内拿不到离婚证,就别来见我。"

我赶紧爬起来,转身去找单车。

69

我把单车踩得飞快,从西郊动物园到东方路瓷砖店只用了四十分钟,这样的速度就是运动员恐怕也踩不出来,好几次险些撞倒了行人。支好单车,跑到张闹面前,我已经全身湿透,连话都卡在喉咙里。喘了一会儿气,我说:"能不能现在就去办手续? 反正我也没碰你一根指头,求你做一回菩萨,跟我去一趟民政局。"

"干吗那么急,不是说好了半年吗?"

"再过半年,小燕就不等我了。"说完,我捂住嘴巴,知道又错了。果然,张闹一撇嘴:"难道你想犯重婚罪? 你到底想要几个老婆?"

"你这个老婆是于百家的,和我没关系。"

"但是结婚证上写着你的名字,贴着你的照片。"她从抽屉里拿出结婚证来一晃。我抓过来,准备一把撕了。

"撕也改变不了事实,民政局还有一份存根,要想再结婚,就得办离婚手续,否则你还得回杯山去关上几年。"

不提杯山还好,一提杯山,我全身像浇了汽油熊熊燃烧起来,把结婚证摔到她脸上,拳头捏得死紧,似乎就要出手了。她往后躲闪:"你可别乱来。如果你敢打人,那离婚就不是一年半载的事,很可能会变成十年八年,到那时,小燕的孩子恐怕都上初中了。"我把拳头砸到办公桌上:"既然你不爱我,干吗要拖我?"

"哎,曾广贤,你可搞清楚了,到底是谁不爱谁?床给你铺好了,蚊帐给你挂好了,喜字也给你贴了,你自己不去住,能怪我吗?"

"那是给我铺的床吗?那是值班室,只有你知道上面睡过多少男人。烂货!"

"你竟然也骂我烂货!"她抓起墨水瓶砸过来,"难道我这个烂货不是你给弄出名的吗?你竟然也骂我烂货!"她又把计算器砸过来。我的衬衣上挂着一团墨水,计算器砸破我的左脸之后,在地板上弹成两块。我抹了一把脸,手上全是血。但是,她的火气竟然比我的还大,她说:"就凭你骂我烂货,离婚的时间再推迟一年。"我忍无可忍,冲上去,拎起她的胸口,眼看拳头就要落下去了。她忽地提高嗓门:"笨蛋!我舍不得跟你离婚,那是因为爱你,你怎么连这个都看不出来？"对呀，别人离婚那是因为不爱了，她不愿跟我离，不正说明她舍不得我吗，舍不得不就是喜欢吗。我平生第一次反应得这么敏捷，伸出的拳头像忽然懂得了害羞，飞快地缩回来。

我告诉你，就是打人也得抓住机会。从杯山拖拉机厂出来那天，我还没来得及动手，就被张闹软化了；她跟于百家犯事的那个傍晚，我怕她不愿意离婚，也没收拾她；这个下午，好像打她已成定局，但是没想到她那么聪明，竟然用一句"舍不得"就把我感动了。三次机会被白白浪费，我的拳头就痒得厉害，就想找个地方下手，刚好那时流行武打电视剧，我学习那些武打明星，买了一个旧沙袋，吊在阁楼外的阳台上练习拳击。有时候我把沙袋当成张闹，有时候我把沙袋当成于百家，偶尔也把沙袋当成生活或者社会。打着打着，我的拳头上起了一层硬皮，有一天，沙袋终于被打破了，沙子从缺口哗哗地流出，堆起了一个沙包。这时，我的脑子像被谁挑拨了一下，突然明白张闹舍不得离婚根本不是爱我，而是要我给她和于百家打掩护，当电灯泡。这么简单的道理，别人用万分之一秒的时间就能明白，而我却要用半个月的时间。

但是明白总比不明白好。当天，我就到文印店打印了一份离婚报告，还买了一盒印泥。我把这两件宝贝和一支钢笔揣在怀里，去瓷砖店找姓张的。小夏告诉我张闹出差了。我不信，弯到文化大院找她。我敲了敲她的门，没有反应，就蹲在门口等，一个当年抓过我现场的演员路过，他说："哥们，忘带钥匙了？"我点点头，等他走远了，才发觉这头点得冤，便追上去，对那个演员说："不是忘了带钥匙，而是根本就没有。张闹怕我配钥匙，连锁头都换了新的。"那个演员啊了一声，从他的宿舍抓起一张小板凳递给我。

等到晚上十一点，我才听到摩托车的声音，伸头往下一看，于百家刚好从摩托车的后座上下来，跟张闹来了个吻别。本来我的怨气就已经憋成了一个大水库，随时准备决堤，但现在经他们一刺激，就不是大水库了，而是一颗原子弹，随时都要爆炸。我抓起一盆花，砸到他们的脚边。他们警觉地抬起头，看见是我，于百家开着摩托车就跑，张闹气冲冲地上来："你想杀人呀？"

我没吭声，跟着她进了宿舍，把离婚报告拍到桌上。她脱掉外套，对着镜子整理头发，其实是在镜子里观察我。我打开钢笔和印泥，拍了拍书桌。她装作没听见。我抓起她的右手，把她拖到桌子边，掰开她的食指，按到印泥里。那根染红的食指眼看就要被我按到离婚报告上了，忽然，她从我的手臂里挣脱出来，把手指捏成拳头，收到身后，往床边退去。我抱住她，再次把她推到书桌边，掰开她的食指，在离婚报告上按了一团红印，然后把钢笔塞进她的指缝，手把手地教她签名。她的手一摔，钢笔掉下去，另一只手抓起离婚报告撕成几大块。我扬手给了她一巴掌，按我的脾气一巴掌就可以把她打晕，但是，临落下的时候，我的心软了，只是轻轻地象征性地一拍，如果不是这种特殊的气氛，那一巴掌简直就是抚摸，没想到，她夸张地叫起来："就凭你这一巴掌，离婚的时间再推迟一年。"我不得不又给了她一巴掌，比刚才重了一点，不过绝对不至于痛，最多也就是痒。她叫得更厉害："打一巴掌推迟一年，你打吧，最好打几十巴掌，到死你都离不成。"既然这样，我就不打巴掌，而是扭住她的手，用脚踹她的屁股。这也是象征性地踹，目的是打击她的嚣张气焰。她坐在地上，双手拍着地板假哭，说我把她打骨折了，软组织受伤了，残废了，就像在舞台上演戏。我被激怒，对着她的肩膀踹了一脚真的。她倒下去："快来救命啊，曾广贤把我打成脑震荡了。"

70

我想我得用点计谋，就专程到市文化馆去拜访小池。我早就想找她了，但是又害怕嘴多带来麻烦，就一直把冲动按住。现在张闹这么耍赖，于百家如此猖狂，逼得我不得不去找著名画家。

去的那天,小池在画室里跟荣光明聊天。还记得吧,荣光明是我们的班长,跟小池、于百家一起插过队,现在考上了本市一所大学的外语系,是全社会追捧的对象,虽然他的鼻梁长得矮,嘴巴长得歪,却有一个连的姑娘排着队让他挑。画室的四面挂着小池的作品,有几幅很眼熟,好像在报纸上见过。他们跟我点完头,就继续谈论梵高、毕加索,还有什么莫奈,净说一些我不认识的。我听得小便一阵阵急,就打断他们的话:"小池,出事了。"她扭过头来:"什么事?"我看着荣光明。她说:"难道连荣光明也要回避吗?"我点点头。荣光明走出去,说了一声"古得拜",那口音和火车司机老董的也差不了多少。

小池的目光忽然变成了钉子,仿佛要把我当成她的画钉到墙上。我说:"张闹和于百家……"还没等我说完,她就吼了起来:"不可能,你别乱讲。"

"我都撞上了,什么时候我跟你说过假话?"

她一抬脚,踢翻地上的颜料,在颜料上走来走去,弄得到处都是彩色的脚印。"像我们这种一起挨过批斗的都经不起考验,那还有谁的爱情经得起考验?这个社会怎么变得这么自由了?要是像当年我们插队那样严格,我就不相信他们敢偷。"她仰头长叹,把一幅画从墙上扯下来。

"他们经常到宾馆开房,你说,要不要去抓他们的现场?"

"我看惯了青山绿水,不想看那些脏东西。"

"那这两顶绿帽子我们就收下了?到底于百家是谁的丈夫,张闹是谁的老婆……"

"滚!别来烦我。我不想听。"她双手捂住耳朵。

本来我已经打好腹稿,准备把于百家跳窗的事详细跟她说一遍,还想向她请教怎样把姓张的和姓于的搞垮搞臭。但是,看看她的脸比锅底还黑,全身已经轻轻震颤,我再也不忍心火上浇油,轻步退了出来。一出市文化馆大院,我就像刚放下铁杠的举重运动员那样轻松,甚至有一点幸灾乐祸,就连屁股下的单车也比平时轻了、快了。我解开纽扣,让冷风灌进脖子,让外套往后飞,破罐破摔的念头越来越严重,既然我都跟小池告密了,哪还在乎对不对得起谁,哪还管得了牛打死马或者马打死牛?说实话,当时,我就想躺在阁楼里竖起耳朵,像听歌曲那样听于百家的消息,像已经对着话筒说了几句大话,就等全体与会人员鼓掌。

一天深夜,瓷砖店的小夏跑到阁楼来,要我马上赶到归江宾馆,说张闹在那里等我谈事。我以为张闹终于想通了,愿意跟我离婚了,就拿上离婚报告、印泥和钢笔,骑车赶到归江宾馆。一进大堂,我就傻了,但是不到两秒钟,我就像喝了二锅头那样兴奋,背着手、挺起腰杆在人群中走来走去,还故意咳嗽,摆出一副突然阔气的神态。你猜我看到了什么？告诉你，于百家和张闹被公安局抓了现场，他们和那些非法同居的、卖淫嫖娼的站在一起，共计二十来人，有的蹲有的站，有的用手抱住脑袋，那里面竟然还有戴眼镜的、抽名牌香烟的。

张闹一看见我，就对旁边的公安说："我丈夫来了，可以让他把我领走了。"大个子公安瞥我一眼："你是她丈夫吗？叫什么名字？在什么单位？"我看着吊灯，假装没听见。公安说："叫你呢，看天花板的。"

"我不是她丈夫，她认错人了。"

张闹朝我扑过来，被公安拦了回去。她咆哮："曾广贤，小心我撕烂你的嘴巴。"我掏出离婚报告，递到她面前："除非你在这上面签字，按手印，要不然我不会把你领走。"她伸手一抓，我把报告缩回来。她都撕过多少回报告了，这点经验我还没有呀？早提防啦。

"滚，老娘不要你领了，大不了办几天学习班。"

你听听，她对我够忠贞了吧？她连黄泥巴都掉进了裤裆，连尊严都没有了，还不愿意跟我离婚，这不是忠贞又是什么？难道是脸皮厚吗？我挺胸走了几圈，目光就跟于百家的对上了，我们看谁的目光更凶狠，更有力，更持久。他的眼睛里布满血丝，投过来的目光就像箭那么直，里面包括了"你等着瞧""看我怎么收拾你"这样一些内容。对视了十几分钟，我的目光软了下来，根本不是他的对手。

到了门外,我看见小池站在一根柱子边抽烟。从她烟头的亮度,可以断定她抽得很猛。我说:"他们活该!"小池说:"我实在咽不下这口气,才给公安局打的电话。我已经观察他们半个月了。"我对她竖起一根大拇指:"还是你有办法。"她把烟头砸在地上,端着一台照相机走进去,对着于百家和张闹叭叭地拍了起来。闪光灯一亮,那二十几个人全都抬起手,遮挡自己的脸,只有于百家一动不动,像石头那样让小池随便拍。

71

我以为这事就这么结束了,没想到麻烦才刚刚开始。

于百家在跟小池吵了三天三夜之后,终于明白那天晚上是小池打的电话。一气之下,他跑到文工团,找来一大沓革命现代芭蕾舞剧《红色娘子军》的旧海报,贴在客厅、卧室和厨房里,把原来墙壁上的电影明星全部覆盖。那张旧海报上张闹穿着一套特制的军服,说特制也就是裤子特制,是一条贴身的短裤,张闹双腿凌空劈开,大腿上的肌肉绷得紧紧的,好像再不落地短裤就要撑破似的。小池哪受得了这样的刺激,跟单位请了假,专门在家撕海报,弄得满地都是纸屑。

小池白天撕,于百家晚上贴。旧海报的数量有限,于百家就贴张闹扩印的近照，有的露胸，有的踢腿，照片上白的地方比黑的地方多，穿的地方比露的地方少，除了床头、墙壁，还贴上了天花板，只要小池一躺下，就会看见好几个张闹在天花板上摆姿势。照片上刷了万能胶水，贴得比原来的扎实，撕起来得动用指甲。一天，小池爬上楼梯，去撕天花板上的照片，倒头栽了下来，幸好落到床上，要不然医院里又会多出一个脑震荡病号。

小池撕得指甲里全是水泥，有几根指甲还翻了过来，就再也不撕了。她提上简单的行李，搬到市文化馆的画室里去住。于百家追到画室，说："我们都睡不到一张床上了，为什么不离婚？"小池说："哪有这么好的事，我还得让公安抓你们几次。"于百家拿起一瓶墨汁，往墙壁上洒去，几幅画出现了黑条和墨点。小池发出一声尖叫，把头撞到墙上。"随便你撞，只要不离婚，我就让你撞出脑浆来。"于百家又抓起一瓶墨水，洒到另外的几幅画上。小池扑向于百家，抓起他的手，像咬包子馒头那样咬了起来，于百家甩手跳出门去。很快，马路上出现了这样一幅景象：于百家在前面跑，小池在后面追。那时候，不出三天，铁马东路上总要来一次这样的追逐，于百家一边跑一边回头，小池的手里不是举着刮刀，就是木棒或者石块，路过的人们都会听见小池的尖叫和咆哮："于百家，你这个嫖客，你不得好死！"

看见小池一只鞋在脚上，一只鞋在手里追杀于百家，我不是没产生过同情和内疚，好几次我都跑了上去，想把于百家拦住，让小池狠狠地抽他几鞋底板，但是，临出手了，眼看就要把于百家拦截了，我却来了个急刹车，让于百家擦着我的指尖跑过去。有时，我也跑到小池的画室前，举起手来想敲门，但是，一次次我都把手放下，生怕自己被套进去，我被套进去的例子还少吗？报纸上每天都在说"不干涉别国内政"，所以我也不想干涉别人的婚姻。

一天傍晚，小池写了一份遗书，说她的死跟于百家有关，就爬上了归江宾馆的楼顶，想从十二层跳下去。楼下站满了仰脖子的行人，几个交通警在维持秩序。楼梯口，小池的爸妈、于百家和两个公安挤在一起，不敢往前走半步，因为小池已经说清楚了："只要你们往前走半步，我就跳下去。"于百家把我叫来的时候，他们已经相持了一个多小时。于百家拍拍我的肩膀："解铃还须系铃人，你多跟她说几句好话，只要稳住她，你招招手，我们就冲上去。"这不是开国际玩笑吗？我哪挑得起这么重的任务，万一小池不听我的，一头栽下去，那我不就遗臭万年了吗。我转身走下楼梯。小池的妈忽然跪下，双眼模糊地望着我："广贤，现在只能死马当作活马医了，你就试一试吧。"一个头发斑白的老人跪在面前，我就是铁打的心肠，就是发誓再也不管闲事，也不得不心头一热。

　　一出楼梯口那扇窄门，我的脚就飘了起来，连路都不会走了。当时是暮春，天气可以说是热也可以说是冷，楼外的树尖已经冒芽。小池穿着一件白色的睡衣，手里抱着一幅画，站在栏杆的外面，就差一脚踩空了。从楼门到她那里，看上去只有二十来米，但我感觉比实际距离要长。我叫了一声小池。她回过头，说你别过来。我说我是曾广贤。她说曾广贤也别过来。我站住，想退回去，但是，楼门里的小池妈和于百家不停地摆手，希望我守住这来之不易的两米阵地。我只好站住，身上就像天气时冷时热。

　　"小池，我知道你画的是什么。"

　　其实，这话一出口我就立即后悔，因为，那幅画的正面贴着小池的身体，我根本不知道画的是什么，只是想找个话题分散她的注意力。没想到，这句话在她身上起了反应，她低头看了看画，抱得更紧。我说："如果我猜对了，你就不要跳下去；如果我猜不对，跳或者不跳随你的便。"说完，我的额头上已经挂满了汗水，还不知道下一句在哪里。小池把身子侧了过来，仿佛同意跟我赌一赌。那几秒钟，我的脑子就像高速计算机，先是闪过山，后是闪过水，再闪过木楼、锄头、汽车、洋房、钞票、电视、草原、大海、农民、工人、知识分子、老虎、猩猩、鸽群……该闪的闪了，不该闪的也闪了，我这辈子头一次发现脑袋闪得那么快，仿佛一秒钟就可以闪出全世界、全人类。最后，我的脑子停在湖面，我说："你画的是一面湖水。"

小池的身体更多地侧了过来。我好像看到了希望，便大起胆子瞎说："你画的是天乐县象牙山上的五色湖，你跟我说过一定要爬上去。当时我还以为你吹牛，没想到你终于爬上去了……"小池发出一声尖叫，把手里的画砸过来，玻璃碎了，天哪！那幅画真是一面湖水，水面涂着好几种颜色。我竟然猜对了！一刹那，我终于相信了命运。为什么有人会中大奖？为什么有人升官发财，有人倒霉？原来守株也可以待兔，一口饭也能把人噎死。

"都怪你！说好了跟我去天乐县插队，你却当了逃兵。"小池伏在栏杆上呜呜地哭了起来。我向前走了几步。她大声呵斥："别过来！"我站住："对不起，都是我不好，当初要是跟你一起插队，就不会留下这些后遗症。"

"谁叫你骂我流氓？我把裙子都脱给你了，你还骂我流氓。"

"我骂错了。"

"本来我不想听他们的那些臭事，你偏要告诉我。你干吗要告诉我？你憋在肚子里生仔不行吗？干吗要告诉我？都怪你，呜呜呜……"

"要怪就怪这张嘴巴。"我左右开弓，叭叭地扇着嘴巴,弄得整个楼顶都是响声。小池抬起头来:"你干吗要救我?"

"因为我爱你。"说完,我就知道错了,立即又扇了一巴掌狠的。

"那你愿意跟我结婚吗?"

"愿意。"又说错了,我扇了一巴掌更狠的。

小池脱下睡衣一扔,那团白色飘下楼顶。她赤身裸体地跨过栏杆:"如果你爱我,就把衣服脱了,我要报复,我要那个姓于的看着我们来一次。"我脸部的肌肉抽搐着,就像牙齿痛那样抽搐。我往后退了几步。小池说:"你过不过来?你不过来我就跳下去了。"

"过来,我马上就过来。"

"那就把衣服、裤子全部脱了。"

我把手放到领口上,慢慢地解上衣的扣子,解了又扣上,扣上又解。我为什么要跑到这里来出丑?为什么要跨出这道窄门?我都已经下了楼梯干吗还要返回来?我为什么要多嘴多舌把于百家偷情的事告诉她?知道她会跳楼,我宁愿便秘也不跟她说半个字。说真的,我很不愿意解衣服上的扣子,但是她的眼睛死盯着我的手指,眼珠子轮都不轮一下,弄得我的手指都发热了,不好意思了,便糊里糊涂地解开了全部的纽扣。我把上衣脱了下来,扔到楼板上。

"把裤子也脱了。"

我开始解裤带,故意解得很慢,就像电影里的慢动作,把正常的速度放慢十倍甚至一百倍。不瞒你说,除了我妈,我从来没在别人面前露出过自己的下身,况且我的短裤上还有一个破洞,要是把那个洞露出来,不知道有多丢人,还不如一头从楼上栽下去算了。我捏住裤带,回头看了一眼。门口挤了一大堆人,他们不停地做着脱裤子的动作。我说:"小池,我们能不能换个地方?这里实在太冷了,也不文明。"

"那他们就文明了吗?是他们先不文明,我们才不文明的。你再啰唆,我真的就跳了。"她返过身,把右腿搭在栏杆上。

"别,小池,我马上脱。"

我脱下长裤,穿着那条有破洞的短裤往前走。小池说:"不!连短裤也脱了。"当时,我恨不得自己变成空气,从他们的眼前蒸发,恨不得让时间倒回去一个小时,在阁楼里先死掉。小池的右腿又往外伸了一截,再不脱恐怕就来不及了,我一闭眼脱下裤衩,用短跑冠军那样的速度几大步跑过去,抱住她。从这一刻起,我就像那个掩耳盗铃的人,像那个摸黑打开张闹窗户的人,像那个在杯山厕所里往气窗上爬的人,再也没敢睁开眼睛,装作没看见自己一丝不挂。等小池哭了几声,我腾出一只手往后招了招,一阵脚步声拥来。小池用力挣扎,在我的手臂里滑来滑去,我越抱越紧,把十根手指紧紧扣住。小池扇我的耳光,咬我的手臂,我也没敢松开一个指节,就像铁线一样一点也不让。直到小池妈的哭声高昂起来,直到有人说了一声"谢谢",直到有一件衣服披到我的身上,我才把眼睛睁开。楼上只剩下我和小池她爸。我三下两下穿上裤子。小池爸说:"当初你干吗不做我的女婿?你要是我的女婿,我会把我们家的存折全部送给你。"

我伏在栏杆上朝楼下看了一眼,在小池刚才站着的下面,不到两米远的地方伸出一个大大的露台。我吐了一泡口水,口水落在露台上,像一个句号那么完整。从楼顶到露台都没有张闹的后窗高,小池就是跳下去,最多也不过伤点皮毛,也就是说,即使我不脱裤子,她也不会有生命危险。他妈的,我真不应该当着那么多人脱裤子!

我羞得几天都不敢下楼,胸口像长了疙瘩,整天躺在床上咬牙切齿。一天,我突然跳起来,抓起一个木棍,来到百货公司的门口。十七点四十分,于百家从院子里推着单车出来。我把棍子砸到他单车的羊头上,他丢下单车,往后闪去:"你想犯法呀。"

"我什么都不想,就想看你脱一回裤子。"

他看了看热闹的马路:"神经病。"

"你才神经病。你睡我的老婆不算,还让我到楼顶上去脱裤子，今天，你也当着这么多人脱给我看看。只要你敢脱，我们的恩怨就一笔勾销。"

"广贤，兄弟之间的事，别拿来大街上说好不好？"

我举起木棍，犹豫着砸不砸他的小腿。没想到，我一犹豫，他就冲上来，反扭我的手臂，用我的头抵住旁边的墙。我顺势扳倒他，准备把棍子砸下去。他双手抱头："谁叫你告诉小池的？你要是不告诉小池，她哪会想到跳楼。她要是不想跳楼，怎么会轮到你脱裤子？这事我不跟你算账就是讲义气了，假若小池真犯了神经病，我还得找你出药费。"

"你就是找出一千条理由，我也不相信了。"

"是小池叫你脱的裤子，又不是我叫的，要脱，你就去脱小池的呀。"

"那你干吗把我叫到楼顶上去？"

"难道是我把你背上去的吗？你要是不想去，完全可以躺在阁楼里睡大觉。而且，楼门也是你自己走出去的，裤带也是你自己解的，没有谁拿枪逼你，现在怎么反过来怪我？"

我被于百家说傻了，丢下棍子，从他的身上站起来。周围发出复杂的笑声。我走出人群，怎么也想不明白，当初干吗要跑去凑热闹？

72

赵万年帮我在古巴服装厂找了一个临时工作，就是给即将出厂的服装打包，根据不同订单，有的包打一百件衣服，有的包打两百条裤子，打好之后，就在布包贴上"MADE IN CHINA"。

有一天，我从厂门口推着单车出来，看见小池盘腿坐在地板上，她那么有身份竟然坐在黑乎乎的地板上，连一张报纸都没垫。我走到她面前，打了一下车铃。她抬头像看陌生人那样看了好久，才笑着站起来，连屁股上的灰尘也不拍拍。我们并肩走了一段路，她说现在她除了是一个著名的画家，还是一个著名的未婚青年，自由了，又打单了，再也不用跟于百家练口才，比腿功了。既然于百家都离了，那张闹为什么还捏着我不放？难道我是清华大学的高才生吗？我恨不得马上跟张闹要这个答案，骗腿上了单车。小池一把拉住我，差一点就把我连人带车拉倒。她说："你答应过的，愿意跟我结婚。"

"我什么时候答应的？"

"在归江饭店的楼顶，你说你爱我，愿意跟我结婚。"

"我说过吗？当时我只担心你跳楼，都忘记自己说了些什么。"

"你可不要学于百家,你要是敢骗我,我就敢再爬到归江饭店的楼顶去。"她拎住我的衣领,把她的眼睛逼上来。

"张闹都不愿意跟我离,我可不敢犯重婚罪。"

她松开手,推了我一把:"那你赶快去离呀。"

我骑上车,用力地踩了起来,单车发出呱嗒呱嗒的响声。走了好远,我才回头,看见小池一边走一边跳房子。我的脊背忽地一凉,双脚停在脚踏上,让单车慢慢滑行。当时,我真想掉过头去,跟小池说几句好听的,但是我这个懦夫、这个逃兵竟然没有让单车拐弯,而是直直地溜走,生怕小池缠上自己。你应该听明白了吧?小池的精神已经不正常了,八成是疯了,因为她逼视我的时候眼珠子是呆的,说话的时候脸上的肌肉是板的,她坐地板、跳房子都不是这个年龄正常的动作。

我跨进张闹的宿舍,把离婚报告打开:"现在你总该签字了吧?"她放下手里的电熨斗:"我干吗要签?你骂我烂货加一年,你扇我两巴掌加两年,你跟池凤仙告密加三年,你在归江宾馆不承认是我的丈夫加五年,想离的话,你得再等十一年。"我一拍桌子:"当初你不签字,不就是等于百家吗,现在他都离了,你干吗不离?"

"曾广贤,你也太小瞧我了吧,你以为我会跟于百家结婚?"

"不想跟他结干吗要睡在一起?"

"睡觉归睡觉,结婚归结婚,我可以跟许多人睡觉,但他们不一定都是我的丈夫。我的丈夫只有一个,那就是你。"

"放你妈的狗屁,我连你的肚皮都没碰过,怎么会是你的丈夫?"

"谁叫你不碰?你都合法了干吗不碰?来,你碰呀。"她捞起衬衣,露出白生生的腹部。

"我怕弄脏我的手。"

"你自己不愿意碰,那就不要怪我。"

"这到底是为什么?你又不爱我,又不放我。"

"你到妇联去问问,到联合国去问问,哪有不爱你会舍不得跟你离婚的?"

张闹像说绕口令,绕得我的头都痛了。我来到古巴服装厂的门卫值班室,找赵万年分析张闹不愿意离婚的真正原因。赵万年抽了我两包香烟之后,说:"这比哥德巴赫猜想还难,你还是去找陈景润吧。"看来我得行动了,不能太清高了,该委屈一下自己了。七月十五日晚,我先在外面喝了一顿小酒,然后带着满身的烟味和酒气来到张闹的宿舍,脱掉臭鞋子,跷起二郎腿,拍着沙发的扶手说:"从今晚起,我就睡在家里了。"

张闹脱光衣服,钻进被窝:"来吧,只要你进来一次,保证你不会再跟我提离婚。"发现我把脸扭开了,她故意伸出一条腿,大红的被子上顿时多了一道白光。看看这道白色没生效,她便不停地掀被子,嫩白的曲线一会露出来,一会儿又遮住,好像面皮里包着肉馅。我这个合法的丈夫,眼巴巴地看着,几乎就要钻进去了,但是,我一咬牙,熄了电灯,蹦跳的心才像病老虎那样慢慢地蹲下。我为什么还要清高呢?因为我不想戴绿帽子,不想跟一个放荡的女人过一生,那会多累,会被多少人戳脊梁骨。而且赵山河也说了,我们曾家祖宗十八代从来没娶过作风不正派的女人,她还告诉我只要两年内夫妻之间没性关系,法院就可以判离婚,不管另一方点不点头。我都熬了一年多时间,再差四个月就是结婚两周年纪念日了,干吗还去干那种后悔的事?

但是,我并不放弃对张闹的折磨。那天晚上,我睡在地板上,抽了一包香烟,弹了不少烟灰,还故意往地板上吐痰,这么强大的火力,即使张闹再爱我估计也支撑不了多久。想不到张闹是个好脾气,早上一起床,就给我煮了一碗面条,然后拿起拖把拖地板,她只用了十几分钟的时间,屋子里又恢复了原来模样。我把脏衣服扔到地板上,她洗干净了,整齐地叠放在柜子里。我把啤酒瓶横七竖八地摆着,她三下两下就装进纸箱。我说:"我再也不想睡地铺了。"她把钥匙交给我:"你睡床上吧,我要出半个月的差。"

我故意不洗澡,穿着工装睡在她的床上。由于床铺太香,我到半夜都合不拢眼睛,翻开枕头,发现下面压着一条碎花裙子,就把它捂到下身开始搓了起来。我连她的裙子都弄脏了,不相信她不烦我。

73

一天,我爸那个厂的庞厂长托人通知我去见他,这么重要的人物要我去见他,我的第一个反应就是他要给我安排工作。等了这么久,命运终于敲门了。在进厂长办公室之前,我检查了一遍裤子的拉链,反复提醒自己别跟他说在服装厂做临时工,然后硬着双腿挪进去。

庞厂长吊着个双下巴,头顶秃得像守门员脚下的草地。在他的身后是一个分格的架子,上面摆着无线电三厂各个时期的产品,从木壳的台式收音机到现在的便携式。我说:"厂长,我全告诉你吧,那个文件是拿来哄我爸高兴的,我这个采购员是冒牌货,其实到现在我都还是个待业青年……今后,我,我再也不敢拿假文件来哄人了。"庞厂长眯起眼睛,像选美那样久久地看着,连我衣服上的纽扣,脚底下的球鞋都不放过,看得我的肌肉越来越紧。忽然,他递过一支烟:"抽吗?"我的喉咙仿佛伸出了一只爪子，恨不得把那支名牌香烟抢过来，但是我虚伪地摇摇头。他自个叼上，点燃，吐了一团白的："叫你来不是给你安排工作，而是要告诉你一个消息。"

"什么消息？"

"很重要的消息，我怕你爸的身体被吓垮，先告诉你。"

我的肌肉绷得更紧："难道我爸和赵山河的事你们知道了？"庞厂长的眼睛一亮："你爸和赵山河怎么了？"我拍了一下嘴巴："没、没什么……"庞厂长慢慢地吐着烟圈，就是不把那个消息吐出来，好像欠债的人舍不得还钱，好像把消息拖下去他能分点利息。办公室静悄悄的，我听到挂钟的嘀嗒声越来越响。

"曾广贤，你别在我面前装穷好不好？这么破的球鞋你也好意思穿，明天你就给我去买一双真皮的蹬上。"

"除非我捡到钞票。"

"你真捡到钞票了，没想到你这个臭资本家的小子还能翻身。"

我抬头正视他。他那张硬得像水泥板的脸出现了裂缝，裂缝挤成一团就等于笑容。他皮笑肉不笑地说："铁马区政府办公室给我来电，叫你爸赶快去办手续。"

"是办学习班吗？我爸又犯了什么错误？"

"这次不是犯错误，但我不敢保证将来他不犯错误。"

"那要我爸去办什么手续？"

他故意咳了几声，一而再、再而三地拖延时间，咳得都咳不出来了，才说："政府落实政策，要把'文革'期间没收的东西还给你们，具体地说就是把铁马东路的那间仓库还给你们。十多年前，我去那栋仓库参加过批斗大会，位置不错，按目前的价格，光地盘就值两百多万元，还不算那些上百年的楠木檩条。只要把那间仓库要回来，你们全家就可以再过上资本家的生活，钞票多得可以拿来生火煮饭。"

"你在开玩笑吧？"

"我有时间跟你开玩笑，还不如去推销厂里的收音机。"

我绷紧的肌肉一点点放松，就像猪肉解冻，就像树木发芽，高兴得头顶都撞到了吊灯，吊灯稀里哗啦地摇晃，一盏小灯哐地掉下来。

"你看把你乐成什么样了？像你这种坐过牢的都这么不冷静，要是你爸还不当场高兴死呀，幸好我让这个消息拐了一个弯。"

那一刻，就是再毒的话我听起来也像喝糖水，甚至还不忘记对他说声"谢谢"。出了办公室，我整个身体像气球那样浮起来，仿佛不是走在水泥地板上，而是走在水蒸气上，这种宇航员的感觉一直保持到厂门口，才被迎面的冷风狠狠地拍了几下，脚步从空中回到地面。公交车停在站台那里等我，我没有上去。出租车停在我面前，我也没上去。这时,我特别想用脚量一量马路,特别想一边走一边思考。我朝赵山河的方向走去,好几个熟人跟我打招呼,我"哎哎"地答应,却一时想不起他们的名字,等他们走远了,我才猛地醒过来,其中一个打招呼的是我爸的同事刘沧海,另一个打招呼的就是赵山河。我竟然看见了赵山河还去找赵山河,真是兴奋得发癫了,于是,赶紧转身去追她。

小姐,你再叫一瓶饮料吧,没关系,只要你想喝就叫他们上。我都有两百万元的仓库了,哪还在乎这几瓶饮料。香烟呢?再添两包。我这个故事你听得进去吗?听得进去就好。我从来没碰上过像你这么优秀的听众,好多人包括那些多年的朋友听我讲到一半,不是接手机就是找借口溜走,真不够意思。他们宁可去赌博,宁可去找情妇,也不愿意听我说话,想不到莎士比亚桑拿中心还有你这么敬业的,真是藏龙卧虎呀。

赵山河跟着我来到仓库的阁楼,趴在那扇小窗往下看,身体一动不动,仿佛成了板壁的一部分,仿佛从窗口一头扎进了过去。等我抽完三支烟,她才转过身来,抹了一把湿润的眼睛:"广贤,想不到这仓库又姓曾了,我们搬出去十几年又要搬回来了。那个老董也真是的,嘴巴哎哎地答应离婚,却把上次写给我的'同意离婚'给撕了。我跟他商量了几十回,他的手指紧紧地捏着,就是不愿意再签字。

他要是肯签字，我就跟你爸去领结婚证，然后就改造这间仓库，把它变成两室一厅，每个卧室三百平方米，一间你们住，一间我们住；厨房一百平方米，可以在里面摆上十桌八桌；客厅呢，就弄他个三百平方米。我就不相信还有谁的住房会比我们曾家的宽敞。"

"住那么宽，上厕所都不方便呀。"

"真笨。你不懂得在每个房间装厕所吗？"

"那还不如把仓库租出去，每个月坐收上万块钱的租金。有了这些租金，我们可以天天住宾馆，天天下馆子吃炒面，天天换新衣服、买新皮鞋，连开水都不用烧，连地也不用扫，只管跷着二郎腿抽烟、喝茶。我爸就办个提前退休，让我去顶他的职。"

"你都成大老板了还顶什么职呀？哎，广贤，还有个办法，就是把这仓库和地盘一起卖了，起码可以卖个两百万元。啧啧，这钱怎么花得完呀？"

"买楼。"

"买楼也花不完。"

当时还没有现在这么发达，不要说买车、买别墅，就连装个电话都不敢想，所以我和赵山河绞尽脑汁也没把那两百万元花完。说出来你别笑话，我们把坐飞机去北京、西藏旅游的钱算上了，把请赵大爷和赵大娘做保姆的钱也算上了，还算上了陆小燕的精神补偿费，帮我爸专门请一个相声演员的工资,这些统统加起来也大大小于那两百万元。赵山河咬咬牙,说拿十万元给我养情妇。我不接受,两人便推来推去,好像真有那么回事似的。忽然,我一拍脑袋:"赵阿姨,卖仓库的钱不能全分了,应该给我妹妹留一份。"

"可怜的曾芳,也不知道她在哪里? 是不是还活着?"
"她肯定还活着,说不定哪天突然就回来了。"
"就是给她留一份,这钱也花不完。你想要花完这笔钱呀,得赶紧帮你爸弄出一群孙子,让他们跟你一起花,子子孙孙总会把这钱花完的。"

她这么一说,倒提醒了我:"赵阿姨,还有张闹的钱没算呢,那可是一笔大数目。"

"干吗要分给她?"

"《婚姻法》上说凡是财产夫妻各占一半⋯⋯"

赵山河发出一声惊叫:"广贤,你上大当了! 难怪她要嫁给你,原来是早有预谋,但愿我们家那个老董不要来凑这个热闹。"

我的天! 直到现在我才找到张闹爱我的答案,原来她是想分我的仓库。我当即就呆住,像影碟机被按了暂停,脑袋里一片雪白。赵山河拍拍我的脸:"你中风了吗?"她把我拍痛了,我才回过神来,一拳砸在床铺上,光线里全是灰尘。

74

　　我赶紧从张闹的屋子里搬出来，连香烟头都不留下，生怕搬慢了会得传染病。走出她房间的一刹那，我也曾产生过幻想：也许张闹的心没那么黑，是我们把她想黑了，她怎么会提前知道仓库要物归原主呢？但是，我已经被骗得伤痕累累，被骗得都不敢相信任何人了，所以关上门之后，我就提着包袱往楼下跑，袜子、打火机、手套等小件物品不停地从包袱里掉下来，散落在走廊上。

　　第二天，我从阁楼的窗口看到梁主任坐在一号格子里，她终于出差回来了。我走进她的办公室。她认真地看了我几眼："你就是曾广贤呀？"我点点头。

　　"知道叫我什么吗？"

　　"梁主任。"

　　"错了，你应该叫我姨妈。"

　　我摸摸头，天上怎么忽然掉下了一个姨妈？

　　"张闹没告诉你吗？我是她的二姨妈呀。"

　　我哦了一声，张开的嘴巴半天都没合上，尽管我已经有了一点思想准备，但嘴巴还是开得像鸡蛋那么大，可见我对张闹的阴谋估计不足，都吃过多少亏了，我还以为她的心不会那么黑，更没料到捏着仓库钥匙的竟然是她的二姨妈。她的二姨妈说:"别的省早几年就清理完'文革'遗留问题了,我们这里慢了半拍,不过没关系,该是你的还是你的。我跟闹闹说了,到时你们的钱用不完,可别忘记我这个姨妈……"姨妈滔滔不绝地说了半个小时,又是让我看文件,又是交代怎么办手续,最后把两张表格塞到我手里,要我填写。

赵山河被我请到阁楼商量填表的事,我们一致同意填曾长风的名字,这样仓库就是我爸的,只要他还没到写遗嘱的时刻,那张闹连仓库的一片瓦都分不到。关键是这么重要的消息,怎么样才能不让我爸犯心脏病?赵山河皱了一会眉头,不停地站起又坐下,忽然一拍胸口:"你给我一点时间,我保证你爸在听到这个消息之后,不仅不犯心脏病,还会高兴得唱俄罗斯民歌。"

赵山河频繁地跟我爸约会,想趁他高兴的时候把这个消息说出来。开始他们在三厂的宿舍约会,但是老董来拍过一次门之后,他们就把约会地点改到了我的阁楼。赵山河害怕老董突然袭击,每次约会都搬一张凳子放到楼梯口,叫我坐在上面为他们站岗。我睁大眼睛看着铁马东路,哪怕是发现一个头发长得像老董的,都会警觉地站起来,踢踢腿,弯弯腰,作好打架的准备。他们以为我不知道他们在干什么,楼板都动起来了,赵山河都像当年方伯妈那样哼吟了,他们还把我当傻瓜,每次从阁楼里出来,衣服扣得整整齐齐，就连风纪扣都扣得紧紧的。他们的头发更能说明问题，进去的时候是蓬松的，但出来时却梳得顺顺当当，甚至油光闪闪。这不能不让我怀疑，他们自己带了梳子，还带了头油，要不然赵山河的手里干吗总提着一个鼓胀的包？

那种场合，我的眼睛从来不碰他们的眼睛，生怕他们脸红，所以目光总是落在赵山河的那只手提包上。我盯着那只包进去，又盯着那只包出来，一次，那只包在即将晃下楼梯的时刻忽然停住，被赵山河蚕宝宝一样的手指拉开，从里面掏出几张钞票递过来，像拿糖果哄小孩子那样哄我。我一巴掌打掉钞票，她面红耳赤地跑下去。她以为我心甘情愿地守门口，是为了给她腾出跟我爸说仓库的时间，是图她的几个小费，但是她一千个一万个错了。她就是打破脑袋也想不到，我这是在赔偿当年对他们的伤害。从告密他们到为他们守门口，这不能不说是我的一个小小进步，是全社会的一个大进步。

半年过去，我为赵山河和我爸一共守了九次门口，也就是说赵山河有跟我爸说仓库的九次机会，这还不包括他们私下的见面，但是她就像一个视钱财如粪土的人，死活不跟我爸提仓库的事，只顾自己哼吟、快活，仿佛要把过去的损失连本带利夺回来。等到他们第十次从阁楼里走出来的时候，我把赵山河留在楼梯口，让我爸一个人走下去。

看看我爸的背影上了铁马东路,我问赵山河:"你干吗还不告诉他?"

"你想害死他呀?难道你没长眼睛吗?每一次我们见面,他的脸都红彤彤的,不要以为这是神采奕奕,身体健康,绝对不是的,这是心脏病或者脑溢血的迹象。多少次我的话都到嘴边了,但是又不得不像吃药那样吃下去。你没听说过吗,有时候好消息也会把人吓死。"

"那这仓库不要回来了?"

"哎……这事我都前前后后想过了,还是给你爸留一条命吧,"她掏出那份表,递给我,"就用你的名字把仓库办回来,千万别让你爸知道。"

"那张闹就捡大便宜啰。"

"你们不是已经结婚两年了吗?只要两年不同居,就可以办离婚手续。"

我一拍脑门:"对呀,我怎么把时间给忘了呢?"

75

我在岭南大学五号宿舍楼等了两个晚上,才见到著名教授兼律师张度。他听我倒完苦水,嘭嘭地拍着胸脯:"好多打官司的专家一听说我出马,立即就请求庭外调解,我就不相信那个张闹不读书不看报,连我的名字都不知道。"

我也拍了拍胸脯,不过没拍得他那么响:"只要你能让她尽快离婚,收多少费用都不成问题。"他的目光稳准狠地落在我脏破的球鞋上,就像子弹一下找到了靶子。我当然明白他的意思,把两只脚往后收了收。

"荣光明跟你说过我的收费标准吗?"他举起一只巴掌,"没这个数,恐怕我腾不出时间。"

"不就五千吗?这事只要能办成,我给你一万块。"

他的眼皮往上一跳,脸上出现了遇到骗子的表情。我赶紧把我们家那栋几百万元的仓库抖出来,告诉他钱对于我只是一个数字。他眨巴着眼睛:"原来你是资本家,我差点以貌取人了。不过,按规矩,你还是先交两千块定金吧。"我的屁股在他家的木沙发上磨来磨去,身子一会偏左,一会偏右,好像这么磨几下就能解决定金的问题。他不愧是著名律师,一下就看出了我的心理活动:"要不,我们订个合同,定金先不收你的,但价钱会比原来的高。"

"我有那么大的仓库,哪还在乎价钱,这样吧,如果你让我拿到离婚证,我给你两万元。"

他小口小口地喝茶,一共喝了十六口,才从提包里掏出一份合同,在空格的地方填上数字和日期,递给我。我在后面补了一条:"必须拿到离婚证,乙方才付款。"他笑了笑,从茶几上拿起一张报纸:"看看吧,这是我最近打的一个官司,受害人都死了十年,我还帮他打赢了。"我接过报纸学习了一遍,马上在合同上签了名字,然后把其中的一份揣进衣兜,用手紧紧地按住,就是在回家的路上,我的一只手也始终按住,生怕它像那份平反文件还没到家就弄丢了。

我把合同压在木箱的底层,又在木箱上加了一把锁,就是这样了,心里也还不踏实,就把门锁换成了特大号的。每天从服装厂下班回来,我第一件事就是打开木箱,把手伸到衣服的底层,探探那合同还在不在。有时我会把合同拿出来,高声地朗读,就像读高尔基的《海燕》那样充满激情。

十天之后的晚上,张度谦虚谨慎、戒骄戒躁地来到阁楼,把他手上那份合同还给我:"这官司不像你说的那么简单,我差点就给张闹呛死了。"

"难道她比法律还厉害?"

"你实话告诉我,这两年到底跟张闹睡没睡在一起?"

"我要是跟她睡在一起,就让车撞死。"

"那她的手里干吗有你的卷毛?那条碎花裙子上为什么有你的精斑?她有了这两样证据,我就是再著名也打不赢这个官司。"

我举起手,本想拍一下脑袋,但是我还没有拍就放下了,都拍了不知多少遍,不仅没把自己拍聪明,反而越拍越笨,干吗还要拍呢?我当初只想糟蹋张闹的房间,让她烦我，尽快抛弃我，就吐了不少痰，睡了她的床，用她的碎花裙子搓下身，万万没料到这会留下后遗症。我扇了自己一巴掌，转身出了阁楼。张度说："我又不是来收费的，你躲我干什么？"

骑车赶到张闹的宿舍，我用原来留下的钥匙打开门，冲进去，拉开柜门、抽屉，把她的那些名牌服装全部摔到地板上，翻找那条碎花裙子。我腾空了她的所有的衣柜，也没找到那条碎花裙子，倒是发现了一沓厚厚的钞票。我拿起钞票看了一眼，顺手丢到梳妆台上，然后打量四壁，揣测她会把证据藏在哪里？也许在席子底下？我走过去把席子掀开，一张纸条飘出来，捡起一看，我立即又傻了。纸条上写着："我知道你会想办法销毁证据，但是你来晚了，我已经把它们锁到最安全的地方了。"我的手气得抖了起来，抖了十几秒钟，我大骂一声跳到床上，扯下她的蚊帐，用脏破的球鞋在上面踩来踩去，白蚊帐顿时变成了跑道，上面印满了脚印。我踩得额头冒出了细汗，床架都摇晃了才跳下来，骂骂咧咧地离开。

我把车直接骑到三厂我爸的宿舍，虽然已经是凌晨了，但还是忍不住拍响他的门板。好久，他才拉开门，探出头来，什么也不说，只是望着我。我推门挤进去。赵山河正在床上忙着扣衣服，一看见我，就赶紧解释："我怕你爸晚上犯病，过来陪陪他。"原来他们已经住在一起了，怎么不怕老董抓现场了？难道赵山河已经离了吗？我背对床站着，等赵山河完全彻底地穿好衣服才转过身来。

"赵阿姨，我们不能再等了，张闹跟我玩计谋，看来这仓库还得让爸去办。"

赵山河冲我眨眨眼睛，掉头看着我爸："你没事吧，长风。"我爸坐在椅子上："我没事你就不习惯吗？"赵山河努努嘴："广贤，我们到外面去说。"我定定地看着我爸，一大堆话早跑到了嘴边。赵山河拉了拉我的胳膊。我说："爸……"赵山河又用力地拉了一下我的胳膊。我说："赵阿姨，不会出事的，你看我爸的脸色那么好，即使说出来他也不会犯病的。"赵山河拽着我往门边走。我爸说："山河，你让广贤把话说完，别神神秘秘的，弄得像是搞地下工作。"我挣脱赵山河："爸说了，让我把话说完。"

"长风，都是些鸡毛蒜皮的事，不值得你听。"赵山河掐了我一下，更用力地把我往门口拽。我爸说："别闹了，你们要是再不说，我就真犯病啦。"赵山河松开手。我说："爸，其实这是一个好消息，如果你愿听，就别吭声；如果你不想听，或者是身体不舒服就抬一抬手。"我爸点点头。我咳了一声，把政府归还仓库的事说了一遍，说的过程中，我爸不仅没抬一抬手，反而听得嘴角都挂了起来。

"山河，他们总算还了我们一个公道。"

我爸一拍大腿站起来，背着手走来走去。我掏出那份表格递给他,他看了看,当即找来钢笔,趴在桌子上填写:"山河,这么重要的事情,怎么现在才告诉我?明天我们就去办手续。"

我和赵山河对视了一眼,都满意地点了点头。

76

后来,赵山河告诉我,整个晚上我爸都在折腾她,弄得她都没力气了,腻了,烦了,一辈子都不想男人了。她说:"你爸都五十多数啦,竟然比十八岁的小伙还有力气,好像从来没碰过女人似的。"

第二天一大早,我爸没洗脸,没刷牙,就催着赵山河起床,来到铁马东路37号。仓库的门还挂着锁头,马路上的那些树刚刚清晰,密集的枝叶间还藏着成团的黑。没有汽车驶过的空当,可以听到扫帚摩擦马路的声音。我爸站在门口,指着一棵树:"山河,你看它都长粗了,当年我们在那上面挂过狗,你还记不记得?"赵山河摇摇头。

"你怎么就不记得了?那是我们家的两只花狗,因为交配,你哥还想拿它们来开批斗会。"

"记起来了,记起来了,当时你把我们家的席子弄得全是狗毛。"

"我们吵了一架,你要我赔席子,还扯破了我的衣袖。"

赵山河嘎嘎地笑了起来:"那天晚上,我起来解手,发现你坐在门口发呆,也不知道你哪来的胆子,竟然敢抱我,还想跟我那个……"

"都是那两只狗惹的,惹得我觉也睡不着,在门口坐了一个通宵。"

"你记不记得? 我当即就给了你一巴掌。"

赵山河轻轻拍我爸的脸,我爸的脸一歪,身子靠在门板上慢慢地坐下去,就像一位出色的演员在复习当年的情景。但是他这一坐下去,就再也没爬起来,赵山河以为他是演戏,伸手挠了挠他的胳肢窝:"别装了,快起来吧,裤子都弄脏了。"我爸好像没听见,直着的上半身往旁边一倒,整个睡到了地上。这时,赵山河才发现问题严重,咚咚地跑上阁楼:"广贤,不好了,你爸终于犯病了。"

我卸下阁楼的门板,把我爸放上去,跟赵山河一前一后抬着赶到市第一人民医院。医生们立即进行抢救,在我爸的身上插了不少的管子。等病房安静下来,赵山河说:"广贤,你知道错了吧,我叫你别跟他说仓库,你偏不听,现在知道麻烦了吧。"

"昨晚说的时候,他怎么没有一点犯病的迹象?"

"医生说这病不一定当场发作,有的人可以推迟一到两天。"

"那今后我再也不跟他说仓库了。"

"借钱都有可能收不回来,何况是说话,你这张嘴巴真会惹事。"

我拍了一下嘴巴:"赵阿姨,从今天起,如果我再乱说话,你就拿订书机把我的嘴巴订上。"赵山河叹了一声:"但愿你爸没什么大问题。"

一天下午,老董来到病房,当时我们并不知道他是经过详细的调查、周密的考虑之后才来的。他默默地坐到床边,眼珠子转困了,就垂下眼皮:"山河,我也拖了你这么多年,再拖下去就不人道了,你真的愿意嫁给床上的那个人吗?"赵山河的性子本来就刚烈,哪受得了老董的挑衅,大声地说:"我一千个一万个愿意。"

"你真的爱他?"

"废话。不爱他难道还爱你吗?"

"那我马上成全你们。"

老董掏出已经签了字的离婚报告,递给赵山河,他们当天就去民政局办了离婚。晚上,赵山河把离婚证书压在我爸的枕头下:"长风,我们等这张纸等了十几年,时间虽然长了一点,但总算把它拿到了,要是姓董的早这么爽快,广贤的弟弟也该有一米多高了。我要是知道会有这么一天,当初就不应该嫁给他,现在好了,跟他生活了差不多二十年,把自己最漂亮的时期全部给了他,到头来还得弄这么个本本更正自己的错误,老天真会作弄人呀! 长风,你听到我说话了吗？要是听到了你就点点头，等你一出院我们就去领结婚证……"

赵山河不停地把眼泪从手上抹到被子上，把我的鼻子说得酸酸的，但是我爸连嘴角都没翘一翘，仍然处在深度昏迷之中。过了十天，负责抢救我爸的医生把我们叫到会诊室，用缓慢而沉重的口气说，我爸也许再也不会醒来了。医生只能给我爸留下一口气，却不能留下动作、语言和思维能力。我爸成了植物人！这个结论绝对不亚于冬天打雷夏天飘雪，而我和赵山河却保持了高度的冷静，没有哭，没有笑，没有多余的肢体语言，只是木然地回到病房，盯着我爸发呆。忽然，赵山河一转身，抓起陪床上的枕头，朝我砸来。她不停地砸着，砸得枕头里的棉花满屋飞舞。

"都怪你，当初你要是不跟你妈告密，我哪会那么快嫁出去，哪会嫁给一个火车司机，哪会挨那么多拳打脚踢，哪会到现在都没有一个孩子。我千叮咛万嘱咐，叫你别跟你爸说仓库，可你就是不听，硬要跟他说，你少说两句死得了人吗？你把他说成了一个废人，你高兴了吧？现在你干吗不说了？你说呀！我好不容易盼到今天，以为能过几年我想要的生活，没想到会是这个结果。我的命怎么这么苦呀……"

赵山河打累了，扑在床上呜呜地哭。我递过一条毛巾，她一把打掉。我抹了抹沾在脸上的棉絮，蹲下去捡散落的棉花，捡满了一手掌，我就把它们塞进枕头的破洞。地板上的棉花越来越少，枕头越来越胀。

等赵山河一离开医院，我就掩上病房的门，摇晃我爸的脑袋："爸，你醒醒，你快醒醒！你说过睡懒觉的人没钱花，你干吗睡了这么久还不起床？爸，单位通知开大会了，你快醒醒呀！以前只要一说开大会，就是外面结冰坨子你也会从被窝里跳起来，现在你干吗不跳起来了？爸，单位开会啦，你快醒醒呀！"我爸的脑袋在我手里偏过来偏过去，除了鼻孔的气息，别的都像塑料做的。我掐了掐他的耳朵，他没有反应，我用嘴巴咬他的胳膊，上面都咬起了牙齿印，他也没喊痛。

"爸，早知道仓库会把你吓成这样，当时我就不应该跟你多嘴。我很后悔没听赵阿姨的，假若当时我听她的，跟她到门外去，也许我就不会跟你说仓库了，那你就没机会激动成这副模样了。爸，你别这样，你要是真的醒不过来，那我就成罪人啦，我可负不起这么大的责任……"

我一边说一边扬手扇自己的耳光，扇得一声比一声清脆。有一次，我扇得忘记了时间，赵山河推门进来，一把抓住我的手："别扇了！再这么扇，你也会躺到床上去，和你爸一个模样。"我挣脱她，偏要扇，既然她都看见了，我就扇给她看，让她知道我有多后悔。她看着我，忽然把手扬起来，在她的脸上扇了一下："你以为光你懂得扇巴掌吗？我也想扇自己。开始我还弄不明白老董为什么会突发慈悲，后来才知道他在跟我离婚之前，专门到医院打听过你爸的病情，他是懂得你爸再也不能起床了才愿意跟我离的，否则，他不会放过我。要是知道他的心这么'好'，我就拖死他，让他离不成，结不成，让他一辈子都没后代。"

77

在我爸住院期间，庞厂长叫我到微型收音机装配车间顶我爸的职，就让我坐在我爸原来的位置上，把收音机的半成品从流水线拿下来，装上一个小喇叭之后，又把它放回流水线。坐上我爸坐过的板凳，我觉得屁股底下好像长了刺，怎么坐怎么不舒服。我跟旁边的人换了一张凳子，坐下去的感觉还像是坐在针尖上。为什么会有这种感觉呢？因为我一直觉得我是故意把我爸吓瘫痪的，如果没把他吓成瘫子，那我就不可能顶他的职，不可能成为三厂的正式职工，我们家也不会分到两室一厅的新房。这种感觉越来越合理，后来我就干脆把它变成了事实。

我们家分到的那套房子在12栋2单元101室，尽管一层容易潮湿，但对躺着一个病人的家庭来说再合适不过了。拿到房门钥匙之后，我切了一盘猪头肉、一盘烧鸭，买了两瓶二锅头，把在仓库旁守建筑工地的老杨请进阁楼，跟他一边聊一边喝。喝着喝着,他脸红脖子粗了,舌头打卷了,就答应送给我几十条半截钢筋。我把钢筋扛进新房,用借来的电焊枪在卧室里焊接起来,房间里钢花飞溅。用了半个月的业余时间,我焊接了一张特别的床,床的一半铺上木板,另一半却焊上了纵横交错的小钢筋,像渔网那样。一听你就知道,这是为我爸准备的,铺木板的那一半让他睡觉,像渔网的这一半让他躺在上面洗澡,一张床半边铺棉胎半边铺凉席,既可以干也可以湿,水陆两用。我还在床的四角焊了四根柱子,再把四根柱子用钢筋连起来,床的上面就有了一个长方形的顶。我在顶的中间焊一个吊钩,这个吊钩既可以挂药瓶,也可以挂电风扇,必要时还可以挂花篮。在床头的柱子上,我焊了一个小小的钩,这个钩不挂别的,专挂小收音机,如果我和赵山河上班了,就让小收音机跟我爸说话。在床的下面,我焊了两个小圈圈,一个圈圈用来放尿盆,另一个圈圈到了冬天用来放火盆。我从来没见过这样的床,但是我把它发明出来了,可惜后来没去申请专利。当时我不知道这也是发明创造,只是想让我爸睡得舒服一些。我爸睡舒服了,也许会原谅我的多嘴多舌,原谅我抢他的工作。

在我做床架的时候,赵山河要我陪她去一趟银行。一路上,她捏着存折的手都没有松开。到了银行门口,她没有马上进去,而是来回踱步,好像取钱是打篮球,在正式上场之前必须先热热身子。徘徊了十几分钟,她说:"广贤,我们分到这么新的房子,没有理由把旧家具、旧用品搬进去吧?"还没等我回答,她又说了起来,"床要新的,衣柜、电饭煲要新的,沙发和餐桌也要新的,那棉被和枕头也应该是新的吧?"我本来想告诉她餐桌和床架还凑合着能用,但是她根本没给我插话的机会,自己接过自己的话头,"怎么说我也要把这套房子收拾得像模像样,让我们个个住得舒服。再说,我们不是有钱了吗?哎,广贤,我怎么把仓库给忘记了?我们都有两百多万元的资产了,怎么还把自己当穷人?"这时,她捏着的手才慢慢摊开,那本小数额的存折已经变成了一团纸疙瘩,她把存折压在大腿上,用手一下又一下地抹,直到把存折抹平,才走进银行。

我们搬来了大件小件,新房慢慢像个家了,等挂上窗帘,铺上床铺,煤米油盐都备齐之后,赵山河请赵大爷掐准一个日子,我们就把我爸从医院里接了回来。我爸的卧室里安了两张床,赵山河睡一张,我爸睡一张。我这间摆了一张宽大的双人床,放了两个枕头,床上的用品全是大红,就像新婚的床铺。第一次睡这么上档次的床,我的脑子像车轮那样飞转,怎么也停不下来,总觉得少了点什么。

真不好意思,当时我竟然想起了张闹,我过上了好日子，第一个想起的竟然是伤害自己的人，是不是太没出息了？但是没办法，一看见红的被子，红的枕巾，一闻到新布的气味，我的脑子里全都是她。我整夜整夜地闭着眼睛想，张闹有那么坏吗？难道小池或者小燕跟我离婚就不分仓库了吗？这个世界上除了傻瓜，哪个人不想钱？张闹也是人，她要买名牌的服装，买真皮的鞋，买知名的化妆品，想钱也是可以理解的，既然我有两百多万元的仓库搁在那里，干吗还要像穷人那样跟她算到一分一厘？说实话，那么多钱我根本花不完，再说钱多也不一定是好事，我爸突然瘫倒就是最充分的证据。对于我来说，钱不是当务之急，当务之急是找一个人来暖被窝，不让这张双人床显得那么宽大、空旷。几年前我接受不了别人冲着钱来爱我，但是现在都八十年代了，连三厂的老光棍王志奇都懂得买冰棍、口红讨好女人了，这个世界上哪还有不带钱字的爱情？如果一半仓库能换得张闹真心实意地跟我过一辈子，那金钱就算是做了一回助人为乐的事。

　　半夜，我听到赵山河起来给我爸倒尿的声音，就从床上爬了起来，把上面的想法跟她重复了一遍。她指着我的脑门骂："都三十好几了，你还像幼儿园的孩子那么天真。我给你铺那么暖和的床，是想让你快点离婚，把小燕娶回来，给我和你爸弄个胖孙子抱抱，没想到你竟然还在想那个女妖精，你丢不丢人呀？你……"

78

  要不是赵山河提醒,我差不多把小燕从脑子里抹去了。人就这么犯贱,帮过你的人不一定都记得住,但伤害过你的,你会牢牢地记一辈子。十二号那天,我把三个月的工资全部从存折上领出来,买了一双张闹那样的皮鞋,一件张闹那样的高领毛衣,外加一大网兜苹果,骑上单车去看小燕。我敢这么大手大脚地花钱,全仗着有铁马东路那间仓库。当初小燕说给我一个月的时间闹离婚,现在都两年过去了,她会不会骂我不守信用?会不会像小池那样闹自杀?一路上,我都在想怎么安慰她,怕她哭鼻子,我在一家新开的小卖部前停下来,买了两条手帕揣进衣兜。有了这两条手帕,我的底气足了,单车踩得比刚才快了。

  远远地,我听到蹩脚的琴声从小燕敞开的房门传出来,走到门口一看,胡开会正对着小燕挺起的腹部拉手风琴。他们看了看我,也没停下,而是把那一曲《我的中国心》演奏完毕,才跟我打招呼。胡开会放下琴,朝我点点头。小燕说:"开会刚刚学会拉这玩意,为了给孩子胎教,现在我们连英语也得学上几句。"我压根儿没想到,小燕已经跟胡开会结了婚,而且还怀上了孩子。我把礼物递给小燕,她当场穿上,在原地转圈,让我和胡开会帮她看看够不够漂亮。当我们都点头夸好的时候,她对我说了一声:"谢谢。"

"你们真不够朋友,结婚也不通知我来吃喜糖。"

"哪来得及呀,发现小燕怀上了,我们才赶紧领结婚证,连喜酒都不好意思请。"

胡开会嘴里假装哟嗬依嗬哟,但心里面却美得嘟格里格嘟,他当即到厨房炒了一盘鸡蛋,一碟花生,拿出两瓶二锅头摆在桌上。两个男人喝了起来,一边喝一边说何彩霞、赵敬东和何园长,甚至说到了国际国内形势,但坐在一旁的小燕没让我们连续说上三句,就会插话:"张闹呢,也该怀上了吧?"说这话时,她的脸上像贴了奖状那么神采奕奕,身板像挂了金牌那么挺。我说:"怀上啦,张闹都喜欢吃酸萝卜了。医生说我长得这么帅,她长得那么漂亮,生出来的孩子肯定可以当演员。"小燕说:"是吗?如果怀上了,一定要胎教,这样小孩将来才会考上大学,弄不好还会读研究生。"

我嘴巴哼哼地答应,心里却酸溜溜的。我从杯山出来的那天晚上,要是不反对小燕解我的裤带,要是当初我不选择张闹,那小燕怀上的这个孩子就该叫我爸爸,拉手风琴的人就不会姓胡。我悔一次喝一杯,喝一杯悔一次,渐渐地头晕了,身子热了,胸口怦怦地跳了,最后我给他们的幸福生活来了一个归纳:"小燕,开会,你们知不知道你们赶上了一个好时代？提前十年，你们敢先怀孕后领结婚证，没准谁就会被判强奸罪。当年要是有今天这么开放，我曾广贤哪会坐十年牢，哪会一朝挨蛇咬十年怕井绳，哪会出了监狱还不敢动自己的女朋友……"

我听到他们说"喝醉了，喝醉了"，就再也不清醒了。我是怎么摇摇晃晃地出门，怎么骑上单车，一概都不记得了。第二天早晨睁开眼睛，我发现自己躺在张闹房间的地板上，手里还捏着门钥匙，吓得马上坐了起来。地板是干净的，所有的用具也都摆得整齐，梳妆台上放着一瓶鲜花，茶杯没有盖上，里面装着半杯水，墙壁上的日历翻到十三号，一切迹象表明，张闹刚刚离去，但是，几个月前我踩踏过的床铺和蚊帐还是原来的样子。我把蚊帐挂起来，蚊帐上的脚印好像是在向谁示威，看上去相当嚣张。我用力拍打，那些脚印没拍掉，倒是拍起了一团团灰尘。我只好把蚊帐拆下来，拿到楼下的水池边去清洗，然后把它晾在门前的走廊上。在即将离开之前，我叠好了床上的被子，在花瓶下压了一张纸条，纸条上写着："希望能和你谈一谈。"当时我想中国和日本都能坐到一张谈判桌上，为什么我和张闹就不能？

想不到小池在这个时候出现在门口，她敲了敲门，我赶紧走出去，把门关上。她说："你知道于百家和张闹在什么地方吗？"我摇摇头。她说："我知道他们在哪里。"也不问我同不同意,她拉上我就走。我怕她精神不正常,认真地看了几眼,她的头发梳得顺畅,皮夹克的拉链锁到了脖子,下身的牛仔裤干净、整齐,看上去确实像个画家。

我们打的来到归江饭店,在上电梯的时候,她告诉我:"于百家和张闹天天都在这里约会,死不改悔,今天我们来一次四方会谈,搞清楚到底谁跟谁过一辈子?"这也正是我当时的想法,就气冲冲地跟她来到703号门前。她咚咚地拍门,里面传来女人的尖叫和忙乱的声音。她又拍了几下,门终于裂开一道缝,缝里伸出一只巴掌,狠狠地摔在她脸上。她的身子一晃,险些跌倒。我冲上去,大声质问:"你干吗打人?"那个中年男人抓住我的胸口,照着我的右脸来了一拳,用广东口音说:"你侵犯了我的隐私,你知不知道?这个疯女人昨天来了一次,今天还来,把我的女朋友都快吓成她了,你知不知道?"

小池缩着脖子站在走廊上发抖。直到这时,我才知道她的脑子还没有正常,我对着门里说了一声"对不起",拉着小池朝楼梯口走去。她说:"奇怪了,他们怎么不在这里?原来他们是在这里的,今天怎么换地方了?"我终于想起来了,张闹和于百家被公安抓获的那一次就是在这个房间,两年都过去了,小池还以为他们在里面。这事刚才我为什么没想起呢?我要是提前几分钟想起这个房间,就不会让她敲门。

79

春天的一个周末,仓库门前开来了三辆加长的大卡车,梁主任他们把办公桌、文件柜、书籍从仓库搬到卡车上。报刊、文件和信笺飘落一地,不时有墨水瓶和玻璃杯掉下,破碎。有人清理抽屉,把没价值的纸张抛起来,有人在拆电话线,有人在摘板壁上的奖状,有人把文件拢在角落点了一把火,仓库里顿时冒起一股纸烟。那些废弃的纸张慢慢地从仓库延伸到门口,延伸到卡车的后轮,像是铺出来的地毯。办公用具搬完了,人们陆续爬上车去。梁主任和那个秃顶的男人摘下门口的招牌,丢到卡车上。卡车同时启动,黑色的尾气掀起了片片白纸。梁主任把一串钥匙重重地拍到我手上:"仓库就算正式还给你了。"我说:"谢谢。"

三辆卡车排成纵队拐上铁马东路,一两片纸从车上飘下,在马路上起伏,慢慢地飘高,高到树那么高就狂扭。一阵风刮来,抬起我脚下的纸片。我转身跑进仓库,把角落里的火踩灭。这时,风越刮越大,整个仓库里纸片飞舞,一直飞到檩条上。我看见我妈在纸片里飘,看见妹妹曾芳在纸片里玩肥皂泡,看见那只叫"小池"的狗在纸片里奔跑。我的鼻子一酸,眼泪唰唰地流了出来。真不好意思,我都那么大的人了，都快成富翁了，还像小孩那样哭鼻子。

连续几晚，我在床上滚来滚去，盖被子觉得热，不盖又觉得冷，开窗嫌外面的声音吵，关窗又觉得闷，反正，总之，顺手一抓，就可以抓到一大把失眠的理由，弄得自己都害怕见那张新床。于是，每天下班之后，我就躲到仓库里，洒水、扫地，清理那些废旧物品，把自己折腾得全身疲软。几天之后，仓库的地板扫干净了，我摆了一个木工架，提着斧头、锯子、刨刀、墨尺，开始修理歪斜的门窗。十几扇原来关不严的窗门，被正了过来，原先腐烂的木框换上了新木条，碎了的玻璃——补上，锈了的合页也换成新的。尽管这样，还有几扇窗门在开或者关的时候会发出嘎嘎声，我买了一瓶润滑油，点在它们发出响声的地方，直到它们再也没有声音。关上所有的窗门，那些新补上去的木条特别白，特别扎眼，就像旧衣服上的补丁。我一咬牙，又从我爸的存折里取了一点钱，买了五桶绿色的油漆，把窗户和门板里外全部刷了一遍。这样，仓库就像个刚提拔的厅级干部，忽然抖了起来，连衣着和表情都变了。

没了仓库的折腾，我的精力又多得没地方用，整晚就睡在床上开小差，睡得脑子活了，皮肤木了，再也不想睡了。一天深夜，我爬起来，实在没地方可去，就去看仓库。一对男女正在仓库的角落里干那种事，他们听到响声，看见灯光，立即爬起来，蜷缩在墙根下，把手遮在眼鼻处，全身像装了发动机那样颤抖。一看就知道，那是一对没有单独房间的民工，我把灯全部熄灭，蹲到门外，腾出地点和时间让他们把事情做完。但是，我抽了三支烟，也没看见他们出来，以为他们抽风了或者疲劳过度，便走进去重新开灯。人不见了，后墙的一扇窗门敞开着，一个窗格子是空的，墙根下全是碎玻璃，原来他们是打碎玻璃从窗口爬进来的。我不仅没听到一声"谢谢"，还赔了一块玻璃。第二天，我把那块玻璃补上，在舞台安了一张床，把阁楼上的用品全部搬下来，夜晚就睡在仓库里。很奇怪，那个晚上我像吃了大剂量的安眠药，只几分钟就把失眠抛到了窗外，什么声音也听不到。

早上醒来，我看见刚刚补上的那块玻璃又碎了，碎玻璃上放着一篮粽子，粽子上压着一张纸条，纸条写着："李三和春桃向您致以崇高的敬意！"我拍了拍脑袋，双手提起那篮粽子，来了一个点转，来了一个大跳，再加上一个劈叉，把在杯山拖拉机厂练的芭蕾舞偷工减料地跳了一回，心里就像开满了鲜花。除了为那篮粽子高兴，我还为听不到玻璃破碎高兴，这说明我睡得死，睡得踏实。在仓库出租之前，我一直睡在舞台上，只有睡在这里，我才不知道什么叫作失眠。

一天晚上，张闹终于浓妆艳抹地来了，说她浓妆艳抹，是因为她脸上的粉擦得比原来的厚，眉毛画得比原来的细，衣服裤子显得比原来的贵，皮鞋比原来的尖，手里挽着一个月牙形的棕色小皮包，看上去就像我爸那个时代的资产阶级小姐。她坐在我床边的椅子上，跷起二郎腿，吊着的那只脚不停地晃动，眼珠子骨碌碌地转，把舞台上下打量一遍，扭过头来盯着我："你不是说要谈一谈吗，干吗不谈啦？"我又开了几盏灯，让仓库更亮一些，然后坐在床上，双手抱头，不知道从哪里开谈。她说："你是想好好过日子，还是愿意分一半仓库给我？"

"能不能……不、不离婚？"

"你不是一直想离吗，怎么又反悔了？"

"我想要孩子了！我想当爸了！我有这么大的仓库，枕头边却是空的，我要这个仓库干什么？"我呼地站起来，迈开大步，在舞台上来回走着，"只要你专心跟我过一辈子，从前的那些臭事我都可以掐掉，都可以不计较。不再跟于百家来往，你做得到吗？你要是做得到，我就把仓库的钥匙交给你。"

"这有什么难做？你曾广贤要是早这么大方，我们的孩子都可以上街打酱油了。"

她激动地站起来，提着包向我走了一步。我走到她面前，想抓她的手，却又缩了回来。我连老婆的手都不敢抓，让你笑话了，但当时我真的不觉得她是我老婆，是不是男人跟女人没上过床，就是领一百张结婚证也没有夫妻的感觉？你说什么？现在就是上了一百次床，只要不领结婚证同样没有夫妻的感觉。这么说上床和领证，两者缺一不可，我又扯远了，还是回到当时吧。

张闹说："你真的舍得把这仓库给我？"我把钥匙递过去："说好了，你不能再跟于百家。"她不仅不接，反而发出一声冷笑："别拿这个来哄我，我又不是小孩。明天你把锁头一换，我要进来，那除非爬窗户。"我拍拍胸口："不信，我可以写张保证书给你。但你必须答应我，不再跟于百家好。"

"好啊，那你现在就写。我要是再跟于百家好，就让我得癌症。"

我拉开书桌的抽屉，揭开木箱，掀起席子，也找不出一张干净的白纸，更找不出一支有墨水的钢笔。我说："要不，你跟我到新家去，到了新家，我马上给你写保证书，如果你不放心，订合同也行。赵阿姨都说了，她铺那个新床，就是为了让我赶快有个孩子。我第一晚睡新床就没想别人，只想你。"她哈哈大笑："曾广贤，你不觉得我们像演戏吗？"

"干、干吗像演戏？"

"你看看这是什么地方？这是舞台。"

我跳下舞台，把刚才说的又说了一遍。她捏了一把我的脸:"没想到你这么可爱,明天我就搬到你新家去,说好了,你要把仓库的一半写给我。"我点点头。她扭着屁股走出去,那姿势就像蛇。

80

第二天晚上,张闹真的到了我们的新家,她跟赵山河点了点头,推门看了一眼躺在床上的爸,就坐在我的卧室里,不停地玩弄一只镀金的打火机。她的拇指向上一撬,打火机的盖子乓地弹开,带出一串好听的钢声,等钢声慢慢消失,她的拇指一压,打火机的盖子嗒地关上。她的拇指不停地撬,不停地压,打火机不停地"乓嗒乓嗒"。这时,我才发现在她那根应该戴丈夫戒指的手指上,已经有了一枚粗大的戒指,金黄金黄的,起码有电灯线那么粗。我伏在床上写保证书,内容是只要她愿意跟我过一辈子,那铁马东路37号的仓库就有一半是她的。写完,我在上面按了一个鲜红的手印,递给她。她接过去:"你爸都病成这样了,你还舍得把仓库分给我,真不容易呀!"

"小池都疯了,小燕都快当妈了,我折腾去折腾来,都长白头发了,仓库算老几呀?找个老婆过日子才是最重要的,"我脱光衣裤,赤条条地钻进被子,"你还等什么?我就不相信我们弄出来的孩子不比他们的漂亮。"

她从手提包里掏出一支细长的进口香烟，叼上，点燃，轻轻地吸轻轻地吐，手里仍然玩着那只打火机，好像在故意考验我的耐心。我想二十年都熬过来了，千万不要在这几分钟丢面子，便放慢心跳的速度。烟头一点点地往她嘴边燃去，燃了半截，烟灰也没掉下来。是不是她难为情了？我叭地关掉电灯，卧室里只亮着她嘴边那颗烟头，越烧越红，越烧速度越快，等到烟头熄灭了，我也没听到她脱衣服的声音，倒是打火机又"乓嗒乓嗒"地响了起来。难道她来例假了吗？我又帮她找了一个不上床的理由。

"知道这打火机多少钱吗？"漆黑的屋子里响起她的声音。

"恐怕得五十来块。"

"五十块？哼，再加二十倍差不多。"

"不可能吧？一只打火机竟然比我十个月的工资还高？"

"这有什么好奇怪的，我这个手提包还两千块呢，托人从香港带过来的。"

"这么说你发大财啦？"

"谈不上发大财，但这两年生活的档次就像朱建华跳高，上去了再也下不来，所以，你就是把仓库分了一半给我，我也下不了决心……到现在我才明白，人活着不仅仅是为了钱，还得讲点水平质量。"

我打开灯,像看假钞一样看着她,一个千方百计骗我上床的人,一个口口声声要分到仓库才愿意离婚的人,怎么突然变高雅了,讲档次了?还没等我的脑子转过弯来,她已经点燃那张保证书,丢在地板上,火苗扑闪几下,保证书变成了一撮灰烬。

"分你的仓库,我的心没这么黑,只要拿十万块钱给我,你想什么时候离婚,我就跟你什么时候离,这样,谁也不欠谁的。"

没想到,她才要十万块钱,这算是便宜我了。但是,她为什么要等我不想离婚了才说?为什么等我脱光了衣服裤子才说?我马上从床上跳起来,把刚刚脱下的又穿上。我的裤子才穿到膝盖边,她就开门走了出去。我翻身躺下,压着那床大红的被子,久久地望着天花板,眼睛眨都不眨。半边仓库相当于一百万元,这么高的价钱都收不回她的心,难道我的档次就低到水平面下了吗?低到负海拔了吗?假若当初我不横挑鼻子竖挑眼,不计较她跟于百家偷情,不急着跟她闹离婚,而是不管三七二十一地先搂着她睡觉,让她怀上我的孩子,那今天她哪还有这么高的眼角。我不停地拍打床铺,兼拍自己的脸,后悔在她勾引我的时候没下手,后悔把羞辱的机会亲手送给了她。跟她拉拉扯扯这么多年,到头来,我只是她的一个证据,证明她脱离了低级趣味,不贪财不俗气,而我反落得一个"配不上"。这么发呆到天亮，我竟然忘记了上班。中午，赵山河走进来摸摸我的脑门："广贤，你要是想学你爸，就到张闹那里去学，我可侍候不了两个呆子。"我欠起身，坐得屁股都痛了，才慢腾腾地走出家门。

我赶到张闹的宿舍，她正在给自己做面膜，整张脸都涂了一层白色。我不管三七二十一，把她摔到床上，撕她的衣服，脱她的裤子，准备过一次真正的夫妻生活。但是，她尖叫，踢我的腿，抓我的脸，咬我的手臂，向我吐口水。我忍受她的攻击，把她的裤子脱掉了，眼看就要过上夫妻生活了，忽然，她把舌头吐出来。你想想一张涂白的脸忽然吐出一根红舌头，那不像吊死鬼又像什么？吓得我打了一个寒战。她趁机推开我，滚下床，抓起一把水果刀："离我远点。"

"别人都可以跟你睡，我这个合法丈夫却没得睡一回，这太不公平了！"

"当初我让你睡，你要摆臭架子，现在轮到我摆架子了。"

"那我不亏死了？白白跟你结一场婚，还要倒贴十万块钱。"

"我要不烧掉那张保证书，你损失的何止是十万。"

"别说十万，就是十毛，我也不会给你。"

"只要你不想结婚，不想要小孩，不怕戴绿帽子，你就不给。其实,你给不给都不会耽误我跟别人来往。"

"当初小燕给我一个月的离婚时间,你为什么不同意离? 你为什么要等到小燕跟了胡开会,等到她快生孩子了才同意离? 你他妈的还讲不讲道理?"我抓起一张小凳,砸到梳妆台上,镜子哗地碎了。

"你那么舍不得小燕,从杯山出来的时候干吗不直接跟她结婚?"

81

一个星期天,我正在仓库里擦窗户,于百家提着一只皮箱走到我面前。我把抹布砸在铁桶里,污水溅到他铓亮的皮鞋上。他跺了跺脚,把皮鞋上的水珠震落,然后打开皮箱:"你看看这是什么?"几十扎拾元一张的钞票快把皮箱挤破了,我从来没见过这么多钱,就把于百家重新打量了一遍:"你抢银行啦?"他叭地合上皮箱:"我要租你的仓库,这是五万元定金,如果你没意见的话,到年底我再给你五万。"

"我才不跟一个抢我老婆的人做生意。"

"你误会了,广贤,当时我不知道张闹跟你结了婚,我要是知道她是我的弟媳,打死也不会跟她那个。"

"吹你妈的牛皮,后来你知道了,不照样跟她去归江饭店开房吗？"

"你不提这个还好，你一提这个，我也有一肚子的火气。要是当初你不把我和张闹的事告诉池凤仙，她哪会发疯。你知道她整天在干什么吗？在忙着敲门，一个宾馆接一个宾馆地敲，差不多把所有宾馆的门都敲遍了。这都是你害的，你知不知道？"

"那也是因为你做了对不起她的事。"

"谁叫你告诉她的！现在哪个家庭不有点问题，全靠捂着、按着保持稳定，你干吗要说出来？你不说出来，舌头会长疮吗？"

"你做得，我还说不得呀？"

"那现在张闹跟了那个律师，你干吗不说？你去说呀！我巴不得你在嘴巴上安一个高音喇叭。"

"你说张闹跟、跟谁好了？"

"张度，就是你请来帮你打官司的那个野仔。"

"这么说我还是他们俩的媒人，"我狠狠地扇了自己一巴掌，"怪不得那天晚上张闹敢发誓，说如果再跟你就得癌症，原来她已经换人了。"

"她换人就像换一口气那么简单，你还不知道吗？现如今只有这个最真实，"他把皮箱举起来，晃了晃，"只要挣到了这个，你再找十个张闹都没问题。不信，你把它们拿出来数一数，只要数了一遍，你就想数第二遍，就会数上瘾。"

　　我往手指上吐了不少唾液，才把那一皮箱的钱数完，一张不多，一张不少，正好五万元，竟然没多出哪怕一张，银行也真是的，连半点差错都没出。关上皮箱，我就不想把钱还给于百家了，便在他事先准备好的合同上签了名字，按了手印，顺便把仓库的钥匙也交给了他。合同上规定他可以使用仓库五年，每年给我十万元，年头给一次，年底给一次，五年一共是五十万元。我抱着那个皮箱，在新家的卧室里睡了一个星期，才依依不舍地拿到银行去存。

　　于百家在仓库里铺了瓷砖，装了天花板，隔了小间，安了床铺，做了淋浴室、蒸汽房，然后在门口挂了四个金光闪闪的大字……百家按摩。为什么说金光闪闪呢？因为他在每个字的上面都缠了霓虹灯，一到晚上，那些小灯一闪一闪的，把路过的人都闪晕了。也不知道他从哪里选拔了那么多优秀的按摩小姐，总是在下午五点钟左右，让她们统一着装，在仓库门前站成两列，听那个年纪稍大的领班训话，然后再迈着电线杆一样的双腿走进仓库。那可是这个城市开得最早的按摩中心，你们这个"莎士比亚"当时都还不知道在哪里？算起来应该是"百家按摩"的儿子辈了。每天晚上，这个城市里最好的轿车都到仓库的门口集合，车牌被那两个高大英俊的门童用红牌挡了起来，你根本不知道来的是哪个级别、哪个部分。

夜晚，我趴到阁楼的小窗口往下看，新装的天花板挡住了视线，只能从声音判断下面的工作。那是拍膀子、拍屁股的声音，是男人们被按痛了的"哟哟"，是女人们的尖叫。深夜回到家里，我就把按摩的声音复习一遍，赵山河听了就说："等我们的钱花不完了，也去按按，没准你爸会被她们按醒。"

其实，我们的钱早都多得花不完了。第一年年底，于百家按合同付给我五万，这样，我的存折上就有了十万元；第二年春天，于百家又付了五万，我的存折上有了十五万元；年底，于百家再付五万，我存折上的数字涨到了二十万元。有了这个数字，我就像腰里别了手枪，胆子开始变大，什么都敢想了，物质决定意识了。我越来越喜欢听那个领班训话，她一本正经，就像领导作报告，嘴里不时蹦出一些学问，比如："假正经是事业的最大障碍""回头客是我们最好的经济效益"。让我佩服得都想喊她"教授"。要说水平，张闹根本没法跟她比；要说档次，这才叫真正的档次！看一看她的装扮就知道了：黑油油的头发全部往后梳，在后脑勺绾了一个结，别了一个白色的发卡；翻开的领口露出洁白的衬衣，红色的领带；裙子刚好压住膝盖，不长不短；肉色的丝袜，黑色的皮鞋……总之，她的身上没一处轻浮，没一处不顺眼，想挑毛病都难。可能是爱屋及乌吧，这么看了几次，我连她的脸蛋、胸口和身材都一起喜欢了,喜欢得都想请病假,专程来听她给按摩小姐训话。

一天,我跟于百家打听她的名字。于百家张大嘴巴:"那么多漂亮的小姐,你怎么偏偏看上一个丑的?"

"她上档次,年龄也合适。"

"你是想玩玩,还是想讨她做老婆?"

"我哪还有心思玩,就想找个合适的结婚,生个孩子暖暖我爸的胸口。"

"那我帮你问问。"

82

没经过自己的劳动,存折上就有了二十万元,我坐也坐不安,睡也睡不好,仿佛板凳长了刺,床铺撒了钉,好像那些钱不是自己的,而是偷来的,弄得赵山河打喷嚏我都吓一大跳,家里掉一颗纽扣都以为是别人敲门。有那么两个月,我连走路都在找害怕的原因,脑门撞了不少的电线杆。其实,害怕的主要原因早在我心里装着,只是不想面对而已,直到有一天我在马路上被面包车撞伤了膀子,才倒抽一口冷气,开始问自己:到底是钱重要还是生命重要?

三月二十五日,我把张闹约到仓库对面的银行。我说:

"再不划十万块钱给你，说不定哪天我就会被车撞死了。"她哈哈一笑："我就知道你这个人欠不得别人的钱，做不得亏心事。"我掏出离婚报告，摆在她面前。她唰唰几下签了名字，按了手印，说："我不要你那么多钱，你划八万块得了，剩下两万就算是我给你的回扣。"

"难道我们是在做生意吗？十万都给了，哪还在乎两万，你别侮辱人。"

她吐了一下舌头："对不起，我说错了。那两万块钱你替我拿去孝敬你爸，我也该对他尽点孝心了。"

想不到她这么善良，我的心口一热，眼睛涩涩的，几乎就要流泪了，拿钢笔的手颤抖起来。我用颤抖的笔尖填了八万元的取款单，心里马上踏实了，再也不怕掉纽扣、打喷嚏了。她存好那八万元，在银行门口打了一辆的士。我们并肩坐在后排，往铁马区政府民政局赶去，一路上，我们都没说话，快到那个地点时，她忽然吻了我一下，我感到左边的脸热乎乎的、麻酥酥的，尽管她以前也吻过我，但是这一次特别来电，好像她的嘴唇烫了，我的皮肤薄了。早知道她有这么好，我就不应该跟她闹，就应该睁一只眼闭一只眼，假若当时我能原谅她的错误，没准她会夹紧大腿、守好裤带，没准会铁下心做我的老婆，那现在我们的膝盖上就会坐着一个小曾。

下了的士，进了铁马区的新办公大楼，她拐进女洗手间去洗手。我坐在民政局办公室等她,等了半个小时,她都没来,我才开始警惕,预感情况不妙。办公桌上的电话铃忽地响了起来,那个负责发证的中年男子拿起话筒,听了一下,冲着我问:"你叫曾广贤吗?"我点点头。他把话筒递过来,我按在耳朵上,传来张闹的声音:"这八万块钱,就算是你强奸我的精神补偿费,从今天起,我们谁也不欠谁了。"

"那你干吗还不上来办手续?"

"不用办了,我们的结婚证是假的,不信,你可以查查民政局的档案,里面根本没有我们的结婚记录。"

我摔下话筒,掏出结婚证递过去。那个中年男子翻了一会档案,摇了摇头。我不信,把那本档案抓过来,盯住一九八〇年十一月二十日那一页,上面写着几个陌生的名字,但就是没有"曾广贤"和"张闹"。我转身冲出办公室,冲下楼梯,冲到马路上拦了一辆的士,直奔张闹的宿舍,那地方已经换了住户,说张闹一年前就搬走了。我赶到剧团,团里没人上班,连办公室的门都锁着,门卫告诉我演员们全都走穴去了。我再赶到东方路瓷砖店,那里已经变成了咖啡屋,店员一律对我摇头,他们根本不知道张闹是谁。我一屁股坐在咖啡屋门前,像一个精神病患者,不停地拍着脑袋,直拍到黄昏降临,街灯闪烁。

当我摇摇晃晃地站起来时,就给自己下了一个决心:

今后不管在什么地方，只要碰上张闹，我都要拍她一砖头，让她知道什么叫作后悔。她竟然用一张假结婚证浪费了我五年时间，让我眼睁睁地看着小燕成为别人的老婆，让我的八万块钱变成了她的。你说这样的人该不该下油锅？该不该五马分尸？为了巩固自己的决心，我对着路边的树杆砸了一拳头，沙袋那么粗的杆子都摇晃了，我却没感到痛。走到路口，我才发现手背已经脱了一层皮，上面一片模糊，鲜血正沿着指尖往下滴。好在那几天我没碰上张闹，要不然准会出人命。

　　我天天用冷水浇头，才慢慢把身上的火气熄灭，但心里仍然有异物感，好像长着一个疙瘩。一天晚上，我跑到仓库去跟于百家诉苦，他拍了拍我的脑袋："你这里长的不是木头呀，干吗比木头还笨？哪有领结婚证都不到现场的，你他妈当时在干什么？腿瘸了或是食物中毒了？"这个问题像刀子那样捅了我一下，我马上软了。当时干吗没跟她一起去领证呢？因为我没有理发，没有穿体面的衣服，脚上还踩着一双拖鞋，这样的装扮根本不适合领结婚证，可是那天我偏偏想领，偏偏想中午就跟她理直气壮地上床，所以就让她单独去了，因为她说那个发证的是她同学，只不过是戳个公章，我去不去都不影响大局。没想到……我狠狠地扇了自己一巴掌，差不多把下巴都打错位了。

于百家说:"我这里有这么多小姐,你随便挑一个开开心,别再想那个女妖精了。"

"除非是那个领班。"

"行吧,你到包间里等着。"

我被一个斜挎着"欢迎光临"的带到十一号包间,等了几分钟,那个领班就走了进来。她一进来就脱衣服,身上被压着的部位不停地弹起,先是胸部,后是腹部,再是臀部,一个白净的稍微发胖的体形躺在床上。我扑上去,正准备发狂,忽然被她右掌心的一颗黑痣吓住。我的头皮一麻,当即从床上滚下来,问她:"你叫什么名字?"

"你问这个干什么?叫我咪咪得了。"

"让我再看看你的手掌。"

她把右手伸过来,掌心里确实有一颗黑痣,大小和方位都跟我妹妹曾芳的相似。我说:"你不是叫曾芳吧?"她收回手掌,骂了一句"神经病",把刚才脱下的重新穿上。我跳起来,和她比赛穿衣服。由于穿得太快,她上衣的膀子嗤的一声裂了。我说:"对不起,能告诉我你的老家在哪里吗?"她气冲冲地说:"你不是查户口的,我干吗要告诉你?"

"二十年前,就是我妈自杀的那一天,我妹妹在动物园里失踪了,她的右掌心长着一颗像你那样的黑痣。"

"你睁大眼睛看看,我的掌心里哪有什么痣,神经病！"她把手伸过来，我紧紧地盯着，除了掌纹，掌心里什么也没有。我说："错了，应该是右手。"

"这就是右手。"

真是她的右手！刚才我明明看见她的掌心有一颗黑痣，怎么说消失就消失了？难道她会耍魔术吗？

83

小姐，你再喝点饮料吧，是不是听烦了？没烦是吧？那我就继续讲。

有了那一次经历，我再也不敢去按什么摩了，不是说我有多正经，而是因为心理有障碍。有时候我实在忍不住，想去过一次浪漫的生活，但是我试了几次都没成功。哎，小姐，你别乱摸，我真的不行，我来这里不是想做别的，就想跟你聊聊天。小姐，别、别扯我的皮带，你能不能听我讲完？只要你能听我讲完，尽管我们没做那事，该给你的我一分不少。别，你别拉我的拉链，别让我的心里背个大包袱，别让我再后悔，这事我真的做不来。好了，别动了，你让我看看你的手掌。天哪！你看看，你的手掌里也有一颗痣。没有？难道是我的眼睛花了？不知道为什么，这些年来，只要我的邪念一冒头，就会看见女人们的右掌心有黑痣，就觉得她们要不是我的妹妹，就是我妹妹的女儿。我妹妹真要是有个女儿,正好是你这样的年龄,所以,直到现在,我都四十好几了,快奔五十岁了,都九十年代了,也没敢过一次性生活,就害怕我的手摸到自家人的身上。哎,小姐,真的不要乱摸,你再乱摸我就生气了,嘘!请让我接接手机。你说什么?不要我的钱?那就是同情我了?千万别这样,我都守了这么多年,基本上不动这根弦了,不想这码事了。小姐,别吭声,我接手机啦。

电话是赵山河打来的,她说我爸的气息突然不正常了。我得马上赶回去,小姐,这是你的钟点费,谢谢你听我讲了一个晚上。

第七章　如果

84

爸，赵阿姨出去了，门也关紧了，我想单独跟你说说。我知道你不愿意跟我说话，从你爬回仓库的那个大雪天到现在，你没跟我说过一句话。三十年了，你说到做到，但是，你不说我说，我要是再不说，就快憋死啦。

如果不是看见那个领班的手心长着黑痣，那我早让你抱上孙子了。那个领班比原来胖了，膀子上的衣服经常有被撑破的危险，但是胖有胖的好处，除了有利于生育，就是心胸宽广，她不仅不记恨我在包厢里对她的羞辱，还经常跟我点头，打招呼，好像我从来没看见过她的身体。有时闲空，她就给我说她小时候不刷牙、尿炕的故事，经常向我分享她童年的顽皮，明显向我发出相好的信号。现在，她在北朴路开了个服装店，只要进了新款式的衣服，总会打电话叫我过去，给我打五折，我和赵阿姨身上穿的，基本上都来自她那个店。开始，我怀疑她是曾芳，后来看了她的身份证才知道她叫范来弟，比曾芳小四岁，出生在东北，离我们这里好几千公里，坐飞机也得四个小时，就是编蹩脚的电视剧跟曾芳也扯不上关系。她赚了好多钱，却一直单身。要不是害怕她手心的痣，十年前我就跟她结婚了。像她那样壮实的身板，生出来的孩子肯定比小燕那个要白、要胖，你一定会欢喜得从床上跳起来。

假若能提前一两天发现结婚证是假的，我就是把那八万块钱捐给灾区也不会给张闹。那时的八万块相当于现在的八十万，可以到郊区去买一大片地，或者在市中心买一套好房子。当时，张闹都快把我忘记了，搬家没通知我，和那个当官的同居也没跟我打招呼，很可能她要十万元才离婚都是说来吓唬我的，根本不指望把钱拿到手。她知道结婚证是冒牌货，只要我不主动给钱，除了抢劫她一点办法都没有。要是我早一点碰上律师张度，那八万块钱也不至于跑到张闹的存折上，完全可以用它来加宽我们的住房，甚至可以天天让你喝最贵的牛奶。

我是在跟张闹分手三年后才碰上张度的，当时他正在出席仓库的捐赠仪式。会后，他把嘴巴贴到我耳朵上，说张闹把他给踢了，跟一个厅级干部住在一起，生了一个小男孩。但是那个小孩还没满两周岁，她又把那个厅级给踢了，占住人家的三室两厅死活不出来。最后那个厅级举手投降，搬了出去，一气之下给小孩取名"春海"。"春海"这两个字拆开来就是"三人日，每人一点"，张闹竟然没看出厅级的恶意，只给小孩改成母姓，那名还保留至今，以为是什么金字招牌。要不是那个孩子长得像我，也许这辈子我再也不会跟张闹说话，甚至会把欠她的那几拳头扎扎实实地送给她。爸，你可能不知道，我是练过拳击的，现在偶尔也还对着沙袋来上两拳。但是，那个孩子长得太像我了，像得都叫我不忍心恨她的母亲。张闹睡过那么多男人，为什么那孩子偏偏长得像一个没跟她妈睡过觉的呢？是不是老天爷觉得她欠了我的感情债，就让她生个孩子来像我，报答我？当时，我是带着火气找上门去的，开门的是那个小孩，他已经四岁，懂得叫我叔叔了。我第一眼就发现他的头发是卷曲的，跟我的一模一样；第二眼，我发现他是双眼皮，也跟我的一样；第三眼、第四、第五眼，越看他越像我小时候的照片，虎头虎脑，高鼻梁，大嘴巴，脑门四方，下巴宽长，眼珠子黑得像涂了碳素墨水，眼睫毛比女人的还长。爸，假如你看见他，没准你会以为谁把时间拨回去了，没准你会对着他叫我的名字。碰上这么漂亮的孩子，你说我怎么还忍心把他妈当沙袋？当时，我的心怦地跳了一下，就像看见自己失散了多年的儿子，把他紧紧地搂进怀里。

张闹说尽管我跟了那么多男人，最后还是怀上了你的孩子。我说你烧晕了吧，这孩子是我曾广贤的吗？你就是人工授精，我曾广贤也没机会呀。她一拍脑袋说对不起，我忘记我们没上过床。天哪！她连跟谁没跟谁上过床都记不得了。如果在上床这个问题上她不是糊涂到了五星级的程度，也许我会跟她破镜重圆，你就会白捡一个孙子，那你还不高兴得坐起来呀。

85

爸，如果我不把仓库租给于百家，那仓库现在都还在我们手里。于百家爽快地给了我两年租金，就把钱捏紧了，一毛不拔了。第三个年头，又到了该付我五万元的时间，我到他办公室去催款，他说不就五万元吗，别弄得像欠你几个亿，明天提给你就是了。多少个明天过去，他付款的那个明天始终没到来。我说难道你要把这笔钱拖到二十一世纪吗。他哗地扯下一张支票，递给我。我哼着歌曲跳着碎步来到银行，营业员接过支票一查，说这个账户是空的，他用铁的事实告诉我什么叫作空头支票。没办法，我只好请他擦皮鞋、下馆子，隔三岔五地给他送烟送酒，把自己弄得像个欠债的。他跺跺皮鞋，剔着牙齿说哥们，你放心，过两天我一定把钱给你。他说"一定"的时候特别用力，仿佛要把那两个字咬扁。

到了冬天，树叶黄了，冷风一起，随处可见戴手套、围围巾的人。于百家不仅没付我年头那五万元，眼下又到了该付年尾那五万元的时间。我抱着双手到于伯伯家去找他，连他们家衣柜和床铺底都搜查了，也没看到他的影子。仓库门前堆满了落叶，霓虹灯再也不闪了。一辆警车鸣叫着开到仓库，车上跳下几个公安，他们分别在门窗上贴了封条，还贴了几张通缉令。于百家因为从事色情业，非法集资，偷税漏税等被通缉，他的照片除了贴在大街小巷，还上了报纸、电视，一下成了名人，害得于伯伯和于伯妈晨练时除了戴手套和围围巾，还要戴口罩和墨镜，那段时间他们最怕熟人跟他们说："早上好。"

当初我要是请律师帮我看看出租合同，那我也不至于受于百家牵连。我一直以为我收的是租金，但仓库被查封之后，负责本案的黄公安指着合同说，上面写得清清楚楚，你每年拿的十万元是利润分成，这说明你们是合伙经营，风险共担，利润共享，你最多可以逃脱非法集资这一条，非法从事色情业和偷税漏税你是怎么也脱不了干系的。我惊出一身冷汗，把合同高声朗读了一遍，才发现我拿的确实不是租金，怪不得于百家欠钱的时候还敢拿鼻孔跟我说话，一见面就说没利润。因为那份合同，我三天两头被黄公安追着屁股问话，问完话他就让我在记录本上签字、按手印。假如当初我把合同认真地朗读一遍，或者在合同加上一条"不得从事非法经营"，那我就不至于整天把牙刷、毛巾和裤衩装在提包里，作好随时被抓走的准备。我要是把仓库租给一个好人，那现在我们家都还在收租金，钞票大大的有，根本花不完，买轿车也行，住别墅也没问题。

这合同扯出来的事，你不知道有多麻烦。每天早上起床，我就看见一个人从窗口下闪开。上街的时候，总有一个人像影子那样不远不近地跟着。我上车那人也上车，我下车那人也下车，甚至我买卫生纸他也假装买卫生纸。从车间干完活出来，我经常看见对面的楼上站着一个拿望远镜的家伙。种种迹象表明，我被便衣警察跟踪了，他们不马上抓我，是想通过我这个诱饵钓出于百家这条大鱼。人要是被跟踪一两天还凑合，这么被跟踪两年那就相当相当凑合了。仓库被封条封着，在没抓到于百家之前，我连门锁都不敢碰，更不可能再租给别人，或者卖出。一天晚上，我再也受不了失眠的煎熬，就跟赵山河把存折拿出来算了一遍，总共还剩下十万元。当时，我们的月工资只有百来块，十万元就相当于我八十年的工资，只要不出意外，这钱不仅我这辈花不完，就是到了儿孙辈也花不完。有这十万元打底，我就把那个惹麻烦的仓库捐给了铁马区政府。区政府在归江饭店搞了一个隆重的捐赠仪式，我的名字上了报纸、电视，慷慨大方的事迹经常从挂在你床头的收音机里播出来，弄得名声比于百家的还大，难道你没听见吗？政府颁发给我们的奖状和收音机挂在一起，爸，你只要睁开眼睛，最先看到的就是奖状。多好的奖状呀，上面盖着公章，印着金边，镶着木框。这雕花的木框，不是一般的手艺可以做得出来的，几十年之后，它绝对是一件可以高价拍卖的艺术品。

没想到我刚刚捐完仓库，于百家就在他插队的谷里村被公安抓获了，法院判了他十三年有期徒刑，比我当初多蹲三年。他还算讲义气，没把责任推给我，否则我会到杯山去陪蹲。我要是能料到他被抓住，能料到他不栽赃陷害，那就会把仓库留下来继续出租，我们存折上的数字就不会像现在这么小。捐仓库的时候，我什么都想到了，就是没想到物价会上涨，住房要自己购买，没想到钱会越来越不经花，越来越不值钱，原先以为到儿孙辈都花不完的十万元，现在已经没剩下多少了。我敢把仓库留到现在，那就值钱啦，至少可以卖一千万元。

要是懂得仓库迟早会捐出去，当初我就不跟你玩猫捉老鼠的游戏，非得把这个消息告诉你。只要不把这个消息向你汇报，你的脑血管就不会破，你就不会在床上一躺就是十三年。只要不躺倒，你就可以跟赵阿姨到民政局去领结婚证，可以跟她旅游结婚，平时一起上街买菜，晚上一起散步，炒菜的时候为盐多盐少拌嘴，天冷的时候为加不加衣服翻脸,那赵阿姨就不用天天给你按摩,手指不会起老茧,白头发不会那么多,那她也不会比她的同学们皮肤粗糙、显老,没必要天天叹气,没准你还会让她给我生个弟弟。这样一来,她生不了孩子的罪名便可以推给老董,她就可以在老董面前翘鼻子、撇嘴巴,昂首阔步。

假若当初我不提供小阁楼让你和赵阿姨频繁约会,你的身体也不至于那么虚,你的血管也不至于那么薄。当时我只想让你们争分夺秒地把损失夺回来,却没想到那是在消耗你的体力,损害你的器官,是在为你们提供非法同居的场所。要是当时我的心肠稍微硬那么一公分,旗帜鲜明地反对你们近距离接触,那你的血管没准会像张闹的脸皮那么厚,你听到仓库的消息不仅不会歪嘴巴,不会瘫倒,反而高兴得唱俄罗斯民歌,搂着赵阿姨跳交际舞,甚至可以在仓库里张灯结彩,开个舞会,把你的亲朋好友全部请来,疯狂得像路灯彻夜不眠。

86

如果那天我不正好看见胡开会搞胎教,小燕也不问我张闹怀没怀上,那我就不会把自己灌醉,不会在张闹的地板上睡一整夜,也不会想到要跟张闹破镜重圆。自从赵阿姨给我铺了那个新床之后,我就有了好马也吃回头草的念头，再加上小燕一刺激，我忽然就明白了钱财如粪土，爱情值千金，就想跟张闹生孩子。要不是在梦里做了几回父亲，我哪舍得把仓库的一半分给张闹，哪会给她写什么保证书。我只要不写保证书，她哪有侮辱我的机会。

爸，你知道她说什么吗？她竟然说档次上去了就下不来，这话的意思就是我配不上她，她上档次了，有格调了，按现在的说法就是小资了。但是她也不想一想听她说话的人是谁？是地地道道的资本家后代，什么狗屁小资就是模仿我们的生活。你可能想不到，现在模仿的反而吃得香，到处都是模仿的酱油、服装、白酒和假文凭。像我这种有资产阶级烙印的人，想小资还不容易吗，头发卷着，相貌摆着，只要学几句外语，临出门时背几段名言，手上拿一本内部刊物，看几部别人看不到的电影，挑一挑社会的毛病，点评一下文学艺术大师，故意跟流行的观点对着干，不就小资了吗？

不瞒你说，当初我有无数次跟张闹要孩子的机会，但是一次机会我都没抓住，无论是在劳动大厦或者张闹的房间，只要不犹豫，我就是播种机，准能让她给我生一个女儿。为什么会是女儿呢？因为书上说夫妻在要孩子的时候，双方越是投入感情越是渴望越是疯狂，就越有可能怀上女儿，而且这样怀上的女儿会很漂亮。当时，我想张闹都想了十几年，能不投入感情能不渴望能不疯狂吗？假如我抓住机会,那我们的女孩现在都有可能站在舞台上唱流行歌曲了,说不定她的出场费会高达三四十万元,那我和张闹一天到晚什么事也不用做,就坐在舞台下比赛给她鼓掌,就想怎么花钱。

有一次,张闹把大腿伸出被窝来勾引我,我这个笨蛋竟然害怕得把灯都熄了。当时我要是直接钻进她的被窝,那动静会闹得多大,没准床板都会被我闪断。你听听我拍胸膛的声音,就知道我的身上有多少肌肉疙瘩,这么多疙瘩压在张闹的身上,她不喊爹叫娘,不妈呀妈呀才怪呢。只要让她喊那么一次,她就明白我比于百家更男子汉,更能让她愉快、满足。她愉快了满足了,就会天天跟我在一起,哪怕是我出差她也跟着,像磁铁那样黏我,像绳子那样缠我,生怕我有外遇,那她哪还有什么心思去跟张度约会。

张度就是我请来打官司的律师。我只知道他的口才好、名气大、收费高,却没想到一笔写不出两个张字。他跟张闹第一次谈话,手里的钢笔就掉到了地下。第二次谈话的时候,他连精斑的"斑"字都不会写了,于是就厚颜无耻地问张闹这字怎么写。张闹把嘴巴凑到他的耳朵上,说等会你就知道了。就这么短短的一句话,他的耳朵就痒得受不了,反过去给张闹出主意,让张闹用卷毛和裙子上的精斑证明我跟她有过同居。我真傻×,竟然请一个著名的律师来给自己出难题。当时，只要张闹不能证明两年内我跟她睡过，那我们就可以办离婚手续。只要一办离婚手续，我们的假结婚证就会暴露，那我的天地就广阔啦。没准我会找到一个比张闹漂亮一百倍的老婆，不是吹，当时我要敢在杂志上登一则征婚广告，说自己有一幢价值两百万元的仓库，就不相信找不到一个比她更年轻、更漂亮的。我相信漂亮的女人不一定都像张闹那么阴毒，在漂亮的女人中善良的肯定占大多数。

即使我不请律师，也有可能办得成离婚手续，我完全有能力让张闹在离婚报告上按手印、签字，可惜我试了一次没成功就放弃了。我练过拳击，做过翻砂工，力气大得可以把她举起来一百次。要是我像铁线那样把她箍紧，让她的脚离开地板，让她的手不能做动作，然后再捏起她的小手指，那手印就按成了。假若我不想动武，想在她面前做一个讲文明、懂礼貌的人，那也可以把她灌醉，趁她熟睡的时候，偷偷地把她手印按到报告上。要是我连灌醉她的狠心都下不了，那也可以跪下来求她，跪一次不行就跪两次，跪两次不行就跪三次，这么一次次跪下去，她就是木头也会流泪，就是鳄鱼也会签字。也许我跪了一百次，她也不一定感动，但是我并没有跪呀，既然没跪又怎么知道她不会感动呢？我为什么不跪下来试一试？要是那时我能拿到她按手印的离婚报告，就可以回过头去娶陆小燕。

小燕嘴巴上说只等我一个月，其实她等了差不多四年才嫁给胡开会。

即使没拿到按手印的离婚报告，我也还是有机会跟小燕好的，只要我敢当骗子，说自己没跟张闹结婚，甚至故意骂张闹没良心，没准小燕就会原谅我，我们的感情也许会比原来的还要浓。当时，我跟小燕同吃同住不仅不犯重婚罪，也不用担心背上骗子的罪名，因为我和张闹的那个证本来就是子虚乌有。小燕后来生了一个胖小子，她专门带那个小子来看过你，还让那个小子喊你爷爷。那小子喊你爷爷的时候，就像一把刀扎在我心头，让我的胸口堵了好几天。赵阿姨说小燕一脸的旺夫相，本来是可以旺我的，现在却去旺胡开会了。胡开会不仅当上了动物园的副园长，还是他们那个区的人大代表，如果他做了什么坏事，公安还不能当场给他上手铐，因为他代表人民。要是当初我选择小燕，那胡开会能得到的，我也有可能得到。

87

于百家进了监狱之后，小池天天到车间的门口来守我，经常扯住我的衣袖问，什么时候跟她结婚？每天下班，只要看见小池守在门口，我就躲进厕所，直到她离开才敢出来。一看见小池就尿急的局面，完全是我自己造成的，医生都可以跟病人撒谎，我却偏要跟小池说真话，这事让我到现在都不得安宁，每个星期我都提着水果到医院去看她。要不是因为我多嘴，她不会住进康复医院，不会天天吃药、打针，脸不会浮肿，眼珠子不会呆定，不会连我的名字都叫不出来。小池只要不发疯，就有可能成为中国的毕加索或者梵高，当时我不知道这两个人是谁，现在我知道了。小池要是成了他们，那她的一幅画就可以卖好几百万好几千万元，于百家就有花不完的钱，就不会非法集资，从事色情业，不会被判十三年徒刑。

假如这个世界上没有了假话，那好多人都会变成小池。为了让我的领导、同事，包括赵阿姨等心情愉快，现在我也不得不学说一些假话，但是我说了成千上万句假话，当初却不懂得跟小池说一句：百家很爱你，他绝对没跟张闹偷情。

如果当初我跟小池一起到天乐县去插队，我保证不会让她犯作风上的错误。那时候，我敢把赵山河和我爸叫作流氓，敢对我妈吐口水，就连小池在仓库里抱我也被我当作流氓行为，可见我脑子里多么干净。一个人有这样的脑子，你就是下文件让他谈恋爱，他也会缩手缩脚，更不可能像于百家那样去钻稻草垛。退一万步，就算我没有这么洁白的脑子，而是在仓库里跟小池生米煮成了熟饭，那小池最多也就挨几次批斗，不至于要跳楼，要在康复医院里打针、吃药。这话可不是我随便说的,而是想了几十年得出的结论。为什么我敢这么说?那是因为我了解我自己。我这个人不像于百家那么花心,只要跟了小池,就会白头到老,早生贵子,不会再去惹别的女人。只要我不去惹别的女人,那小池就会安心地画画,我就会老老实实地拖地板、买菜、煮饭、洗衣服,简直就是我耕田来她织布,我挑水来她浇园,哪会闹出这么多乱子。

如果当初我稍微为小池考虑考虑,就不会让于百家去帮我目测张闹的后窗,不会带他去跟张闹握手。只要他不认识张闹,没准就会觉得小池是世界上最漂亮的女人,就会跟她死心塌地过一辈子。人就是犯贱,一见到漂亮的就管不住自己,哪怕是摩天大楼那样的爱情基础也会垮台。要是跟张闹领结婚证那天,我不拖时间布置新房,那于百家就没机会睡到我的枕头上。以前,我认为拖时间只让我打断了牙齿往肚里吞,没想到打断了牙齿往肚里吞的还有小池。从某种程度上讲,是我给于百家和张闹做了大媒,才破坏了小池的幸福生活。假若我稍微聪明一点,等张闹怀上我的孩子之后,才让于百家跟她见面,那于百家也不至于打我老婆的主意。中国有十三亿人口,他动谁不行,为什么偏要动朋友的老婆?没必要!只要不打我老婆的主意,他就是天天在外面跟女人约会,我也不会告诉小池,没准还会帮他打掩护,当他的电灯泡。

如果于百家说小池像豆腐的那天晚上，我用棉花塞紧耳朵，或者干脆从阁楼里跑出来，那我的下身就不会支起一根棍子，我就不会屁颠屁颠地把张闹出卖给于百家，就不会听到于百家鼓励我强奸的格言警句。千错万错，错在我把于百家带到了张闹的宿舍。我要是不把他带到八栋二楼，他就不会发现张闹的窗门没有闩，那我对张闹的邪念就是沤成了沼气，也不会变成行动，我就不会闭着眼睛拉开窗门，去打扰张闹的睡眠。我不闯进张闹的房间，怎么会变成强奸犯？怎么会在牢里蹲上十年？假若我被抓进去的时候，不学习于百家自残身体，不把嘴巴弄烂，舌头弄大，在红卫兵小将们冲击公检法之前，配合公安、法官交代自己的错误，那我的审判就不会延长两年，而等待审判的那两年就不会不抵刑期。

　　我要是不傻乎乎地去给张闹买裙子，那法官在审判我的时候就会少一件物证。我哪会想到自己给张闹买的礼物竟然被她撕成了四瓣，出现在法庭上，这不是典型的花钱买罪又是什么？我不仅花钱买罪，还引狼入室，把自己的老婆都贡献了。爸，你说我交于百家这样的朋友有什么意思？

88

　　如果我不是爱面子，穷讲究，那天我就会跟张闹一起去民政局领结婚证。不理发又怎么了？穿拖鞋又怎么了？法律又没规定不理发、穿拖鞋就不准领结婚证。爸，干吗要有一行字加一个公章才能把两个人叫作夫妻？像赵阿姨侍候了你十几年，给你翻身，给你按摩，给你倒尿，给你喂食，有时还搂着你睡一个通宵，难道她就不是你妻子吗？你们也没有结婚证，但你们比多少有证的人还像夫妻呀！

当初我不是为了逗你高兴，就不会去张闹那里弄那份假文件，没有那份假文件，小燕就不会吃张闹的醋，不会去瓷砖店打听我的工作。小燕不去打听我的工作，张闹就不会用摩托车把我拉到劳动大厦藏起来。要是那天骑摩托车的是小燕，那张闹就没机会在我面前痛经，搂我的脖子了。假若我早点弄明白速度会深刻影响人的命运，那我就会把仓库卖掉，买一辆时速两百公里的轿车。你知道现在私家车塞满大街小巷的真正原因吗？那是因为人们嫌速度太慢，害怕属于自己的被别人先一步抢走。千不该万不该，我不该弄那份假文件，它除了让我跟小燕的感情破裂，还让张闹有了弄虚作假的老师。要是当时我不在张闹面前给你弄那份假文件，那后来她就不会给我弄一张假结婚证，祸根正是从我的虚荣心这里长起来的。

如果我不想向你炫耀我的清白，不去求张闹要那一张平反文件，那我就不会触动张闹的往事，就没机会听她大倒苦水，就不会知道我的强奸未遂使她的门板变成了厕所，让她背上了破鞋的名声，还害得她不能扮演女主角。我不听到这些，就不会给她下跪、磕头，就不会让同情她的种子在我的身上开花结果。

不瞒你说，在去问张闹"为什么爱我"的那个傍晚，我早已经铁下心跟小燕过一辈子了，只不过是不想让张闹难受，假装去问问她，给她一个分手的台阶，没想到她会突然把腿架到我的肩膀上。要是我没好色的毛病，就不会跟她抱成一个人在地板上滚来滚去，就不会忘记小池告诉我的那一句："找老婆就得找一个你生病了她比你还要着急的。"假若我听大多数亲戚和朋友的意见，娶了小燕而不是张闹，那现在我床铺的另一半就不会空着，后背痒的时候就不会没人抓，想说话的时候就不会没人听，就没必要跑到桑拿室去跟小姐搞忆苦思甜。跟小姐说话不便宜呀，一个钟就得付上七十元。

如果当初我不出卖李大炮，那后来我不至于借五千块钱给他和罗小云办喜酒，到现在钱都收不回来。于百家给我第二笔租金之后，李大炮就找上门来了，好像他是千里眼顺风耳，能看得见我存折上的数字。他一来就跟我竖起一根指头，我以为他想借一千元，没想到他狮子大开口，要借一万。当时我预感到这钱他不会还，就故意结巴，装咽喉发炎，没有马上答应他。在床上翻来覆去想了一整夜之后，我觉得当初要是不告他的密，他就不会多坐三年牢。越想我的心里越虚，第二天一大早，还没洗脸我就到银行取了五千块钱让他拿走。他这一走就再也没回头，好像这笔钱是我上辈子欠他的。知道他这么不讲信用，当初我就不把钱借给他，知道他跟罗小云结婚会来跟我借钱，当初我就不应该叫小燕跑到农村去，动员那个罗小云来杯山同情他。我们给他做了媒人，他不仅不说谢谢，还用尿淋我烫伤的脚，还用大粪浇我的头。我这一辈子好像都在挖坑，都在下套子，挖坑是为自己跳下去，下套也是为了把自己套牢。我都干了些什么呀？我……

　　就好比在杯山的逃跑，小燕都劝我了，都用告密来吓我了，我还是不听，偏要去钻那个下水道。钻就钻了吧，碰上了铁条却还不懂得回头，连"回头是岸"都不懂，初中算是白上了。如果当初我不跟监舍里的犯人们说黄色故事，对小燕不动凡心，那也许不会产生逃跑的念头。只要不逃跑，那我就可以在张闹还不知道仓库要返还的情况下出狱，就不会钻进她设下的套子，就可以顺顺利利地跟小燕结婚，即使后来碰上张闹，最多也就跟她闹个婚外情，不至于动摇自己的家庭和婚姻，现在好多人不正是这样做的吗？他们做了还吹嘘，说什么家里红旗不倒，外面彩旗飘飘。

89

如果我不传话，说单位要批斗赵敬东，那他就不会自杀，我就不会害怕他的空房子，就不会从动物园搬到阁楼来。只要我不搬到阁楼，就不会被张闹的芭蕾舞吸引，就不懂得外面的世界很精彩，很可能就在动物园里找一个对象，没准找的就是陆小燕。即使搬到了阁楼，如果我不跟胡开会借那个望远镜，就看不清张闹白生生的胸口，半夜里就不会看见她在屋顶上飞，想她就不会想得那么具体。当初胡开会那么爽快地把望远镜借给我，是不是已经预感到我会跟她抢陆小燕，所以他要用望远镜把我的目光支开，让我去攀登最难攀登的女人。

如果我不去天乐县看望小池，就不会把狗委托给赵敬东看管，那他就不会跟狗扯上关系，后来就不会羞死。事实证明我交于百家这个朋友错了，我害赵敬东这个朋友也错了。难怪小时候我妈常常跟我说，跟好人得好教，跟坏人成强盗，好像爸你也跟我说过这话，可惜我没死记硬背。

如果我不对我妈吐口水，那她也不会拿自己去喂老虎，曾芳也不会失踪。如果我不去捉那只麻雀，就不会看见你睡在赵阿姨的身上。如果我不跟赵万年说你和赵阿姨的事，那你就不会挨批斗，我们也不会被赶出仓库。如果我妈带我去九婆那里封了嘴巴之后，我再也不多嘴多舌，或者干脆变成一个哑巴，那我的命运会顺利得多，不至于连老婆都没有，连女人都没睡过。如果当初我不跟在你的屁股后面，去圈我们家的两只花狗，让它们在光天化日之下交配，那你沉睡了多年的欲望就不会大面积发作，你就不会打方伯妈的主意，就不会在打方伯妈的主意碰壁之后，又去打赵阿姨的主意。如果当时我不把棍子递给赵万年，他就没工具砸我们家的花狗，那我们家的花狗就不至于被车撞死，我就不会惭愧、内疚，后来就不会收养仓库里的"小池"，不会害死赵敬东。

　　说了半辈子后悔的事，但是爸，你可能不知道我最后悔的是什么？反正也没人听见，也不怕你笑我，我就告诉你吧，我这辈子最后悔的就是没有过一次那种生活。小池在仓库脱裙子的时候，我骂她流氓。闯进张闹房间的时候，我都还没动手她就喊救命了。从杯山出来时，小燕想脱我的衣服，我害怕那是非法同居，也没敢让她往下动。跟张闹谈婚论嫁的日子，天天都有机会，我却偏要等领结婚证，偏要布置新房。当于百家睡到了张闹的床上，我就看不起她了，把她当狗屎了，没想到几年之后，自己想吃回头草了，她却说档次上去了下不来。尽管现在不一定非得跟她们过那种生活，尽管到处都有过那种生活的机会，我的心理却有了障碍，就像面前有一座大山，怎么也翻不过去，就像我的脑袋刚刚冒出井盖,就被棍子打了回来,打多了,脑袋就再也不敢冒出来了。

我跟你说了这么多,你也听不到,白说了,就算是我自言自语吧。爸,你的眼角怎么会有泪花?难道你醒了吗?都十三年了,你怎么会突然醒了呢?你要是真醒了,那我就有了这辈子唯一不后悔的事……就是我没有动赵阿姨。赵阿姨曾经在半夜里赤身裸体地走进我的卧室,但我连一个指头都没动她,要不然,等你醒过来,我怎么敢看你的眼睛?

赵阿姨,快来看呀,我爸好像醒了!

写于2003年10月至2005年3月

改于2005年4月至2005年5月